कुल का कल हैं बेटियां

शशिकांत 'सदैव'

डायमंड बुक्स

www.diamondbook.in

प्रकाशक : डायमंड पॉकेट बुक्स (प्रा.) लि.
X-30 ओखला इंडस्ट्रियल एरिया, फेज-II
नई दिल्ली - 110 020
फोन : 011- 40712200
ई-मेल : sales@dpb.in
वेबसाइट : www.diamondbook.in

Kul Ka Kal Hain Betiyan
by : *Shashikant 'Sadaiv'*

भूमिका

भारत वह देश है जहां हम कण-कण में भगवान की कल्पना ही नहीं करते बल्कि प्रकृति के विभिन्न रूपों को भगवान का स्वरूप समझकर उसकी पूजा भी करते हैं, फिर वह सूर्य हो या आकाश, पृथ्वी हो या जल या फिर पशु-पक्षी। इसी श्रृंखला में हम स्त्री को भी इस अस्तित्व का अहम हिस्सा मान कर देवी रूप में पूजते हैं। हैरानी की बात तो यह है जिस स्त्री के बिना सृष्टि व सृजन की कल्पना भी नहीं कर सकते आज हम उसे पैदा होने से पहले ही गर्भ में मार देना चाहते हैं। हालत तो यह है जिस देश में कन्याओं को नवरात्रों में पूजने की परंपरा है वहीं आज उनकी तस्करी करने वालों की भी कमी नहीं है। इतना ही नहीं आज प्रति-दिन लगभग डेढ़ सौ लड़कियां बलात्कार का शिकार होती हैं, जिसमें घर-परिवार में सह रही हिंसा व गली-मोहल्लों एवं दफ्तरों में झेल रहीं छेड़-छाड़ का तो कोई हिसाब-किताब नहीं है। कुल मिलाकर हम कह सकते हैं कि अब लड़कियां कहीं भी सुरक्षित नहीं हैं न कोख के अन्दर न कोख के बाहर।

शहरों में रहने वाले लोग आज भी बेटियों के साथ जन्म से पहले और बाद में होने वाले भेदभावों एवं अत्याचारों से अनजान हैं। वह तो देश के उसी चेहरे से वाकिफ हैं जिसमें बेटियां व महिलाएं कामयाबी का नया इतिहास रच रही हैं, स्कूल जा रही हैं, पढ़ रहीं हैं, लड़कों को मात देती हुई अपनी अबला वाली छवि को रूपांतरित कर रही हैं। परंतु भारत सिर्फ उन गिने चुने शहरों का नाम नहीं है जिन्हें हम मेट्रो सिटी कहकर पुकारते हैं क्योंकि इन शहरों को जोड़कर भारत की जो तस्वीर उभरती है वह उन तमाम सच्चाइयों और हालातों को झुठला देती है और उभरने नहीं देती उस सूरत को जो चीख-चीख कर कहती है कि 'लानत है कि ऐसी तरक्की, उन्नति और आजादी पर, जहां हम कहते हैं बेटियां देवी का रूप होती हैं, वह किसी सूरत में बेटों से कम नहीं होती। आज न केवल वह पुरुषों के साथ कंधे से कंधा मिलाकर चल रही हैं बल्कि विभिन्न क्षेत्रों में अपनी सफलता के झंडे भी गाड़ रही है।' शहरों की यह सच्चाई ग्रामीण इलाकों और शहरों से दूर छोटे कस्बों से बिल्कुल मेल नहीं खाती। वहां आज भी परंपराओं एवं दकियानूसी विचारों के कारण बेटियां सुरक्षित नहीं हैं, या तो जन्म से पहले ही उन्हें गर्भ में मार दिया जाता है या फिर जन्म के बाद वह पूरी उम्र लिंगभेद के साथ-साथ

पारिवारिक एवं सामाजिक शोषण तथा हिंसा का शिकार होती हैं। शायद यही कारण है कि आज आजादी के सात दशकों बाद भी हमें 'बेटी बचाओं, बेटी पढ़ाओं' जैसी योजना को लाना पड़ा है।

यह पुस्तक इसी दिशा में उठाया गया मेरा एक अदना सा प्रयास है ताकि देश को बेटियों की दशा और समस्या के प्रति न केवल जागरूक किया जा सके बल्कि उन बेटियों एवं मांओं को भी उन योजनाओं व कानूनों के प्रति चेताया जा सके जो उनके हक व हिफाजत के लिए बनाए गए हैं, जिनसे वह अनजान हैं। यह पुस्तक एक ओर जीवन में बेटियों व स्त्रियों के महत्त्व और योगदान को दर्शाती है तो वहीं दूसरी ओर उनके प्रति हो रहे अन्याय एवं शोषण को भी उभारती है, साथ ही कन्या भ्रूण हत्या जैसे जघन्य अपराध को कड़े स्वर में रेखांकित करती है।

हर गुत्थी का हल हैं बेटियां
कुल का बेहतर कल हैं बेटियां।

धरती पर इनको बोझ न समझो
कई जन्मों का फल हैं बेटियां।

कहकर अबला इनको मत टालो
जीवन संध्या का बल हैं बेटियां।

हर सांचे में ढल जाती हैं
निर्मल, पावन सी जल हैं बेटियां।

वजूद को इनके मत ललकारो
अपने में पूरा दल हैं बेटियां।

॥ विषय सूची ॥

कुल का कल हैं बेटियां

घर-परिवार में बेटे की चाहत के यूं तो कई कारण है, परन्तु जो सबसे मुख्य कारण है वह है कि बेटा वंश चलाता है, कुल को आगे बढ़ाता है व उसकी हिफाजत करता है, परन्तु समय के साथ परिभाषाएं एवं मान्यताएं दोनों बदल रही हैं। आज बेटियां कुल के लिए कलंक नहीं, बेहतर कल साबित हो रही हैं।

जमाना कितना ही आगे क्यों न बढ़ गया हो, आज भी हमारे देश के एक बड़े हिस्से की मानसिकता लड़कियों को लेकर काफी संकीर्ण है। जहां बेटों के जन्म पर खुशियां मनाई जाती हैं वहीं बेटी पैदा होने पर चेहरे बुझ जाते हैं।

आज भी बेटियां बोझ ही मानी जाती हैं। बेटी पराया धन है और बेटा बेयरर चैक, जो लाखों में एनकेश होता है। बुढ़ापे में माता-पिता की देखभाल करता है और वंश का नाम आगे बढ़ाता है।

बेटा घर का चिराग है, बुढ़ापे का सहारा है, इसी सोच के कारण हम बेटों को बचाते और बेटियों को मारते रहें हैं। अगर बुढ़ापे में बेटे काम आए होते तो पिछले 50 साल में जितने वृद्धाश्रम खुले हैं, शायद उतने नहीं खुले होते। बेटों के घर में गाड़ियां हों, बंगले हों, लेकिन मां-बाप को वृद्धाश्रम में रहना पड़ता है ऐसी सैकड़ों घटनाएं हैं वहीं दूसरी ओर जिन परिवारों में इकलौती बेटियां है वो अपने सपनों को चूर-चूर कर, मेहनत मजदूरी करके, बच्चों को ट्यूशन पढ़ाकर अपने बूढ़े मां-बाप का ख्याल रख रही है। इसलिए यह सोच कि बेटा आपका बुढ़ापा संभालेगा, भूल जाइए। अगर आप सन्तानों को समान रूप से संस्कारित करके बड़े करोगे, तो आपकी समस्याओं का समाधान अपने आप हो जाएगा।

जीवन संध्या में अक्सर हताशा, निराशा, अकेलापन, असुरक्षा की भावना बुजुर्गों को घेर लेती है। ऐसे में उन्हें अपनत्व की खास आवश्यकता होती है। मानसिक-कष्ट शरीरिक कष्ट से बढ़कर मारक होता है। क्योंकि अगर जिजीविषा ही न रहे तो जीना दु:साध्य हो जाता है। केवल यह अहसास भर कि कोई उनके अपने हैं। उनमें जीने की ललक बनाये

रखता है। लड़की से बढ़कर यह कार्य कौन कर सकता है। हकीकत यह है कि बेटियां अपने माता-पिता को लेकर कुछ ज्यादा ही भावुक होती हैं। उनके प्रति वफादारी दिखाते हुए अंत तक उनका साथ देती हैं उनका सहारा बनती हैं।

लड़की परिवार जनों के लिए कर्त्तव्यनिष्ट और समर्पित होती है। उसे मां-बाप के सुख-दुख से सरोकार रहता है। बीमार होने पर वह मन से उनकी सेवा करती है।

आज से दो-तीन दशक पहले की बात करें तो लड़कियां शादी के बाद ससुराल की ही होकर रह जाती थीं और तो और माता-पिता बेटी के घर का पानी भी नहीं पीते थे। खाना तो दूर की बात थी। बेटियों का कर्त्तव्य सिर्फ ससुराल के प्रति ही उचित माना जाता था। लेकिन आज समय बदल रहा है बेटियों को श्रवण कुमार की उपाधि से नवाजा जाने लगा है। कारण, सदियों से चली आ रही ये कहावत कि बेटियां तो पराया-धन हैं, बेटे ही वंश को आगे बढ़ाते हैं, वर्तमान स्थिति में गलत साबित हो रही है।

आज की लड़कियां उच्च-शिक्षा भी प्राप्त कर रही हैं और अपनी शिक्षा का भरपूर उपयोग भी कर रहीं हैं। आर्थिक रूप से स्वतंत्र होने पर उनमें आत्मविश्वास भी भरपूर है, किसी भी एमरजेंसी को हैंडिल करने में वे सक्षम हो रही हैं। पति की बेस्ट-फ्रेंड, बच्चों की मार्गदर्शिका, कामयाब-कैरियर वुमन, घर-बाहर का तालमेल बिठाती हुई वे माता-पिता के बुढ़ापे का सहारा भी बन रही है और इस कर्त्तव्य को बखूबी बेखौफ निभा रही हैं।

ये वास्तव में प्रशंसनीय बात है नैतिकता का यही तकाजा है। यही मौका होता है जब वे अपने माता-पिता का कर्ज कुछ तो उतार सकती है।

इसमें दो राय नहीं कि बेटियों को माता-पिता से बेटों की बनिस्बत ज्यादा लगाव होता है। स्वभाव से वे बेटों से ज्यादा संवेदनशील होती हैं। विवाह होने के बाद भले ही उनकी प्राथमिकताएं बदल जाती हो, लेकिन मां-बाप से तो पहले जैसा मोह-प्यार बना ही रहता है।

लड़कों के साथ होता यह है कि जहां विवाह हुआ नहीं, उन्हें मां-बाप से बढ़कर अपने दांपत्य में शांति और सुख की कामना होती है। मां-बाप बहुत जल्दी भूतकाल बनकर रह जाते हैं, जिनसे उन्हें कोई सरोकार नहीं रह जाता है, जबकि बेटी के लिए वे हमेशा वर्तमान ही बने रहते हैं।

वास्तव में अब लद गये श्रवण कुमार के जमाने के दिन बेटों से तो अब अधिकतर माता-पिता पूरी तरह निराश हो ही चुके हैं। रोज ही अखबार में बेटों की माता-पिता के प्रति उपेक्षा की खबरे पढ़ने को मिलती रहती हैं। यह एक कड़वा सच है। यही कारण है कि पोते-पोती, बेटा-बहू से भरा-पूरा परिवार समृद्ध होने के बावजूद बूढ़े माता-पिता वृद्धाश्रम में रहने को मजबूर कर दिये जाते हैं या उन्हें वहां जबर्दस्ती छोड़ दिया जाता है।

यहां हम आम बात कर रहे हैं, व्यक्तिगत की नहीं, क्योंकि निःसन्देह आज भी कुछ

लड़के आपको संस्कारवान मिल ही जाएंगे, जिन्हें अपने बड़ों का ध्यान है। जो इस बात का अहसान मानते हैं कि माता-पिता ने उनके लिए काफी त्याग किया है, और यह कि बुढ़ापे में जब उन्हें उनकी जरूरत है वे उनके साथ दगा नहीं कर सकते। अपने कर्त्तव्यों से विमुख नहीं हो सकते।

जितनी कम इनकी संख्या है उतनी ही अधिक संख्या उन दुष्ट आत्माओं की है, जिन्हें अपने माता-पिता से बुढ़ापे में जरा भी लगाव नहीं रह जाता। जिनकी रगों में एहसानफरामोशी का जहर भरा होता है। उन्हें अपने सिवा कुछ नहीं सूझता। अधिक संख्या उन्हीं लड़कियों की है जिनके मन में जन्मदाताओं के लिए ढेर सा प्यार और सम्मान होता है, जो उनकी आखिरी सांस तक उनका साथ निभाती हैं, उन्हें रोटी का मोहताज, बेघर नहीं देख सकती, जिन्होंने उसे सुरक्षा दी थी उनकी सुरक्षा वे स्वयं बन जाती है।

यह एक सामाजिक विडंबना ही है कि सब कुछ जानते-बूझते भी हर मां-बाप बेचारगी के अहसास तले दबे रहते हैं। उनका सिर झुका रहता है, जबकि बेटों वाला बाप काफी अर्से तक अपने को बादशाह समझता रहता है, बाद में अगर वह बेटा नालायक निकल जाता है तो उससे ज्यादा दुखी भी कोई नहीं मिलेगा। तब वह यही कहता है, संतान न हो एक दुख, हो के मर जाए, सौ दुख, और नालायक निकल जाए तो दुख ही दुख।

❖❖❖

हमारी प्यारी बेटियां

इतिहास गवाह है, कि भले ही हर युग ने बेटी को बेटे से कम आंका हो, परंतु बेटियां सदा से परिवार एवं समाज की मदद करती आईं हैं। उसने कभी पुत्री तो कभी मां, बहन एवं पत्नी बनकर स्वयं को प्रमाणित किया है। वह धरती पर बोझ नहीं परमात्मा का वरदान है, ईश्वर द्वारा बनाई गई सबसे प्यारी कृति है।

प्रकृति ने दो जीवों की रचना की है एक पुत्र रूप में और एक पुत्री रूप में **पु** का अर्थ है नरक और **त्र** का अर्थ है तारने वाला अथात् जो नरक से तारे वह पुत्र है। संभवत: पुत्री शब्द का भी वही अर्थ है, हमारे देश में पुत्र और पुत्री में जमीन और आसमान का अन्तर माना गया है। जहां एक को वंश और कुलदीपक की संज्ञा दी जाती है, वहीं दूसरी ओर पुत्री को पराया धन, कर्ज कहकर उसकी उपेक्षा कर दी जाती है, परन्तु सत्य तो यह है कि चाहे पुत्र हो या पुत्री दोनों ही ईश्वर की बनायी हुई कृतियां हैं।

हमारे धर्मग्रन्थों में कहा गया है-

''**यथैवात्मा तथा पुत्रः पुत्रेण दुहिता समा**''

''अर्थात् आत्मा अपनी जीवात्मा के गुण-धर्म के अनुसार पुत्र-पुत्री होता है, पुत्र-पुत्री समान है।''

परन्तु बड़े-बड़े तपस्वी भी इस संकुचित सोच से उबर नहीं पाते और दोनों में भेदभाव करते हैं। संसार के किसी भी धर्म में भ्रूण-हत्या को श्रेष्ठ नहीं बताया गया है। वैदिक धर्म में ब्रह्म-हत्या से भी अधिक पाप भ्रूण-हत्या को बताया गया है।

''**यत्पापं ब्रह्महत्यायां द्विगुणं गर्भपातने,**
प्रायश्चितं न तस्यास्ति तस्यास्त्यागो विधीयते''

ब्रह्म हत्या से जो पाप लगता है, उससे दुगुना पाप गर्भपात से लगता है। इसका कोई प्रायश्चित नहीं है। आश्चर्य है कि धार्मिक कहलाने वाला समाज, चींटी की हत्या से कांपने वाला समाज आंख मूंद कर कैसे भ्रूण-हत्या करवाता है! यह मानव-जाति को कलंकित करने वाला अपराध है।

एक पौराणिक कथा है

मंकणक नाम के एक साधक थे, भगवान शिव में उनकी आस्था थी साधक होने के बावजूद भी उनके मन में संसार तथा सांसारिकता की कामना अभी शेष थी, उनकी पत्नी स्वयंप्रभा ने उन्हें मार्ग बताया कि, आपकी समस्या का समाधान आपके आराध्य भगवान शिव अवश्य करेंगे उन्हीं की कृपा से आपके मन को बोध प्राप्त होगा।

मंकणक ने भगवान आशुतोष की आराधना करनी शुरू कर दी जब उनकी तपस्या प्रगाढ़ एवं परिपक्व हुई तब भगवान शिव प्रकट हुए उन्होंने कहा - ''वर मांगो वत्स!''

मंकणक ने उनसे पुत्र की कामना प्रकट की, इस पर भगवान शिव ने कहा वत्स तुमने तपस्या पूर्ण की, वर प्राप्त करना तुम्हारा नैसर्गिक अधिकार है, परन्तु तुम्हारे हृदय में भक्ति का अंकुर है बस इसी कारण पूछना चाहता हूं कि पुत्र किसलिए पुत्री क्यों नहीं? इस पर मंकणक ने कहा-''प्रभु पुत्र आगे चलकर सहायक बनता है, जबकि पुत्री विदा होकर ससुराल चली जाती है। उत्तर सुनकर भगवान शिव हंसे बोले - ''वत्स मंकणक! तुम तपस्वी हो, तुमने शास्त्रों का सही प्रकार से अध्ययन नहीं किया है, तुम्हें यह बोध होना चाहिए कि सहायक तो मनुष्य के कर्म होते हैं, कोई व्यक्ति विशेष किसी की सहायता नहीं करता।

घर में पुत्र हो या पुत्री, उसे संस्कार देकर, शिक्षा प्रदान करके उसके व्यक्तित्व को समुन्नत बनाकर समाज को अर्पित करना माता-पिता का दायित्व है। अपने बच्चों से प्रतिदान की आशा तो पशु-पक्षी भी नहीं करते, तुम तो मनुष्य हो।

पुत्र व पुत्री में भेदभाव करके उनके जीवन के विकास में अवरोध पैदा करना अशुभ कर्म ही है। स्त्री के अस्तित्व को कम आंकते हुए एक बार याज्ञवलक्य ने कहा था कि 'महिलायें शास्त्रार्थ के योग्य नहीं होती' परन्तु जब गागर्फ ने शास्त्रार्थ में उन्हें पराजित किया तो वे लज्जित हो गए।

ऐसे ही अपाला, अत्रि ऋषि की पुत्री थी उसके शरीर में श्वेत चर्मरोग था जब उसके पति कृशाश्व ने उसे त्याग दिया तो अपाला ने किसी से शिकायत न की। उसने तपस्या कर इन्द्रदेव का आह्वान किया, जिससे उसे चर्म रोग से मुक्ति मिल गई। कृशाश्व जब उसे लेने पहुंचे तो उसने पति के घर न जा कर, सम्पूर्ण जीवन लोक कल्याण के लिए अर्पित कर दिया, चाहे लड़का हो या लड़की दोनों सन्तति है फिर इतना भेदभाव क्यों?

अकबर से लड़ते-लड़ते महाराणा प्रताप की स्थिति बहुत दयनीय हो चुकी थी उनकी पुत्री चंपा बहुत भूखी थी। महाराणा प्रताप थोड़े विचलित थे, परन्तु उस ग्यारह वर्ष की वीरांगना ने यह कहकर उन्हें रोक दिया 'पिताजी मेरी भूख के कारण आप अपने देश के स्वाभिमान को मुगलों के समक्ष गिरवी न रखें।' कई दिनों तक भूखी रहकर उस लड़की ने अपने प्राण त्याग दिये।

मेनका – विश्वामित्र की पुत्री शकुन्तला ने अपने जीवन में आई समस्याओं का सामना जिस साहस के साथ किया, वह अद्वितीय एवं अतुलनीय है।

सुलोचना एक नागकन्या थी और मन्दोदरी मय दानव की पुत्री थी दोनों का विवाह राक्षसी कुल में हुआ था परन्तु आज भी इन दोनों की गणना विश्व की महान नारियों में की जाती है। ऐसे ही एक प्रकरण है, सुप्रिया का। श्रावस्ती में जब भीषण अकाल पड़ा तो इस लड़की ने घर–घर जाकर लोगों की मदद की।

एक बार राजपरिवार की विशाखा, सेविका सुप्रिया के साथ श्रावस्ती के विहार में भगवान बुद्ध के दर्शन के लिए पहुंची, वह अत्यंत मूल्यवान हीरा जवाहरात जड़ा स्वर्णाभूषण गले में धारण किये हुए थी। बुद्ध के समक्ष पहुंचने पर उसने गले से आभूषण निकाला और सेविका को देते हुए कहा 'इसे कहीं रख दो, दर्शन के बाद पुनः धारण कर लूंगी। भगवान के समक्ष वैभव का प्रदर्शन अनुचित होगा।' सुप्रिया ने आभूषण एक झाड़ी में रख दिया।

उपदेश सुनते–सुनते विशाखा तन्मय हो उठी। लौटते समय उसे ध्यान नहीं रहा कि आभूषण झाड़ी में से उठाना है, जब बुद्ध के शिष्य आनन्द भ्रमण के लिए निकले तो उन्होंने झाड़ी में पड़ा हार देखा, तो वह समझ गये कि यह विशाखा का ही है। उन्होंने उसे बुद्ध के सामने रख दिया। बुद्ध ने उसे आदेश दिया कि इसे वापस कर दो, आनंद ने भिक्षु को महल में भेजा, उसने विशाखा से कहा 'अपना हार मंगवा लें।' यह सुनकर विशाखा ने कहा कि 'यह हार बुद्ध की दृष्टि से पवित्र हो चुका है अतः इसका उपयोग हमारे शरीर के लिए नहीं होगा, इसे बेचकर मिलने वाले धन का सदुपयोग जन हित के कार्यों में लगाया जाए।'

वर्तमान परिवेश में दहेज से ज्यादा माता–पिता लड़कियों के बलात्कार से भयभीत हैं, ये कटु सत्य है कि चाहे स्कूल हो या कॉलेज या रेल या बस बेटियां कहीं भी सुरक्षित नहीं हैं। इसका मुख्य कारण है नैतिक मूल्य एवं हमारी संस्कृति का पतन। पुत्र को पुत्री से अधिक महत्त्व देना। हम बेटे से कभी ये नहीं पूछते तुम्हें आने में इतनी देरी क्यों हुई। कभी–कभी उस विधाता पर भी खीझ होती है गर्भ के बहाने सारा दोष उसने नारी पर ही क्यों केन्द्रित कर दिया? कुछ भी हो बेटियों के सामने कितनी भी मुश्किल आ जाए परन्तु वह प्रत्येक परेशानी का सामना बड़ी ही दृढ़ता से करती हैं।

❖❖❖

क्यों बचाएं बेटियों को?

बेटा यदि कुल का दीपक है तो बेटियां कुल की लौ हैं। लौ के बिना दीपक, मिट्टी का मात्र बर्तन भर है। लौ से ही प्रकाश उठता है और अंधकार मिटता है इसलिए यदि हमें अपनी जीवन में प्रकाश चाहिए तो हमें दोनों को स्वीकारना होगा। बेटियों को जन्म लेने देना होगा, तभी यह पृथ्वी सही मायनों में सुन्दर, सुखी व संतुलित हो पाएगी।

भले ही आज बेटियों के प्रति लोगों की सोच सकारात्मक हो गई है परंतु उसके बावजूद भी एक बहुत बड़ा तबका है जो आज भी बेटियों को बोझ व सिरदर्दी ही समझता है। उनके लिए बेटियां आफत एवं सुखों में रुकावट है। भले ही बेटियां आज चांद तक पहुंच गई हैं परंतु वह अपनी दकियानूसी सोच के साथ जमीन में ही गड़े रहना चाहते हैं। वह जीवन में बेटी के महत्त्व को समझना व स्वीकारना ही नहीं चाहते, जबकी देखा जाए तो आज बेटियां बेटों से ज्यादा आगे और काम की साबित हो रही हैं। आइए डालते हैं जीवन में बेटियों के महत्त्व पर एक नजर।

लिंग अनुपात को संतुलित करने के लिए

यदि हम बेटियों को जन्म लेने से पहले ही मार देंगे या जन्म लेने के बाद उनकी देखभाल नहीं करेंगे तो हम भविष्य में एक बेटी, बहन, पत्नी और मां कहां से प्राप्त कर पाएंगे? इतना ही नहीं जब विवाह के लिए लड़कियां ही नहीं होंगी तो हम संतान या तथाकथित वारिस कहां से लाएंगे? हम बेटों के चाहत में बेटी को कोख में ही मार रहे हैं जिससे बेटा-बेटी के बीच का जो अनुपात है वह बढ़ रहा है। यह अनुपात हमारे समाज, संबंध एवं संस्कार आदि सभी को प्रभावित कर रहा है। हैरानी की बात तो यह है कि इस बढ़ते लिंगानुपात का कारण हम मात्र अनपढ़, गरीब या दकियानूसी सोच वाले लोगों को ही मानते हैं, जबकि इस अनुपात को बढ़ाने में पढ़ा-लिखा, अमीर वर्ग भी शामिल हैं।

एक सर्वेक्षण के ताजा आंकड़ों के मुताबिक बड़े शहरों का पढ़ा-लिखा वर्ग धड़ल्ले

से कन्या भ्रूण हत्या कर रहा है। शहरों में ऐसे रईसों की संख्या बढ़ती जा रही है जो बेटे की लालसा में कन्या भ्रूण हत्या करने में जरा भी नहीं हिचकिचाते। रईस परिवारों में पहला बच्चा लड़की होने पर दूसरे बच्चे के रूप में लड़की को स्वीकार नहीं करने का विचार तेजी से फैला है। आज मादा शिशु हत्याओं के वजह से देश में स्त्री-पुरुष आबादी का अनुपात असंतुलित हो गया है और पुरुषों की तुलना में महिलाओं की आबादी दिन प्रति-दिन घटती जा रही है।

देश में सन् 2011 की जनगणना के अनुसार 3.73 करोड़ महिलाएं कम है। देश की कुल जनसंख्या 121 करोड़ में से देश में 0-6 आयु वर्ग में लिंगानुपात सन् 1991 की जनगणना के आकड़ों के अनुसार 945 था, जो घटकर सन् 2001 की जनगणना में 927 पर आ गया और यह सन् 2011की जनगणना के आकड़ों के अनुसार 918 पर आ गया, ये आंकड़े देश में लिंगानुपात की विषम होती चिंताजनक स्थिति को दर्शाते हैं। यदि हालात यही रहे तो आने वाले वर्षों में स्थिति और चिंताजनक हो जाएगी। वह दिन दूर नहीं जब एक स्त्री को अनेक पुरुषों के साथ रहना पड़ेगा। जिससे न केवल समाज-परिवार प्रभावित होगा बल्कि हालात और भी बदतर हो जाएंगे। इसीलिए हमें बेटियों को बचाना चाहिए ताकि लिंगानुपात को संतुलित किया जा सके।

जीवन का आधार है बेटियां

बेटियां मात्र मांस का लोथड़ा भर नहीं है कि उन्हें बोझ समझ के ढो लिया तो कभी विवाह के नाम पर दान कर दिया बेटों की तरह इनका भी अपना अस्तित्व है, वजूद है, हक और मत है। सच तो यह है बेटी कहो या नारी, क्योंकि नारी ही बेटी का दूसरा पका हुआ रूप है, इस सृष्टि का ही नहीं हमारे घर परिवार का आधार है। बेटियां धुरी हैं। जिस प्रकार पृथ्वी अपनी धुरी पर टिकी है ऐसे ही मनुष्य का जीवन बेटी या स्त्री पर टिका है। स्त्री के बिना मनुष्य की ही नहीं बल्कि हम पृथ्वी की भी कल्पना नहीं कर सकते। स्त्री अपने विभिन्न रूपों से मनुष्य, घर एवं रिश्तों को सजाती व संवारती है। हमारे इर्द-गिर्द स्त्री के विभिन्न रूप हमें हर उम्र व पड़ाव में पालते-पोसते व प्रकाशित करते हैं। स्त्री बेटी रूप में जीवन में आती है और अपने विभिन्न किरदारों से हमें लाभान्वित करती है।

सच तो यह है बेटी को अपने जीवन चक्र में भिन्न-भिन्न भूमिकाओं में जीना पड़ता है और उसे हर कसौटी पर खरा उतरना पड़ता है। कभी मां की भूमिका में अपनी ममता का परिचय देना पड़ता है। कभी बहन की भूमिका में भाई के प्रति अपने कर्त्तव्य का निर्वाह करना पड़ता है। कभी सास की भूमिका में पूरे परिवार को एकजुट रखना पड़ता है तो कभी पत्नी बनकर पति-बच्चों की सेवा करनी पड़ती है।

आपके आस-पड़ोस में ऐसे घर हो सकते हैं, जहां घर वाले बहू का सपना देखते हैं। खासकर घर की बुजुर्ग महिला चाहती है कि उनके घर में शहनाई बजे। बेटे का धूमधाम

से ब्याह हो। घर में खूबसूरत बहू आए। बहू आएगी तो एक दिन उनके घर-आंगन में बच्चों की किलकारियां गूंजेगी। घर में चहल-पहल बढ़ जाएगी। पोते-पोतियों के साथ घर के बड़े-बुजुर्ग खेल सकेंगे और यह सब होगा जब बेटियां बचेंगी।

बेटियों का विकल्प नहीं

बेटियां भविष्य में महिलाएं बनकर प्रजनन करती हैं इसके बावजूद महिलाएं काफी उम्र तक एक्टिव रहती हैं और श्रम प्रधान कार्य सम्पन्न करती हैं। सामान्य मामलों में लड़कियां लड़कों की अपेक्षा अपने शिशु काल में जल्दी बोलना शुरू कर देती हैं। सामान्य परिस्थितियों में देखा गया है कि लड़की लड़के की अपेक्षा पहले बुद्धिमत्ता प्रदर्शित करती हैं। शिक्षा में और विभिन्न प्रतियोगी परीक्षाओं में लड़कों की अपेक्षा लड़कियां अधिक संख्या में उत्तीर्ण होती हैं और मेरिट सूचि में उनके नाम होते हैं। विभिन्न शिक्षा बोर्डों के परीक्षा परिणाम इस बात के गवाह हैं। महिलाओं को अपनी ओर से हिंसा में लिप्त होने या आक्रमण करते नहीं पाया जाता है। महिलाएं जब भी किसी को बुलाती हैं तो धीमी आवाज का उपयोग करती हैं, चिल्लाती नहीं हैं। बच्चों को गोद रूपी सुरक्षा कवच महिलाएं ही प्रदान करती हैं। बच्चे पिता की अपेक्षा मां की गोद को प्राथमिकता देते हैं। महिला ही पुरुष को पिता की पदवी उपलब्ध कराती है और बच्चे से पिता के रूप में परिचय कराती है। मां के रूप में महिला ही बच्चे को सब कुछ सिखाती है। मां के रूप में वह बच्चे की प्रथम गुरु होती हैं। महिलाओं का शरीर भले ही कोमल हो लेकिन उसमें पुरुषों की तुलना में तंत्रिकाओं का घनत्व ज्यादा होता है।

पुरुष की मृत्यु के बाद कई मामलों में महिलाएं अपने बच्चों के लिए माता और पिता की दोहरी भूमिका निभाती हैं लेकिन अधिकांश पुरुष माता की भूमिका नहीं निभा पाते। मानव जाति के लिए सबसे बड़ा ऋण मातृ ऋण को माना गया है।

विवाह और वारिस के लिए

विवाह हिंदू धर्म-संस्कृति का अहम् संस्कार है। यह न केवल स्त्री पुरुष के लिए जरूरी है बल्कि जायज तौर पर संतान उत्पत्ति का एक सशक्त माध्यम भी है। जहां एक ओर परिवार व समाज के निर्माण में यह संस्कार एक अहम् भूमिका निभाता है वहीं दूसरी ओर यह खानदान की वंश परंपरा को भी बनाए रखता है, परंतु लोग बहुत अजीब हैं वह घर में संतान व वारिस का सुख तो चाहते हैं पर यह भूल जाते हैं कि वंश, पुरुष मात्र अकेले नहीं पैदा कर सकता उसके लिए स्त्री का होना भी अनिवार्य है, पर यदि हम बेटी को जन्म ही नहीं लेने देंगे तो आगे चलकर बेटों के लिए बहुएं कहां से लाएगें? और जब बहुएं ही नहीं होंगी तो संतान कहां से उत्पन्न होंगी?

भारत में दिन-प्रतिदिन जनसंख्या में उत्तरोत्तर वृद्धि हो रही है, परन्तु यह बड़े दुख

का विषय है कि इस बढ़ती हुई जनसंख्या में बालिकाओं का अनुपात घट रहा है। यदि इसी तरह वर्ष-दर वर्ष बालिकाओं की संख्या घटती रही तो वह दिन दूर नहीं जब देश में लड़कियों का आकाल पड़ जाएगा। यह विडम्बना है कि हमारे समाज में प्रत्येक वर्ग चाहे वह मजदूर हो या किसान, बुद्धिजीवी हो या नौकरी पेशा-सभी अपने घर में बहू लाना चाहते हैं, परन्तु बेटी अपने घर में न जन्में, बेटी दूसरे के घर में भले ही जन्म ले-यह बात सभी को अच्छी लगती है।

देश को चैन की नींद देती है

आप सोचेंगे कि देश की सुख-शांति के लिए तो हमारे सिपाही, फौजी भाई जिम्मेदार हैं, जो चौबिसों घंटे सरहद पर तैनात रहते हैं व अपनी जान को हथेली पर रखकर हमें सुरक्षित जीवन प्रदान करते हैं। पर आप भूल जाते हैं उन मांओं, बहनों व पत्नियों का बलिदान जो उनके बिना व उनसे दूर रह कर अपना जीवन स्वीकार लेती हैं व उन्हें परोक्ष रूप से हिम्मत बंधाती हैं

आज जो हमारे देश में सभी आम नागरिक सुख-चैन से जीवन जी रहे हैं उसकी वजह ये सैनिक हैं, जो अपने परिवार से महिनों दूर सीमा पर सर्तक और चौकन्ने रहकर अपने देश के प्रति कर्त्तव्य निभा रहे हैं और देश के दुश्मनों को सीमा से खदेड़ने, उन्हें मुंहतोड़ जवाब देने के लिए हर क्षण तैयार हैं।

आज हमारे देश को स्वतंत्र हुए 71 वर्ष हो गए हैं, परन्तु देश की आजादी को बनाएं रखने के लिए, देश की रक्षा के लिए सीमाओं पर सैनिक तैनात हैं। हर मौसम और वातावरण की वह मार सहते हैं पर उनकी स्त्रियों पर भी कोई कम गाज नहीं गिरती है वह सैनिक की पत्नी के रूप में स्त्री अपनी खुशियों का त्याग देश के लिए करती है। आप सोचेंगे कि इसमें उस स्त्री ने देश के लिए कैसे त्याग किया? उसने तो अपनी संतान और परिवार की खुशी के लिए त्याग किया, इसमें देश के लिए त्याग कहां? मैं आपको बताना चाहूंगा कि हमारा समाज एक अकेली स्त्री को कभी भी चैन से नहीं रहने देता। समाज की बात छोड़िए स्त्री के स्वपरिवार या ससुराल पक्ष के लोग भी उसका साथ नहीं देते हैं, उसे कदम-कदम पर अनेक परेशानियों का सामना करना पड़ता है। कोई भी स्त्री या पति-पत्नी नहीं चाहते कि वे एक-दूसरे से दूर रहें, परन्तु आवास की असुविधा, देश की जरूरत या बच्चों के साथ पृथक रहना, स्त्री-पुरुष की मजबुरी होती है, बहुत सोच-विचार के बाद दोनों एक-दूजे से दूर रहने का फैसला लेते हैं, परन्तु अक्सर कुछ समय के लिए ऐसा देखा जाता है कि स्त्री को परिवार और समाज का सहयोग नहीं मिलता है, उसके अपने ही उस पर छींटाकशी करते हैं। उसका समाज में रहना मुश्किल कर देते हैं। जब स्त्री अकेली रहती है तो परिवार और बच्चों की शिक्षा से सम्बन्धित कार्यों को करने के लिए वह जब घर से बाहर निकलती है तो लोगों की सवालिया नजरें उस पर बनी

रहती हैं, जैसे उससे पूछ रही हों–क्यों जा रही हो? किससे मिलने जा रही जो? इत्यादि ऐसे अनगिनत सवालों से उसे दो–चार होना ही पड़ता है। इतना ही नहीं स्त्री एक पत्नी होने के साथ–साथ एक मां भी होती है, इसलिए उसे पति की अनुपस्थिति में बच्चों के सम्मुख पिता की भूमिका भी निभानी होती है। स्त्री स्वयं को तो चहारदीवारी में कैद कर सकती है, परन्तु अपने बच्चों को नहीं। अपने बच्चों की प्रसन्नता के लिए उन्हें घुमाने बाहर लेकर जाने का दायित्व भी उसे पूरा करना होता है और बच्चों के संपूर्ण विकास के लिए तथा बच्चों की खुशी के लिए वह सभी कार्य करती है चाहे ऐसा करने पर लोगों की कोई भी प्रतिक्रिया क्यों न हो।

हर क्षेत्र में है योगदान

पिछले दो दशकों में भारत में महिलाओं ने जीवन के समस्त क्षेत्रों में उल्लेखनीय योगदान दिया है। इनकी उपलब्धियां बेमिसाल रही हैं। शिक्षा के क्षेत्र में तो भारतीय लड़कियों ने संपूर्ण विश्व को चमत्कृत कर दिया है। आज भारत में शिक्षा के स्तर पर समस्त परीक्षाओं में बालिकाएं ही सामान्यत: टॉपर होती हैं। देश की सर्वाधिक प्रतिष्ठित सिविल सेवा परीक्षाओं में विगत अनेक वर्षों से महिलाएं ही टॉपर हो रही हैं। हम सभी जानते हैं कि भारत की सिविल सेवा परीक्षा विश्व की सबसे कठिन मानदंड वाली परीक्षा है। आई आईटी (भारतीय प्रोद्यौगिकी संस्थान) और आईआईएम (भारतीय प्रबंध संस्थान) जैसे प्रतिष्ठित संस्थानों में भी बालिकाओं की सफलता आश्चर्यजनक रही है, चिकित्सा क्षेत्र में भी महिलाओं ने उल्लेखनीय उपलब्धियां अर्जित की हैं। इसके साथ ही रचनात्मक क्षेत्रों में भी महिलाओं का योगदान अद्भुत रहा है।

कला, साहित्य, संस्कृति तथा समाजसेवा के क्षेत्र में महिलाओं ने महान योगदान दिया है। खेलों के क्षेत्र में भी आज भारतीय नारियां संपूर्ण विश्व में अपनी प्रतिभा और शक्ति का लोहा मनवा रही हैं। विज्ञान और अनुसंधान के भारतीय मंदिर 'इसरो' (भारतीय अंतरिक्ष एवं अनुसांधान संगठन) में भी महिला वैज्ञानिक की उपलब्धियां उनकी प्रतिभा और कर्मठता का उद्घोष कर रही हैं। इस प्रकार जीवन और व्यवस्था के समस्त क्षेत्रों में भारतीय स्त्रियों ने समाज की उपेक्षा के बावजूद अकल्पनीय उपलब्धियां अर्जित की हैं और भारत राष्ट्र और समाज को गौरवान्वित किया है।

पुरुष को पूर्ण करती है स्त्री

आज की बेटी कल को नारी के नाम से सम्बोधित की जाएगी और पुरुष की सहयोगी और अर्धांगिनी होगी। हमें आज यह कहने में कोई हिचक नहीं होनी चाहिए कि नारी पुरुष की सहभागी है। वह पुरुष की सबसे बड़ी ताकत है। बिना नारी के पुरुष का जीवन अपूर्ण है। नारी ही पुरुष को पूर्णता प्रदान करती है। शायद यही कारण था कि

ईश्वर ने भी स्त्री और पुरुष के रूप में आदम और हव्वा को संसार में सर्वप्रथम भेजा था क्योंकि एक अकेले से इस संसार का सृजन सम्भव नहीं था।

हमारे उपनिषदों, वेदों तथा शास्त्रों से सिद्ध होता है पुरुष और स्त्री दोनों एक ही सत्ता के दो रूप हैं और परस्पर पूरक हैं। स्वयं प्रकृति ही नारी के रूप में सृष्टि के निर्माण पालन-पोषण और संवर्धन का कार्य कर रही है। नारी के हाथ सदैव कुछ बनाने के लिए होते हैं, बिगड़ाने के लिए नहीं। आज मां के सिवाय संसार में कौन-सी हस्ती है जो शिशु की सेवा और उसका पालन-पोषण कर सके?

नारी ही समाज की निर्मात्री शक्ति है, क्योंकि वहीं समाज का धारण और संवर्धन करती हैं। नारी अपने विभिन्न रूपों में मानव जाति के लिए त्याग, बलिदान, स्नेह, श्रद्धा, धैर्य और सहिष्णुता का जीवन व्यतीत करती है। प्राय: देखा गया है कि माता-पिता के लिए जितनी आतुरता, आत्मीयता और सेवा भावना पुत्री में होती है उतनी पुत्र में नहीं होती है। दूसरे घर जाकर भी पुत्री अपने माता-पिता से अलग नहीं हो पाती।

कहा जाता है कि यदि पुरुष को कुछ हो जाए तो एक औरत अपने पति सहित चार बच्चों का पालन-पोषण कर सकती है परंतु यदि औरत को कुछ हो जाए तो पुरुष एक बच्चे को भी नहीं पाल सकता। यह मात्र एक कथ्य नहीं है। वास्तविकता है यह। उसकी असीम आत्मशक्ति पुरुष के अपेक्षा हजार गुना ज्यादा होती है। कोई भी समस्या उसे किसी भी अवस्था में विचलित नहीं कर पाती।

हत्या के पाप से बचने के लिए

धार्मिक ग्रंथों के अनुसार, विशेष तौर पर हिन्दू ग्रंथों के अनुसार अपने स्वार्थ के लिए हिंसा करना अपराध है और हत्या करना तो बहुत बड़ा पाप है, वह भी न केवल स्त्री की बल्कि उसके शिशु रूप की। यह वह देश है जहां पर नारियों और छोटी बच्चियों को देवी का रूप समझकर पूजा जाता है। कहा भी गया है 'यत्र नार्यस्तु पूजयंते रमन्ते तत्र देवता।' अर्थात जहां नारी की पूजा होती है वहां देवताओं का वास होता है। ऐसे में नारी या कन्याओं की हत्याओं का मतलब है देवताओं को नाराज करना और देवताओं को नाराज करने का मतलब है अपने जन्म और जीवन को खराब करना। एक तरीके से कहा जा सकता है, जो नारी का अपमान करता है वो नर्क का भागीदार बनता है, इसलिए यदि हम अपने जीवन और धरती पर कष्टों को कम करना चाहते हैं, उसे सुन्दर बनाना चाहते हैं तो हमें नारी जाति का सम्मान करना चाहिए। हमें कन्या भ्रूण हत्या नहीं करना चाहिए।

❖❖❖

बेटों से आगे हैं बेटियां

आतंकवाद हो या लूटमार, भष्टाचार हो या बलात्कार, सभी तरह के कुकृत्यों एवं उपद्रवों में अभी तक पुरुषों को ही शामिल पाया गया है महिलाओं को नहीं। महिलाएं सृजन एवं सहयोग करती अधिक पायी जाती हैं बजाय विध्वंस और नाश के।

आज संपूर्ण विश्व महिलाओं द्वारा अर्जित की गई महान उपलब्धियों से चमत्कृत है। विज्ञान और अनुसंधान से लेकर खेल-कूद और कला-संस्कृति तक प्रत्येक क्षेत्र में महिलाओं ने आश्चर्यजनक एवं अभूतपूर्व उपलब्धियां दर्ज की हैं। इन उपलब्धियों से यह सिद्ध होता है कि यदि महिलाओं को समुचित अवसर और प्रोत्साहन मिले, तो उनके लिए कुछ भी करना असंभव नहीं है। भारत में भी महिलाओं ने जीवन के प्रत्येक क्षेत्र में अद्‌भुत सफलताएं अर्जित की हैं। आज हम भारतीय महिलाओं की उपलब्धियों और उनके प्रभाव को सर्वत्र महसूस कर रहे हैं। कला-संस्कृति से लेकर प्रशासन और कॉर्पोरेट क्षेत्र तक भारतीय महिलाओं ने अपनी प्रतिभा और क्षमताओं का लोहा मनवाया है।

शिक्षा के क्षेत्र में

शिक्षा और अकादमिक क्षेत्र में महिलाओं की प्रतिष्ठा और उपलब्धि आज सर्वमान्य है। प्रत्येक वर्ष होने वाली समस्त प्रकार की बौद्धिक एवं प्रतियोगी परीक्षाओं में प्राय: महिलाएं ही टॉप कर रही हैं। सिविल सेवा परीक्षाओं से लेकर आईआईटी, आईआईएम, मेडिकल और सीबीएसई तथा बोर्ड परीक्षाओं तक हर ओर लड़कियां ही टॉप कर रही हैं। अनेक ऐसे क्षेत्रों में जहां अब तक मात्र पुरुषों का एकाधिकार कायम था, वहां भी महिलाओं ने अपनी क्षमता और प्रतिभा के बल पर अपनी मजबूत जगह बना ली है।

खेल जगत में

खेलों के क्षेत्र में संपूर्ण विश्व में महिलाओं ने अपनी प्रतिभा का लोहा मनवाया

है। एथलेटिक्स से लेकर टेनिस तक तथा तैराकी से लेकर बैडमिंटन तक हर खेल में महिलाओं ने आश्चर्यजनक उपलब्धियां अर्जित की हैं। वैश्विक स्तर पर जब ओलंपिक खेलों की शुरुआत 1896 में एथेंस ओलंपिक से हुई थी, तब इनमें हिस्सा लेने वाले कुल 245 खिलाड़ी थे। विशेष बात यह है कि यह सभी 245 खिलाड़ी पुरुष थे। इनमें एक भी महिला खिलाड़ी नहीं थी। अब इसकी तुलना हम करते हैं ब्राजील ओलंपिक 2016 से। इस ओलंपिक में लगभग 11000 खिलाड़ियों ने हिस्सा लिया था जिसमें से 55 प्रतिशत पुरुषों तथा 45 प्रतिशत महिलाओं ने हिस्सा लिया था। एक शताब्दी में महिलाओं की यह अद्भुत यात्रा वैश्विक स्तर पर इनकी महान प्रतिभा और सफलता की कहानी कह रही है।

राजनीतिक और सामाजिक क्षेत्र में

राजनीति और सामाजिक क्षेत्र में आज भारत में महिलाओं की सक्रियता उत्साह का विषय बनी हुई है। इन सभी क्षेत्रों में सक्रियता और सफलता के बावजूद भारतीय महिलाओं ने अपने पारिवारिक दायित्वों को उपेक्षित नहीं किया है। उसने घर, परिवार और कार्यक्षेत्र के मध्य एक असाधारण संतुलन स्थापित किया है, जो संभवतः पुरुषों के लिए भी सहज और संभव नहीं होता।

सौंदर्य प्रतियोगिता में

इतना ही नहीं सुंदरता के मामले में भी अभी तक कोई पुरुष मिस्टर इंण्डिया या मिस्टर यूनिवर्स के रूप में इतना विख्यात नहीं हुआ, जितना कि मिस यूनिवर्स और मिस वर्ल्ड बनकर लड़कियों ने झण्डे गाड़े हैं।

जो महिलाएं अपने घर और बच्चों की देखभाल के अलावा मिलने वाले समय में पेंटिंग, लेखन, संगीत या किसी अन्य रचनात्मक काम से जुड़ी रहती हैं, वे तनाव और अवसाद से काफी दूर रहती हैं। न केवल वे अन्य महिलाओं की तुलना में मानसिक और शारीरिक रूप से स्वस्थ रहती हैं, उनके बच्चे भी ज्यादा रचनात्मक और सक्रिय होते हैं। रचनात्मकता का संबंध हमारी चेतना की गुणवत्ता से होता है। बचपन में मिली यह रचनात्मक समझ आगे चलकर हमारे जीवन और आचरण व्यवहार का एक अनिवार्य अंग बन जाती है। इससे हमारा व्यक्तित्व और अधिक परिपक्व और संवेदनशील होकर निखरता है।

❖❖❖

लिंगभेद का शिकार बेटियां

बात सिर्फ गांव या पिछड़े इलाकों की नहीं है, शहरों में भी बेटा-बेटी व उनकी परिवरिश को लेकर कई भेदभाव देखने को मिल जाते हैं। समाज क्या कहता है यह तो बाद की बात है परंतु सोचने की बात तो यह है कि घर-परिवार वाले व बेटी के स्वयं मां-बाप भी इस भेदभाव को कायम रखने में कोई कसर नहीं छोड़ते। जिसके कारण बेटियां उस प्यार-दुलार से वंचित रह जाती हैं जिसकी वह बराबर की हकदार होती हैं।

शहरों में रहने वाली आज की आधुनिक युवा पीढ़ी भले ही घर-परिवारों में जन्म लेने वाली बेटियों के साथ हो रहे भेदभाव से अंजान हो पर उसे पता होना चाहिए कि वह किन हालातों से गुजर कर आए हैं। लिंग भेद को लेकर इस देश की क्या सोच थी, लड़की व उसको जन्म देने वाली मां के प्रति घर-समाज का क्या रवैया था, उन्हें पता होना चाहिए।

समय जरूर बदला है पर हालात में कुछ खास बदलाव नहीं आया हैं। शहरों से बाहर आज भी वही पिछड़ी मानसिकता सांस ले रही है। हकीकत से अंजान ऐसे युवाओं को बतलाना चाहूंगा कि पहले अगर किसी घर में बेटा पैदा होता था, तो लोग यह समझते थे कि उनके घर में चिराग या कुल दीपक पैदा हुआ है। जिसकी खुशी में गली-मुहल्ले में मिठाई बांटी जाती थी। बेटे के आने की खुशी में रिश्तेदारों व पड़ोसियों को दावत दी जाती थी। 'छठी' का दिन विशेष धूमधाम से आयोजित होता था। गाना-बजाना, नाच होता था। अगर मां-बाप के पास पैसा नहीं भी होता था, तो वे महाजन के पास जमीन गिरवी रखकर पैसे का बंदोबस्त कर लेते थे। लेकिन उन्हें 'धूम-धड़ाके' को किसी भी तरह कम करना गंवारा नहीं था। गांव-पड़ोस में लोग जानें नहीं कि उनके घर में बेटा हुआ है तो खुशी कैसी ? जबकि लड़की के जन्म होने पर घर में मातम पसर जाता था। बेटी का बाप सिर पर हाथ रखकर बैठ जाता था। बेटी को जन्म देने वाली मां अपना मुंह नहीं दिखाती थी, जैसे बेटी को जन्म देकर उसने कोई भारी पाप किया हो। सास-ससुर, ननद-भाभी सब ताना मारते थे। पड़ोसी मजाक उड़ाते थे। व्यंग्य कसते थे। इतना ही नहीं अगर स्त्री

के चार-चार बेटी हो गई, तो पति उससे अपना सारा संबंध तोड़ लेता था या तो पत्नी को मायके छोड़ आता था या बेटे की आस में दूसरा विवाह कर लेता था। कई स्त्रियों को तो मारकर पति अपने अरमानों की सेज दूसरी ब्याहता स्त्री के साथ सजाने लगते थे। यह उम्मीद रहती थी कि हो सकता है कि दूसरी स्त्री भाग्यवान हो। यह दुआ की जाती थी कि दूसरी स्त्री मनहूस न निकले। यानी जिस स्त्री ने बेटा जन्म दिया, वह भाग्यशाली और जिसने पुत्री को जन्म दिया वह अभागन।

दुख तो यह है कि आज भी लड़कियों की परवरिश को लेकर समाज में भेदभाव व्याप्त है। लड़कियों के खाने-पीने तथा वस्त्र इत्यादि की जरूरतों को नजरअंदाज किया जाता है। जबकि लड़कों को अच्छे से अच्छा भोजन और समय पर कपड़े आदि उपलब्ध होते हैं। एक ही मां की कोख से जन्म लेने के बाद भी लड़कियों के साथ ऐसा भेदभाव क्यों? क्या लड़के और लड़कियों की भूख में अन्तर है? मां बेटे को तो आग्रह कर-करके भोजन खिलाती है और बेटी की भूख को नजरअंदाज कर देती है, ऐसे कई भेदभाव हैं जो समाज नहीं घर में मां-बाप या परिवार वालों की सोच के कारण जन्म लेते हैं, जिसे भुगतना लड़कियों को पड़ता है, जिसके चलते बचपन से ही उनमें सहने और समझौते करने की आदत पड़ जाती है।

बचपन से भेदभाव के बीज

लड़कों और लड़कियों में घरेलू भूमिकाओं तथा भावनाओं में अंतर वाले बीज बचपन की जमीन में ही बोए जाते हैं। 'भाई के लिए पानी लाओ, भाई यह काम नहीं करेगा, यह तो लड़कियों के काम हैं। 'तुम वहां क्यों गई, तुम उस लड़की के साथ क्यों बैठी हो यह क्या तरीका है उठने-बैठने का। लड़की हो, सलीका सीख लो। क्या करोगी बहुत पढ़के, बनाना तो फिर भी रोटी ही है, सब्जी थोड़ी-सी बची है भाई के लिए रख दो, तुम अचार से खा लो।'- इस तरह की तमाम बातें जहां लड़कियों में हीन और कमतर होने की भावना लाती हैं, वहीं लड़कों में श्रेष्ठता का भ्रामक मान भी पैदा हो जाता है। यह विचार पक्की जमावट बनकर व्यक्तित्व का हिस्सा बन जाते हैं, जिसकी शिकार लड़कियां ता उम्र सहती हैं।

देखा जाए तो औरत पैदा नहीं होती वरन् बना दी जाती है। उन्हें पर्दा यहीं दिया जाता है, भारी भरकम लिबास यहीं दिया जाता है। उनके खिलौने तक अलग कर दिए जाते हैं। लड़कियों के लिए गुड़िया, लड़कों के लिए पिस्तौल, तलवार आदि दे दिए गए। घर का रखरखाव, रसोई की जिम्मेदारी, घर की सफाई, कपड़ों की धुलाई आदि सब लड़कियों के जिम्मे डाल दिया गया। पुरुषों के हिस्से में आई स्वच्छंदता और हुकूमत करने की ताकत।

बचपन से ही दमन की आदत

लड़कियां बचपन से ही ऐसे माहौल में पली होती हैं कि कदम-कदम पर उन्हें अपनी इच्छाओं को दबाना पड़ता है और इसका तनिक भी विरोध नहीं करती हैं, क्योंकि वे अपनी दादी व मां को भी ऐसे ही अपनी इच्छाओं को परिवार के लिए त्याग करते हुए देखती हैं। परिणामस्वरूप लड़कियां बचपन में हो रहे असमानतापूर्ण व्यवहार को भी घर की खुशी के लिए सहती हैं। उन्हें बचपन से ही यह शिक्षा मिलती है कि उनकी धुरी केवल घर की चहारदीवारी है और उसी में रहकर उन्हें कार्य करना है। इस प्रकार एक लड़की बचपन से ही अपनी इच्छाओं को दबाकर अपने परिवार की खुशी के लिए त्याग करती है और हम उसका शोषण करते आ रहे हैं।

अगर परिवार के चार बच्चों में दो लड़के तथा दो लड़कियां हों तो दो लड़कियों का त्याग अपने भाइयों के लिए तथा अपने माता-पिता के लिए अलग ही नजर आता है, क्योंकि अपने परिवार की खुशी के लिए लड़कियां सस्ते कपड़े खरीदती हैं, लेकिन लड़कों के लिए उनकी पसंद के अच्छे कपड़े खरीदे जाते हैं, ऐसा क्यों? क्या परिवार की माली हालत सुधारने के लिए छोटी लड़कियां ही जिम्मेदार हैं, उनको ही क्यों जिम्मेदार समझा जाता है, लड़कों को ऐसा महसूस क्यों नहीं कराया जाता है, क्यों लड़कियां ही, सस्ते और कम कपड़े पहनकर किसी न किसी रूप में अपनी इच्छाओं को त्यागकर परिवार के सदस्यों की ख़ुशहाली की फिक्र करें?

अधिकारों का भेदभाव

घर में लड़की बड़ी भी हो, तब भी उसे छोटे भाई से कम जेब खर्च मिलता है। ऐसा क्यों? जब लड़के-लड़कियों को एक समान अधिकार प्राप्त है, उनके शौक समान हैं, तो उनमें यह असमानता क्यों बरती जाए? क्यों न दोनों बच्चों को समान रूप से देखें। उन्हें अलग-अलग चीजें लाकर देने से अच्छा है, एक जैसी चीजें दें। इससे भेदभाव नहीं होगा दोनों समान हो जाएंगे।

इतना ही नहीं हम लड़कियों को उनकी खेलने-कूदने और मौज-मस्ती की उम्र में घर के कार्य में व्यस्त कर देते हैं। लड़कियों के नाजुक नन्हें कन्धों पर घर की जिम्मेदारियों का बोझ डाल देते हैं है। लड़कियों को घर में रहकर खाना बनाना और साफ-सफाई के कार्य करने के लिए बाध्य किया जाता है। जब उसके हम उम्र साथी खेल रहे होते हैं तब वह अपने छोटे भाई-बहनों को गोद में लेकर खिलाती है या उनकी देख रेख करती है।

भोजन में भेदभाव

अक्सर देखा गया है कि परोसे गए खाने में, लड़के की प्लेट में ज्यादा खाना होता है

और लड़की की प्लेट में कम। यह उचित नहीं है। ऐसा माना जाता है कि पुरुष महिलाओं की तुलना में ज्यादा ताकतवर होते हैं और उन्हें श्रम भी ज्यादा करना होता है, इसलिए उन्हें ज्यादा भोजन की आवश्यकता होती है। यह बिल्कुल गलत धारणा है। लड़का हो या लड़की, दोनों की शारीरिक जरूरतें एक जैसी हैं। उन्हें विकसित होने के लिए पर्याप्त मात्रा में भोजन की आवश्यकता होती है। बच्चों को एक समान पोषण देना चाहिए। यह भी ध्यान दें कि बेटे को खाना परोसने का काम बेटी को करने को न कहें। इससे बेटे में खुद को बड़ा और बेहतर मानने का भाव आता है। दोनों एक-दूसरे को परोसें या दोनों अपना-अपना खाना खुद लें, कुछ ऐसी व्यवस्था करें।

काम का भेदभाव

अनेक घर-परिवारों में लड़के-लड़कियों के काम के बंटवारे को लेकर लड़की को प्रताड़ित किया जाता है। लड़की को झाड़ू-पोंछा, बर्तन साफ करने, खाना बनाने तक के काम करवाएं जाते हैं। लड़कों को इन सब कामों के लिए कहा ही नहीं जाता है, उनसे यह काम करवाया ही नहीं जाता है। काम किसी का नाम लिखकर नहीं बनाए गए हैं कि यह काम लड़कों का है और यह काम सिर्फ लड़कियों का है। यह तो सब बताने वाले की गलती है। विडम्बना यह है कि बालिकाओं को शरीरिक रूप से कमजोर समझकर उन्हें कोई भी कठीन कार्य करने को नहीं दिया जाता जिससे उनमें कार्य के प्रति आत्मविश्वास उत्पन्न नहीं हो पाता। इसी प्रकार समाज में कई रूपों में लैंगिक असमानता दृष्टिगोचर होती है। यही कारण है कि प्राय: सभी भारतीय समुदायों में पुत्र के प्रति वरीयता और बेटियों के प्रति उदासीनता देखने को मिलती है।

सारे काम सबके हैं, यही सोच बच्चों के बीच विकसित होनी चाहिए ताकि वे मिलजुलकर काम करने की जिम्मेवारियां संभालें। स्वस्थ समाज के निर्माण में यह समानता का पाठ एक महत्त्वपूर्ण कदम साबित होगा।

बाहरी स्वतंत्रता में भेदभाव

माता-पिता लड़की को घर से बाहर जाने की अनुमति नहीं देते हैं। इसके विपरीत उसके भाई को बाहर का कोई भी कार्य जैसे दुकान से कोई सामान खरीदकर लाने जैसी इजाजत देने में जरा भी नहीं हिचकते हैं। लड़कियों को यदा-कदा बाहरी कार्य करने की अनुमति मिलती है, यहां तक कि उसे अपने स्कूल-कॉलेज में मित्रों के साथ पिकनिक जाने की इजाजत भी आसानी से नहीं मिलती। और तो और लड़कियों को बाहर खेलने-कुदने के लिए भी घरवालों से मिन्नतें करनी पड़ती हैं। माना कि बाहरी माहौल के कारण हम लड़कियों को घर से बाहर कम ही निकलने देते हैं पर इसका मतलब यह नहीं कि वे

जब घर से बाहर निकलें तो स्वयं को कमजोर और असहाय समझें। उनमें हर परिस्थिति का डटकर मुकाबला करने की क्षमता होनी चाहिए।

इस भेदभाव को यूं समझें, एक मां अपनी लड़की से पूछ रही है, कहां गई थी? लड़की का जवाब था घूमने? मां ने पलटकर पूछा, साथ में, कौन था। लड़की ने कहा, साथ में कोई नहीं था अकेले घूमने गई थी। मां ने नसीहत दी, कम से कम छोटे भाई को ही साथ ले लिया होता। जवान लड़की को अकेले घूमने नहीं जाना चाहिए। एक वही मां अपने लड़के से पूछती है, कहां गया था? लड़का नाराजगी भरे स्वर में कहता है, घूमने गया था, लेकिन तुम इतनी पूछताछ क्यों कर रही हो मां। मां बोली-''बेटा कोई बात नहीं। घूमने-फिरने जाना चाहिए। घर में बैठे-बैठे मन ऊब जाता होगा। घूमना-फिरना अच्छी बात है। बाहर निकलने से ताजी हवा मिलती है। स्वास्थ्य अच्छा रहता है।'' देखा आपने एक ही घटना के लिए मां का दोतरफा व्यवहार।

शिक्षा में भेदभाव

अभिभावक शिक्षा को लेकर भी लड़की के साथ भेदभाव करते हैं। लड़की चाहे कितनी भी गुणी और योग्य हो, उसे ज्यादा पढ़ाया-लिखाया नहीं जाता, जबकि इसके विपरीत अयोग्य और पढ़ाई में रुचि न रखने वाले लड़के पर अभिभावक अपने जीवन की जमा पूंजी लगाने के लिए तैयार हो जाते हैं।

लड़कियों के साथ भेदभाव यहीं तक सीमित नहीं है, यदि अभिभावक लड़की को शिक्षा दिलाते भी हैं और किसी कारणवश यदि उसे अपनी शिक्षा जारी रखने के लिए घर से दूर विद्यालय में जाना पड़े तो अभिभावक उसकी शिक्षा को वहीं विराम लगा देते हैं व लड़की की आगे पढ़ने की इच्छा की अनदेखी कर उसे आगे पढ़ने की इजाजत नहीं देते हैं। अगर ऐसी ही परिस्थितियां लड़के के सामने आएं तो उसे सभी सुविधाएं प्रदान की जाती हैं। घर में लड़के की शिक्षा को प्राथमिकता दी जाती है और उसकी शिक्षा में आने वाली हर बाधा को दूर किया जाता है।

यदि अभिभावक अपनी लड़की की महत्त्वाकांक्षाओं को न दबाएं तो वह भी उन्नति कर सकती है। वह भी अपने भाई की तरह डॉक्टर, इंजीनियर या शिक्षक बन सकती है और अपने माता-पिता का नाम रोशन कर सकती है।

विवाह को लेकर भेदभाव

लड़की के जन्म के साथ ही घर वालों को उसकी शादी की चिंता हो जाती है, तभी तो किशोरावस्था शुरू होते ही बेटियों को घरवालों द्वारा यह कहकर ताना मारा जाता है कि शादी करनी है, या शादी की उम्र होने जा रही है। एक प्रकार से शादी नाम का भय

उसके मन में भरना शुरू कर दिया जाता है। उसकी हर क्रियाविधि जैसे, सिलाई-कढ़ाई, खाना बनाना, कपड़े-बर्तन धोना आदि, हर व्यवहार को शादी के नाम से जोड़ दिया जाता है। जबकि लड़के के साथ ऐसा कोई ताना नहीं मारा जाता बल्कि यदि कोई लड़के की शादी का जिक्र भी कर दे तो 25 साल के लड़के के लिए भी यही कहा जाता है अभी उम्र ही क्या हुई है? अभी 25 का ही तो है। अभी शादी की क्या जल्दी है? लड़के को आधी उम्र तक कुआंरा ही कहा जाएगा। ऐसा लगता है जैसे शादी केवल लड़की की ही होनी है। बेटियों के विवाह के समय भी यह विभेद हम बड़े स्पष्ट तौर पर देखते हैं। इतना ही नहीं बेटियों की शादी से पूर्व इतनी पूछताछ की जाती है मानो वह कोई अपराधिनी है और उसे जेल भेजना है जबकि बेटों के लिए तो बस इतना पर्याप्त है कि वह बेटा है, भले ही उसे ढंग से पाजामें का नाड़ा बांधना भी न आता हो और यदि उस पर भी सरकारी नौकरी है तब तो कहना ही क्या। फिर तो वह शराबी हो, चेन स्मोकर हो, हैजे का मरीज हो सब चलता है।

इस तरह से हम देखते हैं कि लड़कियों के साथ जो भेदभावपूर्ण व्यवहार किया जाता है वह उनके विकास में तो बाधक है ही, साथ ही उनके बचपन को भी छीनता है। कुछ ऐसी बातें हैं, जिनको प्रायः हम अपने आस-पास घटित होते देखते हैं या कहें कि लड़कियों को बचपन में शोषित होते हुए देखते हैं और जिन पर अंकुश लगना बहुत जरूरी है।

मां व परिवार को चाहिए कि वे लड़कियों के साथ पक्षपातपूर्ण व्यवहार न करें। कपड़े, भोजन और खेलकूद आदि में लड़की के साथ लड़के के समान व्यवहार करें। लड़की की खेलने-कूदने और पढ़ाई की उम्र में उसके नाजुक कन्धों पर घर के कार्यों के बोझ न डालें। लड़की को उचित अवसर प्रदान कर, उसे भी आत्मनिर्भर बनाएं और उसमें आत्मविश्वास पैदा करें ताकि वह जीवन में आने वाली कठिनाइयों का सामना कर सके। वह भी लड़के के समान सर ऊंचा करके चल सके। याद रखें केवल लड़के ही नहीं, लड़कियां भी उचित अवसर मिलने पर परिवार का नाम रोशन कर सकती हैं। इसलिए परिवार की खुशी के लिए कन्याओं को अपनी इच्छाओं का त्याग करने पर मजबूर न करें, उन्हें भी समानता का माहौल दें।

❖❖❖

क्यों जरूरी है बेटियों को पढ़ाना?

'बेटी पढ़ कर क्या करेगी, संभालना तो उसे घर ही है, करने तो उसे बच्चे ही हैं।' बेटियों के प्रति इस सोच पर हमें विराम लगाना ही होगा, तभी बेटी अपने साथ हो रहे अत्याचार और शोषण से उभर पाएगी तथा स्वयं को बोझ समझी जाने वाली कहावत और मान्यता को तोड़ पाएगी।

किसी गाड़ी में यदि एक टायर कार का है और दूसरा टायर साईकिल का तो गाड़ी चल नहीं पाएगी। ठीक इसी तरह पति पढ़ा-लिखा हो और पत्नी पढ़ी-लिखी न हो तो वैवाहिक जीवन अधिक दूर तक साथ नहीं चल पाएगा। यही पत्नी कल मां बनेगी, यदि मां पढ़ी-लिखी होगी तो वह जीवन में पढ़ाई-लिखाई के महत्त्व और उसकी जरूरत को समझेगी, इसलिए वह न केवल अपने बच्चों को भी पढ़ाने पर जोर देगी बल्कि स्वयं उनको पढ़ा भी पाएगी। इस तरह पूरा घर शिक्षित होगा और समाज में यदि हर घर में लड़कियां पढ़ने लग जाएं तो वो दिन दूर नहीं जब पूरा देश शिक्षित होगा। इसलिए बेटियों का स्कूल जाना आवश्यक है। बिना शिक्षा के वह जीवन के विविध क्षेत्रों में आवश्यक ज्ञान, कौशल, प्रतिभा और तकनीक को समझने से वंचित रह जाती हैं। यह उनके मौलिक अधिकारों का उल्लंघन है। इसलिए जब भी मन में सवाल उठे कि बेटियों को क्यों पढ़ाएं, क्या लाभ है उनको पढ़ाने से, तो निम्नलिखित बातों पर अवश्य ध्यान दें।

कन्या भ्रूण हत्या कम करने के लिए

आज की बेटियां ही कल की बहू और मां बनती हैं। घर की मां और बहू ही हैं जो कन्या भ्रूण हत्या के साथ अन्य घरेलू एवं सामाजिक शोषण का शिकार होती हैं, क्योंकि ये पढ़ी-लिखी नहीं होती इसलिए इनकी सोच पुरानी एवं दकियानूसी होती है।

आज हमारे समाज में कन्या भ्रूण हत्या की जितनी अधिक घटनाएं घट रही हैं,

उसके लिए अकेली 60 फीसदी महिलाएं ही जिम्मेदार हैं। पढ़ी-लिखी नहीं होने के कारण ये महिलाएं दशकों पुरानी सोच को जिन्दा रखे हुए हैं। ये आज भी लड़कियों को बोझ व पराया धन ही समझती हैं तथा बेटों को घर का चिराग और बुढ़ापे का सहारा मानती हैं।

जबकि शिक्षित महिला आमतौर पर सोचती है कि उसकी संतान का विकास कैसे हो? संतान का पालन-पोषण किस प्रकार हो? ताकि उसका संपूर्ण विकास हो सके। संतान की शिक्षा-दीक्षा की चिन्ता करती है, ताकि उसका मानसिक विकास हो सके, उसकी समझ व सोच में परिपक्वता आ सके।

एक शिक्षित महिला यह भी सोच सकती है कि उसकी संतान आत्मनिर्भर कैसे बन सके? वह संतान को जन्म देने से लेकर उसकी परवरिश व संतान को आत्मनिर्भर बनाने तक की बात सोचती है। वह बेटा-बेटी में भेद नहीं करती, क्योंकि उसके विचार संकीर्ण नहीं होते। इसलिए बेटियों को अवश्य पढ़ाएं।

आत्मनिर्भर बनाने के लिए

एक पढ़ी-लिखी महिला किसी बात को आसानी से समझा लेती है तथा उसके अनुसार जरूरत होने पर खुद में तब्दीलियां लाती हैं। वह दूसरों को भी प्रेरित करती है। वहीं दूसरी ओर हम पढ़ी-लिखी लड़कियों की बात करें तो एक पढ़ी-लिखी लड़की अपने विकास की बात अच्छी तरह सोच सकती है। उसे जीवन में क्या करना है, उसकी दिशा क्या होनी चाहिए, उसके इरादे व योजनाएं क्या हैं, उसके अन्दर ऐसी क्या खास बात है, जिसका उसे विकास करने की जरूरत है? आदि बातों पर गहराई से विचार करके एक रास्ता बना सकती है।

न केवल अपने आत्मविश्वास एवं घर-परिवार के उत्थान के लिए बल्कि स्वस्थ व समृद्ध वातावरण के निर्माण के लिए भी लड़कियों को पढ़ाए जाने की जरूरत है। पढ़ाई से न केवल उसकी सोचने-समझने की क्षमता बढ़ जाती है, बल्कि उसके ज्ञान में भी इजाफा होता है। यही ज्ञान स्वस्थ समाज व स्वस्थ परिवार का निर्माण करता है।

परिवार के निमार्ण के लिए

एक पढ़ी-लिखी लड़की शादी के बाद जब ससुराल जाती है, तो वह उस घर की बहू बन जाती है। भले ही आप कम पढ़े-लिखे हों या अनपढ़ हों, लेकिन शिक्षा का महत्त्व जान लेने के बाद आप भी पढ़ी-लिखी बहू की कल्पना करने लगते हैं और जब पढ़ी-लिखी बहू घर में आ जाती है, तब आपकी खुशियों का ठिकाना नहीं रहता।

एक पढ़ी-लिखी बहू, घर को अच्छी तरह संभाल सकती है। घर-परिवार के महत्त्वपूर्ण फैसलों में सहभागी बन सकती हैं। और आड़े वक्त में परिवार की आर्थिक

स्थिति को खराब होने से बचा सकती है। वह किसी भी स्थिती में पारिवारिक एकता, प्रेम सहयोग व समन्वय बनाए रखती है। परिवार के सदस्यों, बच्चों को शिक्षित कर सकती है। उन्हें अनुशासन, तहजीब सिखा सकती है। बच्चों के कैरियर निर्माण से संबंधित महत्त्वपूर्ण सलाह दे सकती है। इस तरह घर की पूरी जिम्मेदारी उठा लेती है। अनपढ़ बहुओं से ऐसी उम्मीद नहीं की जा सकती है। वे तो समस्या को और जटिल बना देती हैं।

शोषण से बचने के लिए

लड़कियां हो या महिलाएं वह अपने जीवन में घरेलू हिंसा से लेकर सामाजिक शोषण का शिकार होती ही रहती हैं, जिसका कारण उनका शारीरिक रूप से कमजोर होना नहीं बल्कि उनका अशिक्षित होना है, जिसके चलते न केवल उनमें आत्मविश्वास की कमी होती है बल्कि अपने हित में बनाए गए कानून एवं अधिकारों की भी अज्ञानता होती है, और वह अपने साथ हो रहे किसी भी प्रकार के अन्याय व अत्याचार के विरुद्ध आवाज नहीं उठा पातीं। फिर वह मजदूर हो या किसी कंपनी में काम करने वाली कर्मचारी, छेड़-छाड़ शरीर के साथ हो या उनकी मजदूरी के साथ, वह सब के प्रति जागरूक रहकर सबके खिलाफ आवाज उठा सकती है तथा अपने साथ, अपनी जैसी असहाय महिलाओं की मदद भी कर सकती है।

यह तभी संभव है जब बेटियों को भी स्कूल भेजा जाए। उन्हें भी बेटों के साथ शिक्षित किया जाए, तभी वह पढ़ पाएंगी और तभी वह जान पाएंगी कि उनके लिए उनके हित में भी कुछ अधिकार हैं जो उनके अशिक्षित होने के कारण बेकार हो जाते हैं।

नई पहचान गढ़ने के लिए

मां, बहन, बेटी, पत्नी आदि के रूप में भले ही स्त्री के कई रूप हों परंतु सच तो यह है, उनकी पहचान एक ही है यानी 'कोमल, असहाय, निर्बल, अबला जिसे घर संभालना है, बच्चे पैदा करने है, पति व ससुराल वालों को खुश रखना है। किसी अन्याय के खिलाफ आवाज नहीं उठानी बल्कि उसे चुपचाप मरते दम तक सब कुछ सहना है और जीवन भर अपने अरमानों का गला घोटना है।' यह हकीकत ही स्त्री की पहचान बनकर रह गई है। जबकि सच तो यह है स्त्री में भी पुरुष जितना सामर्थ्य है, उतनी ही प्रतिभा है। वे भी वह सब कर सकती हैं जो पुरुष कर सकता है।

सच तो यह आज स्त्री पुरुष से अच्छा और बेहतर काम कर रही हैं। हर क्षेत्र में अपनी सफलता के झण्डे गाड़ रही हैं, परंतु वहीं जो पढ़ी-लिखीं है, वरना आज भी स्त्रियों की बहुत बड़ी तादाद, अनपढ़ या नाम के लिए पढ़ी-लिखी औरतों की है जिसके चलते वह अपनी उस पुरानी छवि में ही कैद हैं। इसलिए यदि स्त्रियों को बचपन से पढ़ाया जाए तो वह बहुत कुछ कर सकती हैं अपनी लाचार, असहाय और अबला वाली छवि को बदल सकती हैं।

आर्थिक उन्नति में सुधार के लिए

मंहगाई के इस जमाने में बच्चे पालना और अपने शौक पूरा करने के लिए पैसे भी चाहिए, इसलिए यदि घर में बेटों के साथ-साथ लड़की भी पढ़ी-लिखी होगी तो वह न केवल घर की आमदनी में कुछ इजाफा कर सकती है बल्कि स्वयं के हालात के साथ-साथ घर के हालात को भी सुधार सकती है। फिर चाहे वह कुंवारी हो या शादी-शुदा, वह अपने मां-बाप या पति पर बोझ बनने के ताने से बच सकती हैं। वह न केवल अपना खर्चा स्वयं उठा सकती है, बल्कि अपनी आर्थिक स्थिति को भी सुधार सकती है। आज शहरों में पति के साथ-साथ पत्नियां तथा घर में बेटों के साथ-साथ बेटियां भी कमा रही हैं, इससे न केवल घर समाज उन पर नाज करता है बल्कि वह अपने लिए मूलभूत जरूरतों के साथ-साथ लग्जरी आईटम भी जुटा पातीं हैं। परंतु यह सब वहीं संभव है जहां घर में बेटियों को पढ़ाया जाता है, वरना आज भी अशिक्षित घरों में लोग उधार और ब्याज के बीच ही झूलते रह जाते हैं। जिसके चलते उनकी पूरी उम्र गुलामी में तथा हालातों के साथ समझौते करने में ही बीत जाती है। इसलिए यदि घर में बेटा नहीं है या बेटा-बेटी दोनों हैं, तो घरवालों को चाहिए कि वह अपनी बेटियों को भी पढ़ाएं। वह आप पर बोझ नहीं बनेगी बल्कि घर में कुछ मदद ही करेंगी और शादी के बाद भी पति की नजरों में सम्मान पाएगी, ताने नहीं।

देश के विकास के लिए

बाबासाहेब डॉ. भीमराव अंबेडकर ने कहा था – 'किसी भी समाज के विकास का पैमाना उस समाज की स्त्री की प्रगति को आधार बनाकर आंकना चाहिए।' यह संदेश आज भी प्रासंगिक और प्रमाणिक दिखाई पड़ता है। नारी शिक्षा और स्त्री की गरिमा के संदर्भ में भारत की महान आध्यात्मिक विभूति स्वामी विवेकानंद ने कहा था, 'शिक्षित और सुसंस्कृत स्त्री शक्ति से देश का भाग्य बदला जा सकता है।' पर हमारा समाज स्त्रियों के विकास के प्रति उपेक्षापूर्ण दृष्टिकोण अपनाता रहा है। आधी आबादी के सम्मान और स्वाभिमान के प्रश्न को अब और अधिक नहीं टाला जा सकता। बेटियों की शिक्षा आज देश के लिए एक महत्त्वपूर्ण प्रश्न है। भारत जैसी विशाल आबादी वाला देश अपनी आधी आबादी को अशिक्षित और अकुशल नहीं देख सकता। भारत की निर्धनता और दुर्व्यवस्था के मूल में यह एक विशेष कारण है। बेटियों की शिक्षा पर ध्यान न देने के कारण ही भारत स्वतंत्रता प्राप्ति के सात दशकों बाद भी आज प्रर्याप्त विकास नहीं कर पाया है और आर्थिक रूप से अभी भी अविकसित देशों की श्रेणी में बना हुआ है। भारत को बेटियों की साक्षरता और शिक्षा पर विशेष ध्यान केंद्रित करने की आवश्यकता है।

❖❖❖

क्यों नहीं पढ़ पातीं बेटियां?

बड़े शहरों के अलावा अगर हम छोटे गांव-कस्बों की बात करें तो वहां लोग आज भी लड़कियों के लिखने-पढ़ने को प्राथमिकता नहीं देते हैं। इस पर यदि कोई लड़की थोड़ा-बहुत पढ़ने की हिम्मत भी जुटाए तो उसे घर-परिवार से लेकर समाज और व्यवस्था संबंधी कई रुकावटों का सामना करना पड़ता है।

वैश्विक आंकड़े यह सिद्ध करते हैं कि जिन देशों में बालिकाओं की शिक्षा पर विशेष ध्यान दिया गया है, उन देशों के आर्थिक विकास और जीडीपी (ग्रॉस डोमेस्टिक प्रौडक्ट) की रफ्तार कहीं अधिक तेज रही है।

भारत में बहुत कम सौभाग्यशाली लड़कियां ऐसी होंगी, जिन्होंने कक्षा पहली से लेकर विश्वविद्यालय स्तर की पढ़ाई बिना किसी रुकावट के पूरी की हो। लड़कियों के पढ़ाई में पिछड़ने के अनेक कारण हैं, जिसमें सबसे प्रमुख कारण सामाजिक और पारिवारिक उपेक्षा है। इसके अलावा लड़कियों को पढ़ने का समय भी नहीं मिल पाता है, क्योंकि उन्हें घर संभालना पड़ता है। गरीब परिवार की लड़कियों को पढ़ने-लिखने की उम्र में रोजगार तलाशना पड़ता है। घर से नजदीक स्कूल न होना तथा आवागमन के साधनों और सुरक्षा का अभाव भी कुछ ऐसे कारण हैं। जिससे माता-पिता अपनी लड़कियों को घर से बाहर भेजना उचित नहीं समझते।

लड़कियों के न पढ़ पाने या कम पढ़ पाने के कई कारण हैं जैसे माता-पिता का अशिक्षित होना, बालिकाओं द्वारा अपने घर एवं छोटे-भाई बहनों की देखभाल में लगे रहना, ग्रामीणों में बालिका शिक्षा के प्रति सोच का अभाव होना, ग्रामीण क्षेत्रों में शिक्षा को गौण मानना तथा व्यवसाय को प्रधानता देना, रूढ़िवादी विचार, लिंग भेदभाव, कम आयु में विवाह व लड़की को पराया धन समझना जैसे सामाजिक कारणों का होना।

काम-काज की जिम्मेदारी

सच तो यह है लड़की शहर की हो या गांव की, अमीर की हो या गरीब की, घर

के काम-काज की जिम्मेदारी उस पर लड़कों से अधिक होती है। जहां स्कूल जाने के लिए लड़के को बस्ता दिया जाता है, वहीं लड़की से रात के जूठे बर्तन मंजवाए जाते हैं। लड़कियों को घर के कामों में मदद तथा छोटे भाई-बहनों की देख-रेख के लिए घर पर ही रहना होता है।

इसके अलावा घर में भी अपेक्षित शैक्षिक वातावरण न होने के कारण लड़कियों को पढ़ाई के लिए समय नहीं मिल पाता जिसके कारण वे एक ही कक्षा में बार-बार फेल होने पर स्कूल छोड़ देती हैं।

बाल या शीघ्र विवाह

सामाजिक दबाव की वजह से देश में आज भी कई लोग बेटियों की शिक्षा के बजाय उनके विवाह को अधिक महत्त्व देते हैं। बाल विवाह न भी हो, तो भी माता-पिता का उद्देश्य लड़कियों की शादी करना ही होता है। जैसे ही योग्य वर मिलता है, वे बीच में ही पढ़ाई छुड़वाकर उसके विवाह करने को प्राथमिकता देते हैं।

सच तो यह है कितने लोग तो लड़कियों को यदि पढ़ाते हैं तो नाम के लिए ताकि बेटी की शादी हो सके। लड़की नियमित स्कूल-कॉलेज जाएं न जाएं बस पढ़ाई का ठप्पा लग जाए कि लड़की पढ़ी-लिखी है चाहे लड़की नाम के लिए ही स्कूल गई हुई हो।

स्कूलों की कमी

ग्रामीण क्षेत्रों में आज भी स्कूलों की कमी है या फिर लड़कियों के स्कूलों की कमी है।

अधिकांश क्षेत्रों में आज भी अभिभावक जहां लड़के-लड़कियां एक साथ पढ़ते हैं उन कॉलेजों में अपनी लड़कियों को भेजना पसंद नहीं करते। और अलग से सिर्फ लड़कियों के कॉलेज हर जगह नहीं है या अधिक नहीं है जिसके चलते लड़कियों के आगे पढ़ने व बढ़ने के अवसर समाप्त हो जाते हैं।

बुनियादी संसाधनों की कमी

भारत की बेटियों को भी जिंदा रहने और फल ने-फूलने के लिए जरूरी बुनियादी संसाधनों से वंचित किया जा रहा है। उनकी कम साक्षरता और 'उच्च ड्रॉप आउट' दर (स्कूल छोड़ने की संख्या) यही संकेत करती है। बालिकाओं को स्कूल शिक्षा उचित रूप में प्राप्त नहीं हो पा रही है। भारत के प्राथमिक विद्यालय कई दशकों से बुनियादी संसाधनों की कमी से जूझ रहे हैं। जो बालिकाएं यहां पढ़ने भी जाती हैं, उन्हें अनेक समस्याओं का सामना करना पड़ता है। प्राथमिक विद्यालयों में बालिकाओं के लिए शौचालय तक उपलब्ध

नहीं होते। देखने में यह छोटा विषय लग सकता है, परंतु यह अत्यंत महत्त्वपूर्ण मुद्दा है।

समाज का भय

आज भी ग्रामीण पिछड़े इलाकों में लड़कियां घर से बाहर सुरक्षित नहीं है। देर-सवेर उनका घर से बाहर आना-जाना उनकी हरकत को खतरे में डाल देता है। माता-पिता नहीं चाहते कि उनकी लड़की किसी हादसे का शिकार हो और आगे चलकर उस हादसे के कारण लड़की या उसके अन्य भाई-बहनों के विवाह में कोई अड़चन आए। और यहां तक कि पढ़े-लिखे माता-पिता/अभिभावक भी सामाजिक असुरक्षा की सोच के कारण बालिकाओं को उच्च शिक्षा अर्जित करने के लिए घर से दूर-दराज के कॉलेजों/शिक्षण संस्थानों में भेजना नहीं चाहते। परिणामत: बालिकाएं उच्च शिक्षा अर्जित करने से वंचित रह जाती हैं।

पिछड़ी सोच

अधिकांश परिवारों का प्राय: ऐसा मत है कि लड़कियों के लिए शिक्षा की आवश्यकता नहीं है। उन्हें तो चौका-चूल्हा करना है, शादी करके पराए घर जाना है, बच्चे पैदा करने है, ससुराल वालों की सेवा करनी है आदि। इस रूढ़िवादिता को त्यागने के लिए बहुत से माता-पिता/अभिभावक तैयार नहीं होते। लड़कियों को तब तक पढ़ाया जाता है जब तक उनका रिश्ता पक्का नहीं हो जाता। विवाह के उपरान्त भी लड़कियों को पढ़ाने का उत्तरदायित्व न तो अभिभावक समझते हैं और न ही उसके ससुराल वाले। इस नकारात्मक व रूढ़िवादी सोच के कारण बहुत सी लड़कियों की शिक्षण-प्रक्रिया अवरुद्ध हो जाती है।

प्रोत्साहन की कमी

किसी भी कार्य को लगन के साथ पूरा करने के लिए मेहनत के साथ-साथ आवश्यक है प्रोत्साहन और प्रशंसा की। आज भी कई घरों में लड़कियों को पढ़ने के लिए प्रोत्साहित नहीं किया जाता। उस पर यदि कोई लड़की अपने दम पर पढ़ने की कोशिश भी करे तो घर वाले उसका मनोबल बढ़ाने की बजाए उसकी उपलब्धियों एवं मेहनत को नजरअंदाज कर देते हैं।

जहां घर वालों को लड़की के हौसले की प्रशंसा करनी चाहिए वहां वह उसे यह कहकर निराश कर देते हैं कि 'तुम कितना भी पढ़ लो घर व पति-बच्चों को तुम्हें ही सम्भालना है। लड़कियों की पढ़ाई-लिखाई नहीं देखी जाती यह देखा जाता है कि वह खाना कैसा बनाती है या सिलाई-कढ़ाई कितना जानती है।'

गरीबी

देश में लड़कियों के न पढ़ पाने का एक मुख्य कारण गरीबी भी है क्योंकि जिस घर में खाने को भोजन और रहने को घर नहीं होगा उस घर के लोग बच्चों को कमाई पर लगाने की पहले सोचेंगे, उन्हें पढ़ाने-लिखाने की नहीं, उस पर वो भी लड़की को यह तो मानो असंभव ही है।

माना कि आज सरकार ने कई जगह लड़कियों के लिए शिक्षा पूरी तरह निःशुल्क कर दी है परंतु इससे घर की माली हालात में कोई फर्क नहीं पड़ता इसलिए मां-बाप उसे स्कूल भेजने की बजाए किसी काम या मजदूरी में झोकने को लाचार हो जाते हैं, और लड़कियां पूरी तरह स्कूल और बस्तों से दूर हो जाती हैं।

❖❖❖

मां पढ़ेगी तो पीढ़ियां पढ़ेंगी और तभी बेटियां बचेंगी

मां परिवार की नींव होती है। रिश्तों, सम्बंधों और पीढ़ियों के बीच की एक मजबुत कड़ी होती हैं। वह आधार भी होती है और केंद्र भी। सब कुछ उसकी धूरी और परिधि पर टिका और बसा होता है, इसलिए बहुत कुछ उसी पर आश्रित होता है। यदि मां पढ़ी लिखी होगी तो न केवल पूरे घर के पढ़े-लिखे होने के सम्भावना बढ़ जाती है बल्कि वह घर-समाज में फैले अनेक भेदभावों को दूर करने का साहस भी उठा सकती है।

बच्चा जब जन्म लेता है तो वह सर्वप्रथम अपनी मां के संपर्क में आता है। मां द्वारा ही उसकी सभी जरूरतें पूरी होती हैं। मां ही उसकी पहली गुरु और मित्र होती है। यदि गुरु और मित्र ही जीवन के प्रारंभ में सही मिल जाएं तो जीवन सुधर जाता है। ऐसे में मां पढ़ी-लिखी हो तो सोने पे सुहागा है, क्योंकि मां का परिवार पर, बच्चों एवं सम्बंधों पर सीधा प्रभाव पड़ता है।

एक महिला के शिक्षित होने से परिवार में मौजूद अन्य महिला भी शिक्षित हो सकती हैं और यह माना गया है कि 'मां ही बालक की पहली गुरु' है। भारतीय समाज में स्त्री विकास में मां का सर्वाधिक योगदान होता है और शिक्षित माता का नाता स्त्रीलिंग और पुल्लिंग बच्चों के भविष्य से सीधा संबंध रखता है। शिक्षित महिला हमेशा ही घर को रोशन करती हैं या यूं कहें कि जिस घर में शिक्षित महिला होती है उस घर का हमेशा ही पोषण करती है क्योंकि शिक्षित महिला बच्चों को उच्च आदर्श, अच्छे संस्कार देने और सच्चा देशभक्त बनाने में पूर्ण प्रभावी होती है।

अगर हम महिलाओं को ज्यादा से ज्यादा शिक्षा प्रदान करेंगे तो जागरुकता बढ़ेगी, जिससे महिला भी कानून की जानकारी रखते हुए चतुर चालाक व्यक्तियों की गंदी चाल

को पहले ही भांपने में सफल होगी, जिससे अपराध को टाला जा सकता है। अतः अज्ञानता के कारण हो रहे, महिलाओं के प्रति अपराध को कम करके हम महिला जाति को इस समाज में शक्तिशाली बना सकते हैं।

पहली गुरु-मां

बच्चे की प्रथम पाठशाला बच्चे का घर होता है जहां उसकी 'गुरु' मां होती है। बच्चा जैसे-जैसे बड़ा होता है, मां की जिम्मेदारी अपने बच्चे के प्रति बढ़ती जाती है, क्योंकि बच्चा जो भी सीखता है वह अपनी मां से ही सीखता है। बच्चे के संपूर्ण विकास में मां के अतिरिक्त पिता और परिवार के अन्य सदस्यों का भी महत्त्वपूर्ण योगदान होता है, परन्तु मां के स्नेहमयी आंचल के साये में बच्चा सर्वाधिक महफूज होता है। तभी तो बच्चा जब सर्वप्रथम बोलना आरम्भ करता है तो उसकी तोतली जुबान से प्रथम शब्द मां ही निकलता है तथा मां की अंगुली पकड़कर ही बच्चा बैठना और चलना सीखता है।

यदि कोई व्यक्ति बड़ा होकर सफल , संस्कारी और चरित्रवान कहलाता है तो उसके निर्माण में उसकी मां का महत्त्वपूर्ण योगदान होता है। मां की वर्षों की मेहनत और तपस्या का ही परिणाम होता है कि उसकी संतान जीवन में सफलता के आयामों को प्राप्त करती है। बच्चे के चहूंमुखी या सम्पूर्ण विकास के लिए स्त्री मां के रूप में अनेक कष्टों और परेशानियों का सामना करती है तथा समय-समय पर बच्चे का मार्गदर्शन करती है और उसे व्यवहारिक जीवन जीने का सलीका भी सिखाती है।

पहली दोस्त-मां

घरेलू जीवन में जहां घर-परिवार का विशेष महत्त्व है वहीं बाहरी-भौतिक जीवन में दोस्तों व संगत का बहुत महत्त्व है। सच तो यह है कि बिना दोस्त के जीवन में कल्पना भी नहीं की जा सकती, और मां संतान की पहली गुरु होने के साथ-साथ पहली मित्र भी होती हैं। किसी बच्चे के जीवन में उसकी अपनी मां एक महत्त्वपूर्ण भूमिका निभाती है, यह घर के वातावरण तथा आर्थिक स्थिति को अलग रखकर देखा जा सकता है। कोई भी महिला अपनी लड़की को किसी भी प्रकार की कठिनाइयों को अकेले सहन करने नहीं देना चाहेगी तथा एक महिला अपनी लड़की (बच्ची) की एक महत्त्वपूर्ण दोस्त होती है। अगर कोई महिला इस रिश्ते से दूर है तो इस रिश्ते को मजबूत बनाने की आवश्यकता है। क्योंकि मां अपने जीवन में शादी से पहले और बाद के अनुभवों को अपने बच्चों खासकर लड़की को सिखाकर, पाल-पोश कर बड़ा करती है।

कई जगह इसके विपरीत भी देखा गया है जो कि एक नकारात्मक प्रक्रिया के कारण ही संभव होता है, लेकिन मां एक सम्पूर्ण दोस्त के रिश्ते को बहुत विश्वास और

जिम्मेदारी के साथ निभाती है। जिसकी आवश्यकता आने वाले दिनों में दिन-प्रतिदिन बढ़ती ही जा रही है।

कन्या भ्रूण हत्या और लिंग-भेद

कन्या भ्रूण हत्या में मां मजबूरी में सहायक हो या घर परिवार के दबाव के कारण इन सब के पीछे कहीं न कहीं उसकी अज्ञानता व अशिक्षित होना जिम्मेदार है, यदि वह शिक्षित होगी तो उसे अपने साथ हो रहे अन्याय का भी ज्ञान होगा तथा वह उसके विरुद्ध अपनी आवाज उठाने का साहस जुटा पाऐगी। उसके पास सामर्थ्य होगा परंपराओं के नाम पर चली आ रही कुरीतियों एवं मान्यताओं से ऊपर उठने का। सच तो यह है कन्या भ्रूण हत्या ही नहीं लड़कियों पर बचपन में किए जा रहे भेदभावपूर्ण व्यवहार को समाप्त करने या मिटाने में एक स्त्री, एक मां ही अपनी अहम् भूमिका निभा सकती है, क्योंकि मां भी एक स्त्री है और वही अपनी बेटी को अच्छी तरह समझ सकती है। उसी के आंचल में बेटी का पालन-पोषण होता है। एक मां ही बेटी और बेटे के अन्तर को समाप्त कर बेटी को भी बेटे की तरह पोषित कर सकती है। बेटी को बचपन में खेलने-कूदने की उम्र में घर के कार्यों में लगाने के बजाय उसे उसकी योग्यतानुसार शिक्षा दिलाने का प्रयत्न करें। उसे भी भाई की तरह आगे बढ़ने का मौका दे। इस तरह एक मां ही अपनी बेटी को संवारकर उसके बचपन को खुशहाल बना, अपनी बेटी को वर्षों से चली आ रही परम्पराओं से मुक्त कराकर उसके बचपन को त्यागमुक्त कर सकती है।

❖❖❖

बेटियों के लिए मुफ्त शिक्षा की योजनाएं

शिक्षा वह हथियार है जो मनुष्य को सक्षम, समृद्ध, सशक्त और संगठित बनाता है। आज भारत में महिलाओं की दुर्दशा का एक मुख्य कारण उनका अशिक्षित होना भी है। यदि आज बेटियां इससे वंचित रहेंगी तो उनके भविष्य का अंदाजा लगाया जा सकता है, इसलिए स्थिति और खराब न हो जरूरी है बेटियों को पढ़ाना-लिखाना।

'बेटी बचाओ, बेटी पढ़ाओ', इस नारे में दो बातें हैं, एक बेटी को बचाओ और दूसरा बेटी को पढ़ाओ। पहली बात दूसरी बात पर आश्रित है यानी आज बेटियां पढ़ेंगी तो कल बेटियां बचेंगी। क्योंकि पढ़ी-लिखी बेटियां और मांएं ही घर-परिवार में बेटी के महत्त्व और योगदान को समझ सकती हैं तथा बेटियों के साथ हो रहे भेदभाव एवं अत्याचारों के खिलाफ अपनी आवाज उठा सकती हैं।

पढ़-लिख कर स्त्री सशक्त, समृद्ध, संगठित और सफल हो सकती है। यदि समाज में लैंगिक भेदभावों तथा कुप्रथाओं को मिटाना है तो हमें बेटों के साथ-साथ बेटियों को भी बचपन से ही पढ़ाना होगा। उन्हें भी स्कूल भेजना होगा, तभी बेटियां अपने पैरों पर खड़ी हो पाएंगी, अपने अधिकारों को जान पाएंगी और अपने साथ हो रहे अन्याय के प्रति आवाज उठा पाएंगी। इसी बात को ध्यान में रखते हुए, लड़कियों को शिक्षित करने के लिए कई सरकारी योजनाएं प्रारंभ की गई हैं जिसका लाभ लड़कियां व उनके परिवार वाले उठा सकते हैं। इन योजनाओं का मुख्य उद्देश्य न केवल लड़कियों को शिक्षित करना है बल्कि आगे पढ़ने के लिए उन्हें प्रोत्साहित करना भी है। यदि लड़कियां पढ़ी-लिखी होंगी तो वह घर पर बोझ नहीं समझी जाएंगी, और बोझ न समझे जाने के कारण उन्हें न केवल घर-परिवार में स्वीकारा जाएगा बल्कि उन्हें कोख में मारने के बजाए धरती पर जन्म लेने दिया जाएगा।

मुख्यमंत्री मेधावी बालिका शिक्षा संवर्धन योजना

मुख्यमंत्री योगी आदित्यनाथ ने राज्य की छात्राओं के लिए 'मुख्य मंत्री मेधावी बालिका शिक्षा संवर्धन योजना' नामक एक नई योजना की घोषणा की है। यह योजना वित्तीय सहायता प्रदान करके छात्राओं को आगे शिक्षा जारी रखने के लिए प्रोत्साहित करती है।

गरीब परिवारों में अमूमन पैसों की कमी के कारण बेटियों की पढ़ाई रुक जाती है। इस योजना के तहत ऐसी ही लड़कियों की वित्तीय सहायता की जाएगी। योजना के तहत 10वीं कक्षा में उत्तीर्ण होने वाली छात्राओं को 10 हजार रुपये की वित्तीय सहायता दी जाएगी। पहले कन्या विद्या धन योजना के तहत 12वीं कक्षा पास करने पर छात्राओं को 30 हजार रुपये की स्कॉलरशिप दी जाती थी। लाभार्थियों के हाथ में सीधे पैसे नहीं दिए जाते थे। अलबत्ता यह राशि बैंक खातों में डाली जाती थी। चुनी गई छात्राओं की सूचि बनती थी। इसे बाकायदे प्रकाशित किया जाता था। यह सपा सरकार की फ्लैगशिप योजना हुआ करती थी। आर्थिक रूप से कमजोर घरों की मेधावी बेटियों को ही स्कीम का लाभ मिलता था। नियम था कि स्कॉलरशिप प्राप्त करने के लिए परिवार की आय सालाना दो लाख रुपये से ज्यादा नहीं होनी चाहिए। पात्रता पूरी कर लेने से ही मेरिट लिस्ट में स्थान पक्का नहीं हो जाता था। यह भी देखा जाता था कि छात्रा का रिकॉर्ड कैसा रहा है। पहले स्कीम यूपी बोर्ड से पास छात्राओं तक सीमित थी। बाद में इसका दायरा बढ़ाया गया था। इसमें सीबीएसई, आईसीएसई, यूपी मदरसा जैसे अन्य बोर्ड की छात्राओं को भी शामिल किया गया।

इंदिरा गांधी स्कॉलरशिप योजना

देश में शिक्षा के बढ़ते स्तर के बावजूद लड़कों की तुलना में लड़कियां अभी भी पीछे हैं। खासकर छोटे शहरों व ग्रामीण क्षेत्रों में पिछड़ी मानसिकता के कारण लड़कियां उच्च शिक्षा प्राप्त नहीं कर पातीं। इसी मानसिकता को खत्म करने के लिए विश्वविद्यालय अनुदान आयोग (यूजीसी) ने इंदिरा गांधी स्कालरशिप योजना शुरू की है। इसका उद्देश्य महिला शिक्षा को बढ़ावा देना है।

इस स्कॉलरशिप के तहत पीजी कोर्स में दाखिला लेने वाली उन लड़कियों को आर्थिक मदद दी जाती है, जो अपने माता-पिता की इकलौती संतान हैं और उन्होंने अपना दाखिला किसी प्रोफेशनल कोर्स में नहीं करवाया है। छोटे परिवार की संकल्पना को इस स्कॉलरशिप में महत्व दिया गया है। इस योजना के तहत छात्रा को हर माह 31 सौ रुपए मिलेंगे।

योग्यता

आवेदक माता-पिता की एकमात्र संतान होनी चाहिए, यानी उसका न कोई भाई हो, न बहन।

जुड़वा संतानें इस स्कॉलरशिप के लिए आवेदन कर सकती हैं।

अगर परिवार में एक बेटा व एक बेटी हो तो बेटी इस स्कॉलरशिप के योग्य नहीं मानी जाएगी।

पीजी कोर्स में दाखिला लेने वाली लड़कियां ही कर सकती हैं आवेदन।

आवेदन के समय आवेदक की उम्र 30 वर्ष से अधिक नहीं होनी चाहिए।

मान्यताप्राप्त विश्वविद्यालय या पोस्ट ग्रेजुएट कॉलेजों की वही लड़कियां आवेदन के योग्य मानी जाएंगी, जिन्होंने मास्टर डिग्री के प्रथम वर्ष में नियमित या फुल टाइम पाठ्यक्रम में दाखिला लिया है। यह स्कॉलरशिप मूल रूप से पोस्ट ग्रेजुएट प्रथम वर्ष की छात्राओं के लिए ही है।

दूरस्थ शिक्षा के तहत अध्ययन कर रही आवेदक इस स्कॉलरशिप के योग्य नहीं मानी जाएंगी। इस योजना के तहत हर महीने 3,100 रुपए बतौर छात्रवृत्ति दिए जाएंगे।

मुख्यमंत्री कन्या उत्थान योजना

बिहार में महिलाओं को सामाजिक, शैक्षणिक और आर्थिक तौर पर और सशक्त बनाने के लिए नीतीश कुमार सरकार 'मुख्यमंत्री कन्या उत्थान कार्यक्रम' की शुरुआत की है। इस योजना के अंतर्गत लड़कियों को शिक्षा के लिए प्रेरित किया जाएगा। इसके साथ ही योजना के संचालन से प्रदेश की कन्याओं का जीवन में सुधार होगा। साथ ही उच्च शिक्षा प्राप्त करने में आसानी होगी। योजना का संचालन वृहद स्तर पर किया जा रहा है। इसके प्रचार-प्रसार की भी व्यवस्था की गई है। ताकि इस योजना का लाभ ज्यादा से ज्यादा कन्याओं को प्राप्त हो सके।

'मुख्यमंत्री कन्या उत्थान योजना' का उद्देश्य

इस योजना को शुरू करने के लिए प्रदेश सरकार का सबसे मुख्य उद्देश्य लड़कियों को शिक्षित बनाना है। कई बार पैसों की कमी के कारण लड़कियां अशिक्षित रह जाती हैं। और उनकी शिक्षा पूरी नहीं हो पाती है। ऐसी स्थिति में प्रदेश सरकार लड़कियों की मदद करती रहेगी।

बालिका शिशु मृत्यु दर को कम करना, कन्या भ्रूण हत्या को रोकना, निबंधन और संपूर्ण टीकाकरण को प्रोत्साहित करना, बेटियों की शिक्षा को बढ़ावा देना, लिंग अनुपात में वृद्धि लाना, कन्याओं के जन्म, बाल विवाह को रोकना और प्रजनन दर में कमी लाना भी शामिल है।

इस योजना का एक उद्देश्य बाल विवाह रोकना भी है। प्रदेश सरकार शादीशुदा लड़कियों को 12वीं और स्नातक पास होने पर पैसे नहीं प्रदान करेगी। यदि वह अविवाहित होंगी। तभी उन्हें 12वीं में 10000 और स्नातक पास होने पर 25000 की प्रोत्साहन राशि मिलेगी।

योजना से लाभ

सरकार ने 12वीं पास करने वालि हर लड़की को 10 हजार रुपये देगी। और साथ ही स्नातक करने पर बालिका को 25 हजार रुपये दिए जाएंगे।

इस योजना के अंतर्गत जन्म से लेकर स्नातक शिक्षा प्राप्त करने तक प्रदेश सरकार द्वारा 54100 की धनराशि प्रोत्साहन के रूप में प्रदान किया जाएगा। जन्म से लेकर पढ़ाई पूरी करने तक विभिन्न तरीकों से प्रदेश सरकार प्रोत्साहन राशि प्रदान करने की व्यवस्था की गई है।

किन्हें मिलेगा लाभ –

इस योजना का लाभ प्रदान करने के लिए बिहार सरकार ने कुछ पात्रता मापदंड भी निर्धारित किए हैं। ताकि इस योजना का लाभ हो सही और पात्र नागरिकों को प्रदान किया जा सके –

- इस योजना का लाभ केवल बिहार के निवासियों को ही मिलेगा।
- यह योजना परिवार के दो बच्चों तक ही सीमित होगी।
- लाभार्थी के पास आधार कार्ड होना अनिवार्य है।
- लाभार्थी के पास बैंक अकाउंट होना अनिवार्य है।
- लड़की के घर का कोई भी व्यक्ति सरकारी नौकरी नहीं करता हो।
- यदि लड़की 10000/– रुपये की आर्थिक मदद लेना चाहती है तो उस को 10वीं क्लास की मार्क शीट देना अनिवार्य है।
- यदि लड़की 12000/– रुपये की आर्थिक मदद लेना चाहती है तो उस को 12वीं क्लास की मार्क शीट देना अनिवार्य है।
- प्रदेश सरकार ने इस योजना का संचालन कन्याओं के लिए किया है। इसलिए इस योजना का लाभ हर जाति, धर्म, वर्ग की लड़कियों को प्रदान किया जाएगा।

राजश्री योजना

राजश्री योजना की शुरुआत 8 मार्च 2016 को राजस्थान की मुख्यमंत्री श्रीमती वसुंधरा राजे ने की थी। इस योजना का उद्देश्य समाज में लड़कियों के प्रति भेदभाव को मिटाना हैं और साथ में ही उनको शिक्षा के जरिये मजबूत करना हैं। सरकार ने इसके

लिए बालिकाओं के जन्म पर उनके नाम पर 50000 रुपए देने की घोषणा की हैं। ये पैसे इन बालिकाओं को किस्तों में भुगतान किये जायेंगे, जो जन्म से लेकर 12वीं कक्षा पास करने तक हैं।

योजना के मुख्य उद्देश्य

- राज्य में 'बालिका जन्म' के प्रति सकारात्म वातावरण तैयार करना।
- बालिकाओं के लालन-पालन, शिक्षण, स्वास्थ्य में होने वाले लिंग भेद को मिटाना।
- मातृ-मृत्यु में कमी लाना।
- भ्रूण हत्या में कमी लाना।
- बालिकाओं को समाज में समानता का हक देना।
- बालिका विधालयों को बढ़ावा देना और साथ में ठहराव सुनिचित करना।
- राजश्री योजना के लिए योग्यता
- बालिका का जन्म 01 जून 2016 के बाद हो।
- उसके माता-पिता के पास आधार कार्ड/ भामाशाह कार्ड होना अनिवार्य हैं।
- योजना का लाभ केवल राजस्थान के नागरिक को मिलेगा।
- इस योजना के लिए जिन माता-पिता के तीन बालिकाएं हैं उनको भी इस योजना का लाभ मिलेगा।

भुगतान का तरीका

ये राशि निम्न चरणों में दी जाती है -

जन्म के समय 2500 रुपये, एक वर्ष का टीकाकरण पर 2500 रुपये, स्कूल में प्रवेश पर 4000 रुपये, कक्षा 6 में प्रवेश पर 5000 रुपये, कक्षा 10 में प्रवेश पर 11000 रुपये कक्षा 12 उत्तीर्ण करने पर 25000 रुपये।

❖❖❖

स्कूली छात्राओं के लिए सेनिटरी नेपकिन योजना

जिस तरह तन को स्वस्थ व दुरुस्त रखने रखने के लिए भोजन उसकी मूलभूत आवश्यकता है, उसी तरह सयानी लड़कियों के लिए भोजन के साथ-साथ सेनिटरी नेपकिन भी एक मूलभूत आवश्यकता है, जिसके न होने के कारण वह न केवल कई रोगों का शिकार होती हैं बल्कि उन जरूरी दिनों में स्कूल जाने से भी वंचित रह जाती हैं। किशोरियों की इसी असुविधा को देखते हुए सरकार ने कई योजना बनाई हैं।

सरकार के इस कार्यक्रम द्वारा निश्चित रूप से हजारों छात्राओं को उनके मासिक चक्र के दौरान स्कूल जाने में होने वाली समस्याओं का सामना करने में मदद मिलेगी। साथ ही इस योजना से विद्यालय की जिन छात्राओं को जो बाजार में चिकित्सा या जनरल स्टोर से सेनिटरी नेपकिन खरीदने में हिचकिचाहट महसूस करती थी अब उन्हें उससे राहत मिलेगी।

सेनिटरी नेपकिन को लेकर सबसे पहले 17 मई 2017 को केरल सरकार ने योजना शुरू की थी। जिसमें उन्होंने हर स्कूल में सेनिटरी नेपकिन वेंडिंग मशीन लगाई थी। ऐसा करने वाला यह देश का पहला राज्य बना था। सरकार शी पैड (she pad) के तहत साफ-सुथरे सेनिटरी नेपकिन स्कूल की लड़कियों को प्रदान किए, साथ ही नेपकिन डेस्ट्रॉयर (जिससे इस्तेमाल किए गए नेपकिन को डिस्पोज किया जा सकता हो) भी उपलब्ध कराए।

छत्तीसगढ़ के मुख्यमंत्री रमन सिंह ने राज्य की छात्राओं के लिए ''सुचिता योजना'' नाम की एक सामाजिक योजना शुरू की है। इस योजना के तहत सरकार छत्तीसगढ़ की हर सरकारी स्कूल की छात्राओं को सेनिटरी नेपकिन प्रदान करेगी। सेनिटरी नेपकिन छात्राओं को व्यक्तिगत स्वच्छता बनाए रखने के लिए प्रोत्साहित करने के लिए प्रदान किया जाएगा।

हर जिले के प्रत्येक स्कूल को अनिवार्य रूप से इस योजना के तहत कवर किया जाएगा। उन स्कूलों पर विशेष ध्यान दिया जाएगा जो ग्रामीण क्षेत्रों और आदिवासी बेल्ट में स्थित हैं और जहां छात्राएं बाजार से सेनिटरी नेपकिन नहीं खरीद पाती हैं। सुचिता योजना से उन्हें उनके स्कूलों से नेपकिन पाने में मदद मिलेगी। नेपकिन वेंडिंग मशीनों को राज्य भर के सभी सरकारी स्कूलों में छात्राओं के शौचालय में स्थापित किया जाएगा।

अब तक राज्य भर के 2,000 स्कूलों को सुचिता योजना के तहत कवर किया जा चुका है और लड़कियों को मुफ्त सेनिटरी नेपकिन उपलब्ध कराए गए हैं।

स्कूलों में इस्तेमाल सेनिटरी नेपकिन के निपटान (disposal) के लिए सरकार ने भस्मक (Incinerators) भी बनवाए हैं ताकि इस्तेमाल किये गए नेपकिन को सुरक्षित रूप से निपटाया जा सके।

महाराष्ट्र सरकार ने भी राज्य में छात्राओं और ग्रामीण क्षेत्र की महिलाओं को सस्ते दरों पर सेनिटरी नेपकिन उपलब्ध कराने के लिए 'अस्मिता योजना' शुरू की है। इस योजना के तहत जिला परिषद स्कूलों की छात्राओं को सेनिटरी नेपकिन पांच रुपये प्रति पैकेट में उपलब्ध कराएगी।

उत्तराखंड सरकार ने भी प्रदेश के सरकारी स्कूलों में सेनिटरी नेपकिन, वेंडिंग मशीनें लगवाने का फैसला किया है। एक नेपकिन की कीमत 3 रुपये होगी। वेंडिंग मशीन में 3 नेपकिन का एक पैकेट होगा। मशीन में 10 रुपये या 5-5 रुपये के दो सिक्के डालने पर नेपकिन का एक पैकेट निकलेगा।

ओडिशा सरकार ने भी 'खुशी योजना' के तहत राज्यभर में स्कूली छात्राओं को फ्री सेनिटरी पैड मुहैया कराने के लिए योजना शुरू की है। इस योजना में सरकारी और सरकार की सहायता से चलाए जा रहे स्कूलों में छठी से 12वीं कक्षा की छात्राओं को राज्य सरकार की ओर से मुफ्त सेनिटरी पैड उपलब्ध कराया जाएगा।

प्रधानमंत्री ने जनऔषधि परियोजना के तहत 'सुविधा' योजना के तहत 2.50 रुपए में सेनिटरी नेपकिन उपलब्ध कराया जाएगा। सेनिटरी नैपकीन देश भर के 3,200 जन-औषधि केंद्रों पर 2.50 रुपए प्रति पैड उपलब्ध होगा। यह भारत की वंचित महिलाओं के लिए स्वच्छता, स्वास्थ्य और सुविधा सुनिश्चित करेगी।

राजस्थान सरकार भी प्रदेश में हैल्थ एवं हाईजीन सुविधाओं को मद्देनजर रखते हुए स्कूल गर्ल्स को सेनिटरी नेपकिन मुफ्त उपलब्ध कराएगी। इस सुविधा का लाभ सरकारी स्कूल में कक्षा 9 से 12 तक की लड़कियां उठा पाएंगी। वहीं बीपीएल परिवार की 14 से 19 वर्ष तक की सभी लड़कियों को भी इसका लाभ मिल सकेगा। उन्हें ये सेनिटरी नेपकिन प्राथमिक स्वास्थ्य केन्द्रों के माध्यम से मुफ्त मिलें।

❖❖❖

बढ़ती कन्या भ्रूण हत्या और घटता लिंगानुपात

आज भारत को स्वतंत्र हुए सात दशक हो गए हैं और सात दशक बाद भी हमें अगर बेटी को बचाने तथा बेटी को पढ़ाने के लिए समाज को जागरूक करना पड़ रहा है, तो इससे स्पष्ट है कि हमने कितनी प्रगति की है, हमारा कितना मानसिक विकास हुआ है।

हम कहते हैं 'बेटी बचाओ, बेटी पढ़ाओ', पर कभी आपने सोचा है कि यह क्यों नहीं कहा जाता लड़का बचाओ, लड़का पढ़ाओ ? जिस तरह लड़कों को पढ़ाने के लिए किसी योजना का सहारा नहीं लेना पड़ता उसी तरह लड़कियों को बचाने, पढ़ाने के लिए किसी अतिरिक्त जागरूकता या योजना की जरूरत नहीं पड़नी चाहिए। बेटी बचाओ, बेटी पढ़ाओ का प्रचार करना ही यह संकेत देता है कि अब तक लड़कियों को उपेक्षा की दृष्टि से देखा जाता रहा है और अब वक्त आ गया है कि बेटियों को बचाया जाए, उन्हें पढ़ाया जाए।

हम यह बात मुंह जबानी तो कह सकते हैं कि हम 21 वीं शताब्दी में प्रवेश कर चुके हैं, लेकिन हमारी मानसिकता आज भी वहीं है। हम उसे बदलना ही नहीं चाहते। जहां पहले कन्या शिशु को मारने के लिए हम नौ महिने यानी उसके जन्म का इंतजार करना पड़ता था, फिर दिल कठोर कर हैवानियत का आह्वान करना पड़ता था क्योंकि नवजात शिशु को मारने के लिए पहले बहुत ही भोंडे विधियां मौजूद थीं, जैसे-तकिया से दबा कर उसकी सांस अवरुद्ध कर देना, दूध में डुबो देना अथवा मुंह में नमक भर देना, वहां अब नौ माह का इंतजार भी नहीं करना पड़ता तथा गर्भ के लक्षण प्रकट होते ही तकनीक से परीक्षण कर गर्भपात कर दिया जाता है।

शोध के मुताबिक पिछले दशक में गर्भ में लिंग जांच और कन्या भ्रूण हत्या का

चलन सबसे ज्यादा रहा है। एक नए अनुसंधान के मुताबिक भारत में पिछले 30 सालों में कम से कम 40 लाख बच्चियों की भ्रूण हत्या की गई है।

अंतर्राष्ट्रीय पत्रिका 'द लैन्सेट' में छपे इस शोध में दावा किया गया है कि ये अनुमान ज्यादा से ज्यादा 1 करोड़ 20 लाख भी हो सकता है।

सेंटर फॉर ग्लोबल हेल्थ रिसर्च के साथ किए गए इस शोध में वर्ष 1991 से 2011 तक के जनगणना आंकड़ों को नेशनल फैमिली हेल्थ सर्वे के आंकड़ों के साथ जोड़कर ये निष्कर्ष निकाले गए हैं।

घटते लिंगानुपात जानने के लिए जरूरी है जनगणना को समझना, क्योंकि इसी के आधार पर परिणाम तय होते हैं। हर देश समय-समय पर अपने देश के नागरिकों की गिनती कराता है, जिसे जनगणना कहते हैं। इसी जनगणना के दौरान तरह-तरह की जानकारियां हासिल की जाती हैं जिसमें स्त्री-पुरुष, लड़के-लड़की, उम्र, व्यवसाय, धर्म, आमदनी आदि की जानकारी हासिल की जाती है तथा इसी जनगणना से लिंगानुपात निकाला जाता है। जनगणना के अलावा कई सर्वेक्षण भी होते हैं जिनसे अनेकों जानकारियां मिलती हैं। यह सर्वेक्षण किसी विशेष उद्देश्य को लेकर भी होते हैं। भारत सहित हर देश अपनी-अपनी जनगणना करते हैं जिससे अनेक तरह के आंकड़े उस देश की योजनाएं बनाने में मददगार होते हैं। विश्व स्तर पर 'संयुक्त राष्ट्र संघ' और उसकी सहयोगी संस्थाएं भी कई सर्वेक्षण कराती हैं। उनसे भी कभी-कभी लिंगानुपात का पता लग जाता है।

भारत वर्ष में लिंगानुपात की गणना प्रति हजार पुरुषों पर स्त्रियों की संख्या के रूप में की जाती रही है। देश की आजादी के बाद की पहली जनगणना जो सन् 1951 में हुई, के आंकड़ों के अनुसार प्रति हजार पुरुषों पर 946 महिलाएं थी, लेकिन अफसोस आजादी के दशकों बाद भी यह आंकड़ा प्रति हजार पुरुषों पर 940 महिलाओं पर ही सिमट गया। देश में सन् 2011 की जनगणना के अनुसार 3.73 करोड़ महिलाएं कम है। देश की कुल जनसंख्या 121 करोड़ में से देश में 0-6 आयु वर्ग में लिंगानुपात सन् 1991 की जनगणना के आकड़ों के अनुसार 945 था, जो घटकर सन् 2001 की जनगणना में 927 पर आ गया और यह सन् 2011 की जनगणना के आकड़ों के अनुसार 918 पर आ गया, ये आंकड़े देश में लिंगानुपात की विषम होती चिंताजनक स्थिति को दर्शाते हैं। यदि हालात यही रहे तो आने वाले वर्षों में स्थिति और चिंताजनक हो जाएगी।

कन्या भ्रूण हत्या से नुकसान

कन्या भ्रूण हत्या ने बुराईयों की एक श्रृंखला को जन्म दिया है। पिछले तीन दशकों में बड़े पैमाने पर कन्या भ्रूण हत्या के कुप्रभाव, गिरते लिंगानुपात और विवाह योग्य लड़कों के लिए वधुओं की कमी के रूप में तो सामने आया ही है साथ ही जनसंख्या विज्ञानी

आगाह करते हैं कि अगले बीस सालों में चूंकि विवाह योग्य महिलाओं की संख्या में कमी आएगी इसलिए पुरुष कम उम्र की महिलाओं से विवाह करेंगे जिससे जन्मदर में वृद्धि के कारण जनसंख्या वृद्धि की दर भी ऊंची हो जाएगी। लड़कियों को अगवा करना भी इसी से जुड़ी एक समस्या है। अविवाहित पुरुषों की अधिक तादाद वाले समाज के अपने खतरे हैं। यौनकर्मी के तौर पर अधिक महिलाओं का शोषण होने की सम्भावना है यौन शोषण और बलात्कार इसके स्वाभाविक परिणाम हैं। पिछले कुछ सालों से यौन अपराधों का तेजी से बढ़ता ग्राफ असमान लिंगानुपात के परिणामों से जुड़ा है।

संयुक्त राष्ट्र ने हाल ही में ये जारी किया है की भारत में बढ़ती कन्या भ्रूण हत्या एक चिंता का विषय है जो कि आगे जा कर के देश में कई तरह के जुर्म को जन्म देगा। समाज में कम महिलाओं की वजह से सेक्स से जुड़ी हिंसा के साथ-साथ बाल अत्याचार और बाल विवाह को भी जगह मिल जाएगी। कन्या भ्रूण हत्या मानव तस्करी का सबसे बड़ा कारण बन जाएगा।

कन्या भ्रूण हत्या के खिलाफ कानून

कन्या भ्रूण हत्या को रोकने के लिए सरकार ने कड़े कानून बनाए हैं। पीसीपीएनडीटी अधिनियम 1994 के तहत लिंग जानने के लिए भ्रूण का परीक्षण करना कानूनन अपराध है इसके तहत सख्त सजा का प्रावधान है।

कानून के तहत प्रसव पूर्व जांच तकनीक का अनुचित उपयोग, जो कि भ्रूण के लिंग की जांच के संदर्भ में हो तथा जो कन्या भ्रूण हत्या का कारण बन जाए, अवैधानिक है। कन्या भ्रूण हत्या के मामलों में, दंड के प्रावधान में कार्रवाई के दायरे में परीक्षण करने वाले केंद्र के चिकित्सक, गर्भवती महिला और उसका पति, यहां तक कि गर्भवती महिला के वे सारे संबंधी भी आते हैं जिन्होंने उसे प्रसव पूर्व जांच के लिए प्रेरित करने का काम किया हो। दंड के प्रावधान में सेंटर का रजिस्ट्रेशन समाप्त किया जा सकता है। परीक्षण में पहली बार पकड़ी गई महिला और उसके पति को 50 हजार रुपये का जुर्माना और तीन साल की सजा तथा दूसरी बार पकड़े जाने पर एक लाख का जुर्माना और पांच साल की कैद का प्रावधान है। चिकित्सक को भी यही सजा दी जा सकती है तथा अस्पतालों व क्लीनिकों को लिंग की जांच करने में दोषी पाने पर उनका मेडिकल लाइसेंस को रद्द करने का व्यवस्था है।

गर्भ में पलते लिंग की जांच करना या करवाना, शब्दों या इशारे में लिंग की परिचय करना, गर्भपात करना या उससे जुड़ी किसी भी सोच को बढ़ावा देना कानूनी जूर्म है। इतना ही नहीं बिना रजिस्ट्रेशन किये अल्ट्रासाउंड जैसी मशीन का इस्तमाल करना भी जुर्म है तथा 'यहां पर लिंग की जांच नहीं होती' का इश्तेहार हर अस्पताल के मुख्य द्वार पर लगाना अनिवार्य है।

❖❖❖

क्या है कन्या भ्रूण हत्या और इसका इतिहास?

हमारे समाज में चली आ रही पीढ़ी दर पीढ़ी की मान्यता है कि लड़का ही वंश का उत्तराधिकारी है और वही परिवार की मान-मर्यादा में चार चांद लगाता है, जिसके कारण परिवार में लड़के के जन्म को प्राथमिकता दी जाती है और लड़की के जन्म को शाप माना जाता है।

इसी मान्यता के चलते परिवार के वंश को बढ़ाने और परिवार की खुशी के लिए कई स्त्रियां मजबूरन अपने ही शरीर के अंश का त्याग करती हैं, अर्थात् कन्या की भ्रूण में पहचान कर उसकी जन्म लेने से पहले ही हत्या कर दी जाती है। ऐसे करते समय क्या मां का हृदय चीत्कारता नहीं होगा? अवश्य उसका मन रोता होगा, परन्तु अपने वंश को बढ़ाने और बुजुर्गों के दबाव के कारण ही वह अपनी कन्या को गर्भ में ही दफना देती है।

क्या है भ्रूण या कन्या भ्रूण हत्या?

भ्रूण हत्या का मतलब है मां की कोख से भ्रूण को निकाल फेंकना और कन्या भ्रूण हत्या का मतलब है मां के गर्भ में पलते बच्चे का गैर कानूनी तरीके से लिंग का परिक्षण करना, और अगर वह लड़की हुई तो उसे गर्भ में ही खत्म करने को, कन्या भ्रूण हत्या कहा जाता है। कन्या भ्रूण हत्या लड़की को जन्म से पहले ही गर्भ में मार देना होता है।

भ्रूण हत्या समाज में बड़े ही तेजी से फैल रहा है। इसे कानूनी स्वीकृति न मिलने के कारण इसे कई डॉक्टर और क्लिनिक की मदद से गैर कानूनी रूप से अंजाम दिया जा रहा है। कन्या भ्रूण हत्या आमतौर पर मानवता और विशेष रूप से समूची स्त्री जाति के विरुद्ध सबसे जघन्य अपराध है। आने वाली पीढ़ी के लिए यह एक चिंता का विषय है।

भ्रूण व कन्या भ्रूण हत्या का चलन व इतिहास

कन्या भ्रूण हत्या के चलन में आने से पहले जन्म के समय ही लड़कियों की हत्या कर देने का भी चलन था। यह चलन सबसे पहले राजपूतों में प्रारम्भ हुआ था। उसके बाद समाज की अन्य जातियों में भी यह कृत्य किया जाने लगा। इसके लिए परिवार की बुजुर्ग औरतें पहले से ही मानसिक रूप से तैयार रहती थीं और जन्म दिलाने वाली दासियों को पहले ही सचेत कर दिया जाता था और कहीं मुंह न खोलने के लिए उन्हें मुंह मांगा इनाम दिया जाता था। शिशु कन्याओं की हत्या के लिए बड़े ही वीभत्स तरीके अपनाए जाते थे जैसे- जन्म के समय ही बच्ची को नमक या जहर चटा देना, दूध में डुबो देना, चारपाई के पाये के नीचे बच्ची की गर्दन रखकर चारपाई पर बैठ जाना या अनाज की टोकरी में दबाकर घर से बाहर फेंक देना, या कुड़ेदान में डाल देना या मंदिर-मस्जिद की सीढ़ियों पर रख देना आदि। कुछ मामलों में तो जन्म देने वाली मां को भी नहीं बताया जाता था और जन्म दिलाने वाली दाइयां या घर की बुजुर्ग महिलाएं यह कृत्य कर देती थीं और जन्मदात्री मां को कह दिया जाता कि मरा हुआ बच्चा पैदा हुआ था।

इस देश में कन्या भ्रूण हत्या का सिलसिला तब शुरू हुआ जब देश की मेडिकल साइंस ने ''अल्ट्रासाउंड'' जैसी तकनीक का उपयोग करना शुरू किया। दरअसल इस अल्ट्रासाउंड तकनीक का आविष्कार मां के गर्भ में पलते बच्चे की स्वास्थ्य अवस्था की जांच के लिए किया गया था, लेकिन समय के चलते और कुविचार के कारण आज इसी तकनीक का इस्तेमाल मां के गर्व से शिशु की हत्या व गर्भपात के लिए किया जा रहा है।

कुछ लालची प्रवृति के डॉक्टर पेट में पल रहे शिशु के लिंग का निर्धारण कराने लगे। और पैसों के लालच में बेटी न चाहने वाले दम्पतियों को पहले से बताकर कन्या भ्रूण हत्या करने लगे।

❖❖❖

क्या हैं कन्या भ्रूण हत्या के कारण?

जितने बेटे, उतने मजबूत हाथ। जितने मजबूत हाथ उतना उत्पाद और जितना उत्पाद उतनी आमदनी और जितनी आमदनी उतना सुख। सुख पैसे और बुढ़ापे का, वारिस और चिता में आग लगाने का। सुख की इस परिभाषा में लोगों के लिए बेटी सिवाय दुख के, मुसीबत और बोझ के कुछ नहीं है इसलिए वह इसे कोख से बाहर आने से पहले ही मार देना चाहते हैं।

हम कन्या भ्रूण हत्या को देश की आधुनिक तकनीक का एक अंजाम तो कह सकते हैं, लेकिन इस अंजाम को रंगने वाली हमारी दकियानूसी सोच का हम क्या करें? यह समस्या मॉडर्न तकनीक के कारण जन्मी या फिर पुराने खयालात के कारण? लिंगभेदी मानसिकता और युवाओं में यौन विषयक जागरुकता के अभाव के चलते भारत में भ्रूण अथवा कन्या हत्या के अनेकों मामले हर साल सामने आते हैं। गर्भ की पहचान या एक नियत समय के बाद गर्भ को गिराये जाने पर पाबन्दी के बावजूद लोग भ्रूण हत्या से परहेज नहीं कर रहे हैं और भ्रूण हत्याओं का विशेषकर कन्या भ्रूण हत्याओं का स्तर बढ़ता जा रहा है, जिसके एक नहीं कई कारण हैं।

विवाह पूर्व मां बनना

शादी से पहले मां बनने को भारत में अच्छा नहीं माना जाता है बहुत से युवा सेक्स सम्बन्धी जागरुकता का अभाव होने के चलते इस समस्या में घिर जाते हैं। छोटे शहरों और गांव में यह समस्या ज्यादा गंभीर है बहुत सी लड़कियां इस बात से अनजान रहती हैं कि वह गर्भ धारण कर चुकी हैं जब उन्हें पता चलता है तो बदनामी के डर से उन्हें अपने भ्रूण को गिराना पड़ता है।

बेटे की चाहत

कन्या भ्रूण हत्या का एक मुख्य कारण बेटे की चाहत है, जिसका संबंध वंश की परंपरा से है। हैरानी की बात तो यह है कि यह मानसिकता पिछड़े इलाकों में ही नहीं शहर के अच्छे-खासे, पढ़े-लिखे परिवारों की भी है। इतना ही नहीं बेटों को बुढ़ापे का तथा भविष्य के कमाई का सहारा माना जाता है अगर वह शादी भी करता है तो दहेज के रूप में खूब पैसा और गाड़ी-जेवर लाता है परंतु बेटी को तो दहेज देना पड़ता है। पहले उसे जीवन भर मुसीबत से बड़ा करो कपड़े-लत्ते, खाने-पीने और स्कूल-कॉलेज पर पैसा खर्च करो और फिर यदि बेटी पढ़-लिख जाए, या कमाने भी लगे तो उसे दहेज के साथ पराए घर भेज दो। लोगों को लगता है कि बेटियों पर पूरी उम्र लगाते रहो और बाद में उसे गंवा दो, परंतु बेटों पर जो भी लगाया जाता है उसका उन्हें अधिक मात्रा में लौटकर प्राप्त होता है। इसीलिए बेटों की चाहत परिवारों में बनी रहती है और यदि पता चल जाए कि गर्भ में पल रहा भ्रूण बेटी है तो उसे गर्भ में ही मिटा दिया जाता है।

आर्थिक अभाव और दहेज प्रथा

गरीब और असहाय माता - पिता गरीबी के कारण कई बार अपने परिवार का ठीक तरह से पालन नहीं कर पाते। गरीबी के ऊपर जब दहेज का शैतान नाचने लगता है तब शायद ही किसी को कोई रास्ता दिखता है। समाज की दहेज प्रथा इन मुसीबतों को और बढ़ावा देती है। इसी दहेज प्रथा के कारण भी कन्या भ्रूण हत्या को बढ़ावा मिल रहा है। दहेज प्रथा समाज में कई प्रकार की अनियमितता और जुर्म को जन्म दे रही है। यही कारण है कि लड़की के माता - पिता कई बार लड़की को जन्माने में हिचकिचाते हैं। ये उनका लड़कियों के खिलाफ नापसंदगी नहीं, बल्कि उस लड़की की शादी के वक्त दहेज प्रथा जैसे जुर्म से लड़ने की हिम्मत न जूटा पाने की वजह है। इन सारी परिस्थितियों के कारण कन्या भ्रूण हत्या को हवा मिलती है।

लड़कियों को लड़कों के बराबर नहीं समझना

आज भी हमारे समाज में लड़का और लड़की को एक सामान नहीं माना जाता है। परिवारों में बेटा और बेटी में फर्क किया जाता है। पुरुष प्रधान समाज अब भी लड़कियों के प्रति सौतेला रवैया अपनाता है। लड़कों को ही मां-बाप का सहारा माना जाता है। परिवारों में लड़कियों को लड़कों के तरह आजादी नहीं मिलती ,लड़कियों को बंदिशों में रखा जाता है। लड़कियों को घर के काम-काज तक ही सीमित रखा जाता है। उन्हें उनकी सोच रखने की भी कई बार अनुमति नहीं मिलती। लड़कियों की जिंदगी का हर अहम फैसला बिना उनकी मर्जी के लिया जाता है। बस उन्हें जीने की छूट दी जाती है।

इस तरह की सोच और लड़कियों के प्रति व्यवहार समाज में लड़कियों की अहमियत को घटा देती है। लड़कियों के प्रति इस तरह का गुस्सा कई परिवारों मे छाप छोड़ जाता है। इसीलिए कन्या भ्रूण हत्या कों हवा मिलती हैं।

हम ये क्यों भूल जाते हैं कि जिस कन्या शिशु की जन्म से पहले ही हम हत्या कर देते हैं, वही कन्या हमारे समाज को आगे बढ़ाने वाली एक मात्र सहारा है। एक नारी की हत्या से हम कई नारियों के जन्म पर रोक लगा दे रहे हैं। चलिए आज ये ठान लें की लिंग परिक्षण व गर्भपात के खिलाफ हमेशा खड़े रहेंगे और अपने समाज को इससे फैलती अनियमितता से बचाएंगे।

गर्भपात के लिए मजबूर मां

पूर्व में कन्याओं की भ्रूण हत्या नहीं हो पाती थी क्योंकि किसी को पता ही नहीं होता था कि गर्भ में लड़का है या लड़की। उस समय केवल गर्भपात होता था और महिलाएं आसानी से गर्भपात नहीं कराती थीं। ऐसा नहीं है कि कन्याओं की भ्रूण हत्या के केवल पुरुष समाज जिम्मेदार हैं, इस कृत्य में महिलाओं का भी एक वर्ग शामिल होता है। सामान्य परिस्थितियों में जन्म देने वाली मां भ्रूण हत्या के लिए तैयार नहीं होती है, लेकिन घर-परिवार की बुजुर्ग औरतें, जिनमें सासू मां का योगदान अधिक होता है, जन्मदात्री मां को तरह-तरह के भय दिखाकर, अंधविश्वास बताकर उसे मानसिक रूप से प्रताड़ित करने लगती हैं, उसे ताने देने लगती हैं, घर से निकाल देने, तलाक दिलवा देने आदि का भय दिखाती हैं। साथ ही पति पर भी दबाव बनाती हैं कि वह पत्नी को समझाए। कहीं-कहीं तो गरीबी भी इस कार्य में सहयोग देती है। अंतत: अपने जीवन को नरकीय बनने से बचाने के लिए, न चाहते हुए भी जन्मदात्री मां कन्या भ्रूण हत्या के लिए तैयार हो जाती है।

अंतिम संस्कार की चाहत

भारत में अधिकांश समाजों में अंतिम संस्कार करने एवं मुखाग्नि देने का अधिकार बेटे को ही है। समाज की मान्यता है कि अर्थी को कंधा देने के लिए बेटा जरूरी है तथा जब तक बेटा मुखाग्नि नहीं देगा तब तक मृतक को स्वर्ग नहीं मिलेगा और उसकी आत्मा मृत्युलोक में ही भटकती रहेगी साथ ही मृत्यु के बाद बेटा ही पिता-परिवार के नाम को आगे भी जिंदा रखेगा। अत: लोग बेटी का पालन-पोषण व्यर्थ समझकर कहते हैं कि 'पेड़ को छोटेपन में ही उखाड़ फेंको अर्थात् उसकी जन्म के समय हत्या करके छुटकारा पाओ।

लड़कियों को बोझ मानना

कन्या भ्रूण हत्या के मुख्य कारणों में लड़कियों को समाज एवं घर में बोझ मानना है। हमारे समाज में कई परिवारों में लड़कियों को लड़कों के मुकाबले कम ही अहमियत मिलती है। उनकी परवरिश से लेकर पढ़ाई तक, और जिंदगी के हर मोड़ पर कुछ न कुछ पाबंदी जरूर लगाई जाती हैं। लड़कियों को उनकी मन की बात को खुली तरह से पेश करने की भी अनुमति नहीं मिलती है। लड़कियों पर इसी तरह की पाबंदी और भेदभाव के पीछे लोगों की दकियानूसी मानसिकता हैं।

सोचने वाली बात

क्या वास्तव में वंश केवल लड़के ही बढ़ाते हैं ? क्या वे अकेले ही अपने दायित्व को पूरा करा सकते हैं ? लड़की के बिना क्या यह सम्भव है ? यदि सभी लड़के पैदा करें तो क्या पुरुष समाज अपना ही अन्त करने पर उतारू नहीं है ? क्योंकि पुरुष को जन्म देने वाली भी स्त्री ही है फिर क्या पुरुष का वजूद भी खतरे में नहीं होगा ? इसलिए स्त्री को भी अपना वजूद कायम रखने के लिए कन्या भ्रूण हत्या का प्रतिरोध करना चाहिए तथा संतान लड़की के जन्म पर भी गौरवान्वित होना चाहिए।

❖❖❖

कन्या भ्रूण हत्या को रोकने के उपाय

भ्रूण हत्या बहुत ही शर्म और चिन्ता का विषय है परन्तु यह समस्या मात्र चिन्ता करने या नारे एवं पोस्टरबाजी से हल नहीं होगी। इसे रोकने के लिए सरकार ने योजनाएं भी बनाई हैं। पर सरकारी योजनाओं पर आश्रित रहना काफी नहीं है, इसके लिए देश के हर नागरिक को इस मुहिम में संजीदगी से हिस्सा लेने की आवश्यकता है।

आज कन्या भ्रूण हत्या एक गंभीर समस्या बनी हुई है काफी लंबे समय से सरकार, समाज व आम इंसान इसे रोकने की कोशिश में हैं परंतु फिर भी प्रयास अनुसार वह परिणाम नहीं आ पा रहे हैं जो आने चाहिए थे, वह शायद इसलिए क्योंकि इस समस्या के जिम्मेदार कोई एक इंसान या कोई निश्चित व्यवस्था नहीं जिसे जिम्मेदार ठहराया जा सके बहुत से कारण हैं जो प्रत्यक्ष व अप्रत्यक्ष रूप से इस समस्या को ज्यों का त्यों बनाऐ हुए हैं। आइऐ डालते हैं उन उपायों पर नजर जो इस घिनौने कृत्य को कम करने में मददगार साबित होंगे।

बेटी के प्रति बदलें सोच

कन्या भ्रूण हत्या के खिलाफ – कितने भी कानून बन जाएं, कितना भी जुर्माना लग जाए, हर नारेबाजी व प्रदर्शन तब तक सफल नहीं हो सकते जब तक हम जीवन में बेटी के महत्त्व व योगदान को सही अर्थों में नहीं समझ लेते तथा बेटी के प्रति अपनी सोच व धारणाओं को नहीं बदल लेते। जब तक हम बेटी को पराया धन, बोझ, या मुसीबत और बेटे को घर का चिराग, बुढ़ापे का सहारा और वंश बढ़ाने वाला समझते रहेंगे तब तक बेटियां हमें घर-आंगन में खटकती ही रहेंगी और घर आंगन तक पहुंचने से पहले

हम उसे कोख में ही दफन करते रहेंगे। इसलिए सबसे पहले हमें बेटियों के प्रति अपनी संकीर्ण सोच को विस्तार प्रदान करना पड़ेगा तभी इस दिशा में किसी सकारात्मक परिणाम की कल्पना की जा सकती है।

महिलाओं की भूमिका

कन्या भ्रूण हत्या को रोकने के लिए सरकार अपनी तरफ से जो प्रयास कर रही है, उसका लाभ तब तक नहीं मिल सकता, जब तक कि देश के लोगों की सोच नहीं बदल जाती, विशेष तौर पर महिलाओं की।

कन्या भ्रूण हत्या को रोकने के लिए जिनकी सबसे ज्यादा जरूरत है, वह हैं महिलाएं। अगर देश की महिलाओं की सोच बदल जाए, उन्हें उचित माहौल मिले और सरकार से प्रोत्साहन, तो निश्चित रूप से कन्या भ्रूण हत्या की घटनाओं पर नियंत्रण पाने में मदद मिलेगी। क्योंकि अगर महिलाएं ठान लें, तो वे न केवल पुरुषों की सोच बदल सकती हैं, बल्कि उस माहौल को भी बदल सकती हैं, जिसमें वे अब तक जी रही थीं।

'बेटी बचाओ, बेटी पढ़ाओ' अभियान से जुड़े लोगों व एजेंसियों को चाहिए कि इस सच्चाई को ध्यान में रखते हुए ही कार्यक्रम चलाएं कि जब तक महिलाओं को जागरूक व सचेत नहीं किया जाएगा, तब तक कन्या भ्रूण हत्या की घटनाओं पर लगाम नहीं लग सकेगी। संतान को मां जन्म देती है। अत: माता को ही सबसे पहले शिक्षित व जागरूक करने की जरूरत है।

साक्षरता

साक्षरता का प्रभाव सीधा मनुष्य की सोच और जागरुकता पर पड़ता है। दूसरे शब्दों में कह सकते हैं कि जहां-जहां साक्षरता दर उच्च है वहां-वहां लिंगानुपात भी उच्च है। अत: शिक्षा और सकारात्मक सोच व जागरुकता से ही भ्रूण हत्या पर विराम लग सकता है। शिक्षा से ही मनुष्य में अपने अस्तित्व के प्रति नई चेतना जागृत होती है, जिससे उसमें शोषण के विरुद्ध आवाज उठाने की क्षमता पैदा होती है। यदि पति-पत्नी दोनों शिक्षित होंगे तो वे भ्रूण हत्या जैसे कुकृत्य करने से संकोच करेंगे। अत: शिक्षा ही रूढ़िवादिता, अन्धविश्वास व शोषण को मिटाने का एक उपकरण है और सर्वांगीण विकास का नियामक भी।

सरकार, कानून और प्रशासन

हमारे देश में बहुत अच्छे और सख्त कानून उपलब्ध हैं। परंतु जब तक प्रशासन और पुलिस इन्हें सख्ती से लागू नहीं कराती उनका होना, न होने जैसा है। प्रशासन और पुलिस

की अपनी सीमाएं हैं और बिना जन सहयोग के उन्हें अपने काम में दिक्कतें आती हैं। इसलिए जरूरत है कि हम न केवल गैरकानूनी कार्यों से बचें बल्कि जहां ये हो रहे हैं वहां इनकी रोकथाम में प्रशासन और पुलिस की मदद करें। सरकार की नीयत भी साफ है और वह इस कलंक को धो देना चाहती है। 'बेटी बचाओ-बेटी पढ़ाओ' योजना भी इसी दिशा में एक कदम है।

आर्थिक निर्भरता

भारतीय समाज हजारों वर्षों से पुरुष प्रधान रहा है और आज भी है जहां स्त्री को दूसरा दर्जा दिया गया है। महिलाएं बहुत समय से पुरुष पर निर्भर रही हैं। यही कारण है कि अनेकों बार न चाहते हुए भी उन्हें पुरुष की बात माननी पड़ती है और वो भ्रूण हत्या जैसे पाप में भागीदार हो जाती हैं। जिस दिन हम लड़कियों को शिक्षित कर उन्हें आर्थिक निर्भरता से मुक्त कर देंगे उस दिन लड़के-लड़की के भेदभाव में कमी आएगी। आज नारी जैसे-जैसे आर्थिक तौर पर आत्मनिर्भर हो रही है वह अपने निर्णय स्वयं लेने लगी है। इससे निश्चित ही भ्रूण हत्या के मामलों में कमी आएगी।

डॉक्टरों की भूमिका

देखा जाए तो काफी हद तक कन्या भ्रूण हत्या के जिम्मेवार डॉक्टर ही होते हैं। ये डॉक्टर ही होते हैं जो दम्पति को बताते हैं कि माता के गर्भ में पल रहा शिशु कन्या है या पुत्र-लड़का है या लड़की? अगर डॉक्टर नहीं बताएं, तो भला दम्पति को कैसे पता चलता? और जब दम्पति को पता ही नहीं चलता, तो वे एबॉर्शन पर क्यों बात करते? लड़की है, तो गर्भपात, कराओ और लड़का है, तो उसे जन्माओं। आधुनिक दम्पतियों की कमोबेश यही सोच है। हालांकि ऐसी सोच में गिरावट आयी जरूर है, लेकिन जिस घर में पहले से ही कन्या संतान हो, वहां ऐसी सोच की गुंजाइश जरूर है। न केवल अनपढ़ परिवार में, बल्कि पढ़े-लिखे परिवारों, पढ़े-लिखे माता-पिता भी एक बेटी के होने पर दूसरी बेटी को जन्म देने से बचना चाहते हैं। यही कारण है कि वे क्लीनिक में अपनी पत्नी को लिंग परीक्षण करवाने के लिए ले जाते है।

अगर डॉक्टर यह ठान लें कि गर्भस्थ शिशु के बारे में अभिभावकों- माता-पिता को कोई जानकारी नहीं देंगे, तो माता-पिता सब्र करके रह जाएंगे कि ईश्वर जो देगा, वहीं उन्हें मंजूर होगा। अगर डॉक्टर किसी तरह के प्रलोभन में न आएं, अपने पेशे के साथ पूरा-पूरा न्याय करें, सामाजिक धर्म व कर्त्तव्य का पालन करें, तो कन्या भ्रूण हत्या को रोका व कम किया जा सकता है।

आम आदमी की भूमिका

कन्या भ्रूण हत्या को रोकने के लिए सरकार ने एक योजना बनाई है 'बेटी बचाओ बेटी

पढ़ाओ' ताकि न केवल बेटियां बच सके बल्कि उन्हें सशक्त और स्वावलंबी भी बनाया जा सके। पर योजना का उद्देश्य तभी सार्थक होगा जब आम जन का भी उसमें पूर्ण सहयोग मिलेगा। देश के कई राज्यों में लिंगानुपात में गिरावट पर नियंत्रण और बेटियों को शिक्षित करने का यह प्रयास तभी सफल होगा जब जागरुकता भीतरी होगी नारों तक नहीं। देश के प्रत्येक नागरिक को इस मुहिम का हिस्सा बनना होगा। जिससे अभियान को सफल बनया जा सके।

निम्न उपायों से एक आम आदमी इस अभियान में अपना योगदान दे सकता है तथा बेटियों को बचा व उनका भविष्य सुधार सकता है।

- बहुत आवश्यक है की हम इस बात को समझें कि बेटियां हमारे लिए कितनी जरूरी हैं। यदि आप यह बात समझ चुके हैं तो दूसरों को भी समझाएं।
- इस मिशन की शुरुआत अपने घर से ही करें। परिवार में इस बात पर चर्चा करें।
- धीरे-धीरे गली मोहल्ले में अपने स्तर पर जागरुकता अभियान चलाये। सभाएं आयोजित करें जिसमें बेटियों को किस प्रकार अच्छा माहौल, शिक्षा मिल सकती है इस पर चर्चा करें। लोगों को बताएं हमारा कल हमारी बेटियों पर निर्भर हैं।
- आज के भूमंडलीकरण के दौर की सबसे अच्छी बात यही की आप का कोई भी अच्छा सुझाव, आप सीधे व्यापक स्तर पर पंहुचा सकते हैं। आज इंटरनेट के युग में एक क्लिक पर आप अपनी बात सीधे देश के प्रधानमंत्री तक भी पंहुचा सकते हैं। व्हाट्सएप, फेसबुक, ट्विटर, इंस्टाग्राम तमाम सोशल मीडिया एप्प आज उपलब्ध है। जिसके माध्यम से लोगों को जागरूक किया जा सकता है।
- चित्रकारी या निबंध प्रतियोगिता आयोजित करके इस सन्देश को ज्यादा से ज्यादा लोगों तक पहुंचाया जा सकता है।
- दृश्य का सीधा प्रभाव मनु मस्तिष्क पर पड़ता है। इसलिए इस विषय पर एक अच्छी डॉक्यूमेंट्री बनाकर लोगों को जागरूक कर सकते हैं।
- कोई अच्छा स्लोगन नारा बनाकर भी लोगों को जागरूक किया जा सकता है। बेटी बचाओं, बेटी पढाओं इन चार शब्दों में ही जिस प्रकार यह समझ आ जाता है की उद्देश्य क्या है। इसी प्रकार के और स्लोगन बना कर आप लोगों को जागरूक कर सकते हैं।
- आज भी हमारे देश में बेटे को बेटी से अधिक तवज्जों दी जाती हैं। बेटे को यदि अच्छी से अच्छी तालीम देने की कोशिश की जाती हैं तो वहीं बेटियों को तो कई जगह घर के काम काज तक ही सीमित कर दिया जाता है। हमें चाहिए की बेटियों को भी उच्च शिक्षा दें।

- बेटियों से भी पूछें की वह आखिर करना क्या चाहती हैं। उनसे उनकी इच्छा जानें।
- घर-परिवार के फैसलों में उनकी राय भी शामिल करें।
- अपने फैसले उन पर न थोपे।
- उन्हें प्रोत्साहित करें। फैसले लेने की स्वतंत्रता दें।
- अक्सर पढ़ाई पूरी होते ही बेटियों की शादी कर दी जाती हैं। उनसे पूछा भी नहीं जाता। ऐसा बिलकुल न करें उनसे उनकी इच्छा पूछे।
- यदि वह कोई जॉब या आगे कोई कोर्स करना चाहती हैं तो उसको करने की पूरी आजादी दे।

अन्य उपाय

गिरते लिंग अनुपात को संभालने की जरूरत है और इसमें राज्य, मीडिया, पत्रकारों, गैर-सरकारी संगठनों, चिकित्सकों, महिला संगठनों और जनता को साथ खड़े होने की आवश्यकता है ताकि इस बात को सुनिश्चित किया जा सके कि कन्या भ्रूण हत्या विरोधी कानून पूरे तरीके से और कारगर ढंग से लागू हो पाएं। निगरानी, शैक्षिक अभियान और प्रभावी कानूनी क्रियान्वयन, इन सबके संयोजन से लोगों के मन में गहरी बैठी महिला और कन्या विरोधी मानसिकता और कुप्रथाओं को दूर किया जा सकता है। इस संबंध में धार्मिक नेताओं को भी आगे आना चाहिए। उन्हें धर्मग्रंथों के सम्बन्ध में भ्रांतियों के बारे में स्पष्ट करना चाहिए और वैज्ञानिक, तार्किक और मानवीय दृष्टिकोण को बढ़ावा देना चाहिए। पारंपरिक रूप से पुत्र के जन्म तक सीमित धार्मिक कर्मकांडों को बेटी के सन्दर्भ में भी विस्तृत करना चाहिए।

जमीनी स्तर पर स्थानीय पंचायतों को भी कन्या भ्रूण हत्या को रोकने के लिए कदम उठाने चाहिए। स्थानीय नेताओं को अपने इलाके के शिक्षित लोगों को जागरूक करने, जनता को शिक्षित करने के लिए नियुक्त करना चाहिए ताकि लोगों का सबलीकरण हो और कन्या भ्रूण हत्या विरोधी अभियानों में महिलाओं को अभियानों में सबसे आगे खड़ा करना चाहिए। सूचना देने वालों को पुरस्कार देना चाहिए। इस कुप्रथा की भयावहता और गंभीरता के बारे में मीडिया में व्यापक प्रचार होना चाहिए। गैर-सरकारी संगठनों को जनता को इस सम्बन्ध में शिक्षित करने की भूमिका निभानी चाहिए। राष्ट्रीय महिला आयोग, गैर-सरकारी संगठन, स्वास्थ्य और परिवार कल्याण मंत्रालय को मौजदा कानूनों को समुचित ढंग से लागू करने के लिए बेहतर योजनाएं बनानी चाहिए और अखबारों, रेडियो, दूरदर्शन और इन्टरनेट पर व्यापक स्तर पर जन अभियान चलाने चाहिए।

❖❖❖

कन्या भ्रूण हत्या और कानून

भ्रूण हत्या एक जघन्य अपराध है, जिसकी अनुमति अब कानून भी नहीं देता है। प्रस्तुत कानून में इसकी कड़ी सजा है जो डॉक्टरों एवं क्लीनिकों के साथ-साथ उन व्यवस्थाओं के लिए भी है जो इसमें शामिल होते हैं। इस कुकृत्य को रोकने व गिरते लिंगानुपात को कम करने के लिए पीसी एंड पीएनडीटी एक्ट निर्धारित किया गया है।

पूर्व गर्भाधान और प्रसव पूर्व निदान तकनीक (PC and PNDT) अधिनियम, 1994 भारत में कन्या भ्रूण हत्या और गिरते लिंगानुपात को रोकने के लिए भारत की संसद द्वारा पारित एक संघीय कानून है। इस अधिनियम से प्रसव पूर्व लिंग निर्धारण पर प्रतिबंध लगा दिया गया है। प्री-नेटल डायग्नोस्टिक टेक्निक 'पीएनडीटी' एक्ट 1996, के तहत जन्म से पूर्व शिशु के लिंग की जांच पर पाबंदी है। ऐसे में अल्ट्रासाउंड या अल्ट्रासोनोग्राफी कराने वाले जोड़े या करने वाले डॉक्टर, लैब कर्मी को तीन से पांच साल सजा और 10 से 50 हजार जुर्माने की सजा का प्रावधान है।

पीसी एंड पीएनडीटी एक्ट की प्रमुख विशेषताएं

इस अधिनियम ने सभी परीक्षण प्रयोगशालाओं के पंजीकरण को अनिवार्य बना दिया है और अल्ट्रासाउंड के उपकरणों के निर्माता को अपने उपकरणों को पंजीकृत प्रयोगशालाओं को बेचने के निर्देश दिए हैं। इसके अनुसार कोई भी निजी संगठन समेत व्यक्ति, अल्ट्रा साउंड मशीन, इमेजिंग मशीन, स्कैनर या भ्रूण के लिंग के निर्धारण में सक्षम कोई भी उपकरण निर्माता, आयातक, वितरक या आपूर्तिकर्ता के लिए इन्हें बेचना, वितरित करना, आपूर्ति करना, किराये पर देना या भुगतान या अन्य आधार पर इस अधिनियम के तहत अपंजीकृत किसी अनुवांशिक परामर्श केंद्र, जेनेटिक प्रयोगशाला, जेनेटिक क्लिनिक, अल्ट्रासाउंड क्लिनिक, इमेजिंग स्क्रीन या अन्य किसी निकाय या व्यक्ति को ऐसे उपकरणों या मशीनों के प्रयोग की अनुमति नहीं दे सकता है। (पीसी एंड

पीएनडीटी अधिनियम के नियम x A के साथ धारा 3 B) फॉर्म-बी में पंजीकरण प्रमाण पत्र को सार्वजनिक रूप से प्रदर्शित करना चाहिए यानी कि जहां से यह सबको दिखाई दे। (पीएनडीटी नियमों के नियम 4 (i) (ii), नियम 6 (2), 6 (5) एवं 8 (2))।

इस अधिनियम के अन्तर्गत ऐसी मशीनों और उपकरणों के पंजीकृत निर्माताओं को सम्बन्ध राज्य, केंद्र शासित प्रदेश और केंद्र सरकार के उपयुक्त प्राधिकारियों को तीन महीने में एक बार अपने उपकरणों के क्रेताओं की सूची देनी होगी और ऐसे व्यक्ति या संगठन से उसे हलफनामा लेना होगा कि वह इन उपकरणों का इस्तेमाल भ्रूण के लिंग चयन के लिए नहीं करेंगे।

निम्न परिस्थितियों में हो सकती है जांच

पीसी एंड पीएनडीटी अधिनियम की धारा 4 के तहत केवल निम्न परिस्थितियों में प्रसव-पूर्व परीक्षण तकनीकों का इस्तेमाल किया जा सकता है, जब-

- महिला की आयु 35 वर्ष से अधिक हो।
- गर्भवती 2 या 2 से अधिक गर्भपात या भ्रूण की हानि को झेल चुकी हो।
- गर्भवती संभावित रूप से हानिप्रद अभिकर्मकों (रसायन) जैसे मादक पदार्थ, विकिरणों, संक्रमण या रसायनों के संपर्क में आ चुकी हो।
- गर्भवती या उसके पति के परिवार में किसी को मानसिक विकार या शारीरिक विकृति रही हो जैसे अन्य अनुवांशिक रोग; या मंडल द्वारा तय की गयी कोई अन्य दशा।

सभी परामर्श केन्द्रों, अनुवांशिक प्रयोगशालाओं, और अल्ट्रासाउंड क्लिनिक्स को जो किसी गर्भवती स्त्री पर स्कैन, टेस्ट या अन्य प्रक्रियाओं को संचालित कर रहे हैं, इन परीक्षणों का पूरा विवरण रखना होगा जिसमें कि नाम, पति का नाम, चिकित्सक का नाम- पता और परीक्षण, स्कैन या प्रक्रियाओं की आवश्यकता के कारण। इन जानकारियों को फॉर्म 'एॅफ' में दर्ज होना चाहिए। (पीएनडीटी अधिनियम का नियम 9 (4))।

जब भी कोई गर्भवती महिला अनुमति प्राप्त उद्देश्यों के अतिरिक्त प्रसव पूर्व परीक्षण तकनीक से जांच कराती है तो यह माना जाएगा की उस पर उसके पति या अन्य रिश्तेदारों ने परीक्षण करने का दबाव बनाया है और उन्हें इसके लिए जिम्मेदार ठहराया जाएगा। (पीसी एंड पीएनडीटी अधिनियम की धारा 24)।

पीसी एंड पीएनडीटी एक्ट के तहत प्रतिबंधित कृत्य

क) लिंग चयन या लिंग का पूर्व-निर्धारण की सेवा देने वाले विज्ञापनों का प्रकाशन।

ख) गर्भाधान-पूर्व या जन्म-पूर्व परीक्षण तकनीकों वाले क्लीनिकों का पंजीकृत नहीं होना या क्लिनिक या संस्थान के भीतर सबको दिखाई देने वाले पंजीकरण प्रमाणपत्र को प्रदर्शित नहीं करना।

ग) अजन्में बच्चे के लिंग का निर्धारण करना;।

घ) गर्भवती को लिंग निर्धारण परीक्षण के लिए मजबूर करना;।

ङ) लिंग चयन की प्रक्रिया में सहयोग या सुविधा प्रदान करना;।

च) चिकित्सक द्वारा गर्भवती या अन्य व्यक्ति को अजन्में बच्चे के लिंग के बारे में किसी भी तरह सूचित करना।

छ) पीसी एंड पीएनडीटी एक्ट के अंतर्गत पंजीकृत क्लीनिकों द्वारा अभिलेखों को भली-भांति सहेज कर नहीं रखना।

पीसी एंड पीएनडीटी एक्ट का क्रियान्वयन

इस अधिनियम के क्रियान्वयन का निरीक्षण और पुनरीक्षण करने के लिए राज्यस्तरीय निरीक्षण निकाय को बनाने की सिफारिश की गयी थी। यह निकाय गर्भाधान पूर्व और जन्म-पूर्व भ्रूण के लिंग का निर्धारण करने की कुप्रथा के प्रति जनता को जागरूक करेगा। यह राज्य में इस क्षेत्र में कार्यरत संस्थाओं के कामकाज की निगरानी करेगा और अपनी जिम्मेदारियों को पूरा करने में विर्फ रहने पर उनके खिलाफ कार्रवाई भी करेगा। इस अधिनियम और इसके नियमों के तहत चलायी जा रही विभिन्न गतिविधियों का भी यह संज्ञान लेगा और केन्द्रीय निगरानी आयोग और केंद्र सरकार को इस सम्बन्ध में ठोस रिपोर्ट भेजेगा।

कोई भी शिकायतकर्ता अपनी शिकायत को राज्य स्तरीय प्राधिकरण में नियुक्त प्राधिकृत अधिकारी के सामने दर्ज करा सकता है। इस अधिकारी का दर्जा स्वास्थ्य विभाग में संयुक्त निदेशक, स्वास्थ्य एवं परिवार कल्याण विभाग के पद से ऊपर होगा। जिला स्तर पर सिविल सर्जन या मुख्य चिकित्सा अधिकारी और नगर में मुख्य स्वास्थ्य अधिकारी या वॉर्ड स्वास्थ्य अधिकारी या चिकित्सा अधीक्षक को प्राधिकृत किया जाएगा। शिकायत लिखित में दर्ज की जाएगी और उसके प्राधिकारी को भी पावती (रसीद) देनी होगी। अगर नियुक्त प्राधिकरण 15 दिन के अन्दर कार्रवाई करने में विर्फ रहता है तो शिकायतकर्ता उपयुक्त न्यायक्षेत्र वाली अदालत में पावती के साथ जा सकता है।

इस अधिनियम का उल्लंघन करने पर जिसमें बिना लाइसेंस के प्रयोगशालाओं को चलाना भी शामिल है, उपकरणों को सील कर दिया जाएगा। उपयुक्त प्राधिकरण उपकरणों को सील करने के साथ-साथ उनके उपयोग को प्रतिबन्धित कर सकता है। लिंग चयन में लिप्त पाए गए दोषियों की जुर्माना राशि पचास हजार से बढ़ाकर एक लाख की गयी है जिसमें चिकित्सक का पंजीकरण रद्द करने, निंबन का अतिरिक्त प्रावधान है।

❖❖❖

क्या है बेटी बचाओ, बेटी पढ़ाओ योजना?

बेटी बचाओ बेटी पढ़ाओ योजना का उद्देश्य बालिका लिंग अनुपात में हो रही गिरावट और महिलाओं के सशक्तिकरण के संबंधित मुद्दों को बढ़ावा देना हैं ताकि महिलाओं की जीवन शैली को सुधारा जा सके।

जन-धन योजना, मेक इन इंडिया और स्वच्छ भारत अभियान, के सफल क्रियान्वयन के बाद प्रधानमंत्री नरेंद्र मोदी ने 22 जनवरी, 2015 को हरियाणा के पानीपत में बेटी बचाओ, बेटी पढ़ाओ योजना शुरूआत की थी। 100 करोड़ रुपये कि शुरुआती राशि के साथ यह योजना देशभर के 100 जिलों में शुरू की गई। हरियाणा में जहां बाल लिंगानुपात (सीएसआर) बेहद कम है, 12 जिले चुने गए हैं- रेवाड़ी, महेंद्रगढ़, भिवानी, झज्जर, अंबाला, कुरुक्षेत्र, सोनीपत, रोहतक, करनाल, कैथल, पानीपत और यमुना नगर। इस योजना का लक्ष्य लड़कियों को पढ़ाई के जरिए सामाजिक और वित्तीय तौर पर आत्मनिर्भर बनाना है। सरकार के इस नजरिए से महिलाओं की कल्याण सेवाओं के प्रति जागरुकता पैदा करने और निष्पादन क्षमता में सुधार को बढ़ावा मिलेगा।

क्या है योजना?

बेटी बचाओ बेटी पढ़ाओ योजना का उद्देश्य कन्या भ्रूण हत्या को रोकना, उन्हें बचाना और पढ़ाना है ताकि लिंग अनुपात में हो रही गिरावट को सही किया जा सके। साथ ही इस योजना का उद्देश्य महिलाओं के सशक्तिकरण से संबंधित मुद्दों को बढ़ावा देना है ताकि महिलाओं की जीवन शैली को सुधारा जा सके। इस योजना को बालिकाओं की शिक्षा आदि उद्देश्यों और दृष्टिकोणों के तहत शुरू किया गया है साथ ही योजना का पूरा लक्ष्य है कि बालिकाओं के जन्म पर खुशियां मनाई जाएं न की पुराने और दकियानुसी विचारों में फंस कर बालिकाओं के हितों का हनन हो।

बेटी बचाओ, बेटी पढ़ाओ योजना की जरूरत क्यों?

भारत देश में जनसंख्या तो बड़ी तादाद में फैल रही है लेकिन दुर्भाग्य की बात है कि इस बढ़ती हुई जनसंख्या में लड़कियों का अनुपात कम होता जा रहा है। वर्ष 2001 में की गई गणना के अनुसार प्रति 1000 लड़कों में 927 लड़कियां थीं, जो आंकड़ा गिरकर 2011 में 918 हो गया है।

अजन्मे बच्चे के लिंग का पता लगाने वाले आधुनिक उपकरणों की उपलब्धता से कन्या भ्रूण हत्या के मामले बहुत तेजी से बढ़े हैं। आर्थिक फायदों को लेकर लड़कों के प्रति सामाजिक पक्षपात होता रहा है। समाज में गहराई तक यह बात बैठी हुई है कि लड़कियों के साथ बड़ी जिम्मेदारी आती है। इन कारणों से लिंगानुपात को नुकसान पहुंचा है। जन्म हो जाने के बाद भी लड़कियों के साथ भेदभाव नहीं थमता। स्वास्थ्य, पोषण और शिक्षा की जरूरतों को लेकर उनके साथ कई तरह से पक्षपात होता है।

इस वजह से, ठीक ही कहा जाता है कि महिलाओं के जन्म से पहले ही उनके अधिकारों का हनन शुरू हो जाता है। आधुनिकीकरण के साथ-साथ जहां विचारों में भी आधुनिकता आनी चाहिए, वहां इस तरह के अपराध बढ़ रहे हैं। अगर इसी तरह वर्ष दर वर्ष लड़कियों की संख्या कम होती रही तो एक दिन देश अपने आप ही नष्ट होने की स्थिति में होगा। अत: इस दिशा में लोगों को जागरूक बनाने के लिए बेटी बचाओ और बेटी पढ़ाओ योजना शुरू की गई।

बेटा-बेटी में भेदभाव तथा लिंग परीक्षण को रोकना

आज महिला अनुपात की एक बड़ी संख्या एशिया में कम हो रही है। हमारा देश इस अनुपात के शीर्ष पर है। इस योजना के तहत मुख्य रूप से महिला-पुरुष लिंग अनुपात पर ध्यान केंद्रित किया गया है और एक बड़ा कदम, लिंग पक्षपात की रोकथाम की दिशा में बढ़ाया गया है।

बालिकाओं के अस्तित्व और सुरक्षा को सुनिश्चित करना

हमारे देश में हर दिन आप समाचार पत्रों में खबर पढ़ सकते हैं कि एक महिला भ्रूण, एक अजन्में महिला बच्चे को मृत पाया गया कचरे के डिब्बे में, रेलवे स्टेशन के पास में और अन्य क्षेत्रों में समाचार पत्र आदि में लपेट कर, यह एक मामला बहुत उठता है। यह क्या हो रहा है हमारे देश में। हमारा देश बहुत बीमार और कमजोर है। बेटी बचाओ बेटी पढ़ाओ योजना के तहत यह एक बहुत बड़ा कदम है कि इस प्रथा को रोका जाये और हर बालिका के अस्तित्व की सुरक्षा को सुनिश्चित किया जाये।

बेटी बचाओ, बेटी पढ़ाओ के अंतर्गत दी जाने वाली सुविधाएं

इस योजना के तहत दी जाने वाली सुविधाएं कुछ इस प्रकार हैं–

बेटी की सुरक्षा:– आज महिलाएं देश के किसी भी कोने में सुरक्षित नहीं हैं इसलिए उनकी सुरक्षा के लिए विशेष कदम उठाए जा रहे हैं, जिसके लिए 50 करोड़ का फंड दिया जाएगा, जिसमें मुख्यत: महिलाओं के लिए पब्लिक ट्रांसपोर्ट की सुविधा दी जाएगी।

अलर्ट बटन:– एक बटन है, जिसके जरिए संदेश, आवाज संदेश, साथ ही इमेज के जरिए सुरक्षा हेतु मदद मांगने की सुविधा दी जाएगी।

संकट प्रबंधन केंद्र:– अगर कोई दुर्घटना हो गई है तों इस स्थिति में उचित कार्यवाही हेतु संकट प्रबंधन केंद्र की सुविधा दी जाएगी।

शिक्षा और सभी क्षेत्रों में बालिकाओं की भागीदारी सुनिश्चित

भारत को मजबूत बनाने और एक बेहतर भारत बनाने के लिए बालिकाओं को बचाना और उनकी सुरक्षा जरूरी है। प्रधानमंत्री श्री नरेन्द्र मोदी जी के अनुसार इस देश में हर बालिका को शिक्षित होना चाहिये ताकि वे बड़ी होकर ये जान सकें कि वे क्या करना चाहती हैं।

योजना से मिलने वाले लाभ

- बेटी बचाओ बेटी पढ़ाओ योजना में आप अपनी बेटी का खाता खोल सकेंगे। इससे आपका आर्थिक बोझ कम होगा और बेटियों को उनकी छोटी जरूरतों के लिये उन्हें पैसा भी मिल सकेगा।
- बीबीबीपी में योजना के लिए सरकार सभी छोटी बचत करने वालों को भी सबसे अधिक ब्याज दर प्रदान करती है। इसके साथ तो, आप भविष्य में अपनी बेटी के लिए और अधिक पैसे बचा सकते हैं।
- इस खाते को आयकर अधिनियम 1961 यू/एस 80 सी के तहत छूट दी गई है। बेटियों का अकाउंट कर मुक्त होगा। इसका मतलब है कोई पैसा टैक्स के रूप में खाते से नहीं काटा जाएगा।
- इस योजना की सबसे अच्छी बात– खाता खोलने के समय से लेकर बेटियों की उम्र 21 वर्ष होने पर खाता परिपक्व होगा। 18 वर्ष की आयु में केवल उच्च शिक्षा के लिए धन प्राप्त होगा। 21 वर्ष की आयु में बेटियों के विवाह के लिए खाते से पैसा ले सकेंगे। इस खाते की अधिकतम अवधि 21 वर्ष है।
- बीबीबीपी योजना का उद्देश्य लोगों को ये समझाना है कि बेटियों की शिक्षा–शादी माता–पिता के लिए एक बोझ नहीं है। इस खाते में पैसे बचाने के माध्यम से लड़की की शादी कर सकते हैं। योजना लड़की को पूर्ण वित्तीय सुरक्षा देती है।

- लड़की की उम्र खाता खोलने के समय से लेकर 21 वर्ष पूरा होने के बाद सारा ब्याज जोड़ कर लड़की के खाते में पूरी राशि भेज दी जाएगी।

सुकन्या समृद्धि योजना

बेटी बचाओ, बेटी पढ़ाओ के अंतर्गत दी जाने वाली यह सबसे महत्त्वपूर्ण योजना है। सुकन्या समृद्धि खाता/अकाउंट बेटी बचाओ, बेटी पढ़ाओ योजना की सबसे महत्त्वपूर्ण कड़ी है, जो कन्या के भविष्य को सुरक्षित करती है। सुकन्या समृद्धि खाता कन्या के जन्म से 10 वर्ष तक की आयु में खोला जा सकता है जब तक कन्या के माता-पिता या अन्य कानूनी अभिभावक खाते की देखरेख कर सकते हैं। 10 वर्ष की आयु के बाद कन्या स्वयं अपने खाते के लिए उत्तरदायी बनेंगी।

परिवार में अगर दो बेटियां हैं, तो दोनों के लिए यह खाता खोला जा सकता है। एक परिवार में दो से अधिक बालिकाओं का खाता इस योजना में नहीं जुड़वाया जा सकता है। हालांकि जुड़वां बच्चे होने की स्थिति में संबंधित प्रमाण-पत्र प्रस्तुत कर तीसरा खाता भी खुलवाया जा सकता है। बेटी के 10 वर्ष की आयु पूर्ण करने से पहले खाते का संचालन अभिभावक ही करेंगे, लेकिन इसके पश्चात स्वयं खाताधारक बेटी भी खाते का संचालन अपने हाथ में ले सकेगी। इस खाते को देशभर में कहीं भी स्थानांतरित करवाया जा सकता है।

सुकन्या योजना के फायदे

इस योजना के अंतर्गत कई फायदे हैं जैसे-

- इस योजना में 9.2 प्रतिशत की ब्याज दर दी जाएगी।
- योजना की राशि पर आयकर नहीं काटा जाएगा।
- बेटी के पढ़ाई के खर्च की हो जाएगी व्यवस्था।
- विवाह योग्य होने पर विवाह खर्च की भी नहीं रहेगी चिंता।
- सबसे कम लेट फीस।

कब होती है परिपक्व?

आपको इस खाते में न्यूनतम राशि खाता खोलने की तिथि से 14 वर्ष तक जमा करानी होगी। अगर खाते में न्यूनतम राशि जमा नहीं करवाई गई, तो न्यूनतम राशि सहित 50 रुपये पैनल्टी स्वरूप वसूल किए जाएंगे। खाता 21 वर्ष पूरे होने के बाद ही परिपक्व होगा। बेटी की उम्र 18 वर्ष होने पर आप जमा राशि का 50 प्रतिशत बेटी की शिक्षा अथवा शादी के लिए निकलवा सकते हैं। ऐसा इसलिए किया गया है कि अभिभावक

बेटी की शादी 18 साल से पहले ना करें। खाते में जमा सम्पूर्ण राशि और ब्याज की रकम को खाते के 21 साल होने पर निकाला सकते हैं। हालांकि बेटी का विवाह 21 साल की अवधि पूरी होने से पहले हो जाता है, तो विवाह की तारीख के पश्चात खाते के संचालन की अनुमति नहीं दी जाएगी। वहीं दूसरी ओर 21 साल से पहले बेटी की मृत्यु की दशा में, खाता बंद हो जाएगा और जमा राशि और ब्याज निकलवाया जा सकता है। सुकन्या समृद्धि योजना इसलिए महत्त्वपूर्ण है कि इसमें सरकार ने बेहतरीन ब्याज दर की घोषणा की है।

मोदी जी ने क्या कहा बेटी बचाओ, बेटी पढ़ाओ के बारे में

प्रधानमंत्री ने बेटों और बेटियों के बीच भेदभाव खत्म करने की अपील की। उन्होंने कहा कि कन्या भ्रूण हत्या खत्म करने के लिए यह बेहद जरूरी है। मोदी ने बालिका भ्रूण हत्या में बराबरी से शामिल चिकित्सा बिरादरी को भी यह याद दिलाया कि उनकी चिकित्सा की शिक्षा जान बचाने के लिए है, लड़कियों की हत्या के लिए नहीं। प्रधानमंत्री ने 'सुकन्या समृद्धि अकाउंट' की शुरुआत भी की, जिसका फायदा आज लड़कियों को मिल रहा है।

नजरिया बदलना होगा

कन्या भ्रूण हत्या रोकने के लिए आज पूरे समाज को लड़कियों के प्रति अपना नजरिया बदलने की जरूरत है। समाज के हर तबके में यह समस्या व्याप्त है। भले ही पूर्वोत्तर के क्षेत्र और आदिवासी इलाकों में लिंगानुपात बेहतर है, देश के कई हिस्सों में कन्या भ्रूण हत्या के मामले बहुत ज्यादा हैं। सरकार ने यह अभिनव योजना कई लड़कियों को बचाने के लिए शुरू की है। इस बेटी बचाओ, बेटी पढ़ाओ योजना में महिला एवं बाल विकास मंत्रालय, शिक्षा मंत्रालय और स्वास्थ्य मंत्रालय जैसे अन्य मंत्रालयों के साथ मिलकर काम कर रहा है।

पूरे समाज के लिए एक वरदान

यह योजना न केवल लड़कियों के लिए बल्कि पूरे समाज के लिए एक वरदान साबित हो सकती है। इतना ही नहीं, बेटी बचाओ, बेटी पढ़ाओ योजना ऐसे वक्त आई है जब देश महिलाओं की सुरक्षा से जुड़ी समस्याओं जैसे- दुष्कर्म और अन्य तरह के हमलों का सामना कर रहा है। सरकार ने यह दावा भी किया है कि गृह मंत्रालय बड़े शहरों में महिला सुरक्षा बढ़ाने की योजना पर 150 करोड़ रुपये खर्च करने वाला है। केंद्रीय बजट में सड़क परिवहन और राजमार्ग मंत्रालय को सार्वजनिक परिवहन में महिलाओं की सुरक्षा की पायलट

योजना के लिए 50 करोड़ रुपये आवंटित किए गए हैं। यह एक स्वागत योग्य कदम हो सकता है क्योंकि इसके जरिए सिस्टम पर महिलाओं का भरोसा फिर से कायम किया जा सकता है।

बीबीबीपी के नाम पर बचें धोखेबाजों से

यदि किसी वेबसाइट या संगठन की ओर से आपको लालच दिया जा रहा है कि 'बेटी बचाओ, बेटी पढ़ाओ' योजना के तहत सरकार की ओर से आर्थिक मदद दी जा रही है तो समझ लीजिए कि वह आपको धोखा दे रहा है। सरकार की ऐसी कोई योजना नहीं है। यह हिदायत यूं ही नहीं दी जा रही है, दरअसल उत्तर प्रदेश के साथ-साथ पूरे देश में इस तरह के मामले सामने आ रहे हैं जहां बीबीबीपी यानी 'बेटी बचाओ बेटी पढ़ाओ' योजना के तहत लोगों को ठग लिया गया या फिर ठगने का प्रयास किया गया। सहारनपुर के जड़ौदा पांडा गांव में भी एक ऐसा ही कथित संगठन सक्रिय हुआ था जिसने गांव के लोगों को यह लालच दिया कि बीबीबीपी योजना के तहत फॉर्म भरे जा रहे हैं और फॉर्मों की संख्या सीमित है।

इस तरह का लालच और सीमित अवधि दिखाकर ये लोग गांव के लोगों से पैसे ले लेते हैं और फॉर्म भरते समय आवेदन स्वीकार नहीं होने पर उनके पैसे वापस दिए जाने का झूठा वादा भी किया जाता है। यह खेल सहारनपुर के एक गांव में ही नहीं बल्कि पूरे देश में कितने बड़े स्तर पर चल रहा है इसका सहज अंदाजा इसी बात से लगाया जा सकता है कि महिला और बाल विकास मंत्रालय भारत सरकार की ओर से एक नोट जनहित में जारी करके लोगों को चेताया गया है कि वह ऐसे किसी भी फर्जीवाड़ा में ना फंसे और सरकार की ओर से बीबीबीपी योजना के तहत किसी भी तरह की कोई नकद आर्थिक मदद नहीं की जाती है। इतना ही नहीं मंत्रालय की ओर से देश की जनता को अगाह किया गया है कि कुछ कथित संगठन और वेबसाईट के जरिए बीबीबीपी योजना के जरिए प्रोत्साहन राशि का झांसा देकर फॉर्म वितरित किए जा रहे हैं, जो गलत है और फ्रॉड है।

ध्यान देनें योग्य बात

- बेटी पढ़ाओ बेटी योजना के तहत किसी भी तरह की नकद राशि वितरित करने का कोई प्रावधान नहीं है।
- बेटी पढ़ाओ बेटी बचाओ योजना के तहत किसी भी तरह की प्रोत्साहन राशि का प्रावधान भी नहीं है।
- बेटी पढ़ाओ बेटी बचाओ योजना के जरिए किसी भी तरह के प्रोत्साहन राशि वाले फॉर्म नहीं निकाले गए हैं।

धोखेबाजों की यहां दे सूचना

यदि आप ऐसे किसी कथित संगठन, पोर्टल, वेबसाइट या व्यक्ति विशेष को जानते हैं जो बीबीबीपी योजना के तहत प्रोत्साहन राशि के फॉर्म बांट रहे हैं तो उनकी शिकायत तुरंत नजदीकी पुलिस थाना या अपने क्षेत्र के सांसद को दें। धोखाधड़ी के इस खेल को सरकार गंभीरता से ले रही है पूरे देश में अलग-अलग थानों में रिर्पोट दर्ज कराई गई है।

निःशुल्क भी ना भरें ऐसे फॉर्म

यदि आपको कोई वेबसाईट या कथित संगठन या व्यक्ति विशेष बिना किसी फीस के भी इस तरह का आवेदन फार्म भरने को कहते हैं तो उससे भी बचें, दरअसल यह आपकी पर्सनल जानकारी में सेंध करने का तरीका भी है। ये ठग आपसे इस तरह की योजना का झांसा देकर आधार कार्ड, बैंक विवरण, फोन नंबर, ईमेल आईडी या जानकारियां लेकर आपके खातों को नुकसान पहुंचा सकते हैं।

❖❖❖

बेटियों के लिए विवाह योजनाएं

कन्या भ्रूण हत्या के तमाम कारणों में जो एक मुख्य कारण है वह है बेटी को बोझ समझना। और बेटी को बोझ समझने के पीछे मुख्य कारण है उसके विवाह एवं दहेज की चिंता करना। सरकार ने इसी बात को मद्दे नजर रखते हुए बेटियों की शादियों के लिए कई योजनाएं बनाई है, ताकि बेटियों व गिरते लिंगानुपात को बचाया जा सके।

बेटी के विवाह का बोझ ही गरीब को और गरीब नहीं बनाता बल्कि बेटियों को घर-समाज में उपेक्षित भी रखता है। इसी चिंता के कारण न केवल गर्भ में ही बेटियों को मरवा दिया जाता है बल्कि उन्हें वेश्यावृति में धकेल दिया जाता है। इतना ही नहीं मां-बाप बेटी के विवाह के लिए पैसे जोड़ सके इसके लिए वह बेटी को स्कूल भी नहीं भेजते और किसी मजदूरी में लगा देते हैं या फिर उसका बाल विवाह करके अपने सर से जिम्मेदारी का बोझ उतारने की कोशिश करते हैं जिससे बेटियों की हालत बद से बदतर हो जाती है। वह न केवल अनपढ़ रह जाती है बल्कि पूरी उम्र घर-परिवार पर आश्रित हो कर रह जाती है। ऐसा न हो, इस समस्या को मिटाने के लिए बेटियों के विवाह के लिए सरकार ने विभिन्न राज्यों के स्तर पर कई योजनाएं बनाई है, जो इस प्रकार हैं :-

मुख्यमंत्री कन्या विवाह योजना

यह योजना मध्य प्रदेश सरकार की बहुचर्चित योजनाओं में से एक है। जिसके तहत गरीब वर्ग की लड़कियों की शादी में सरकार वित्तीय सहायता प्रदान करती है। ताकि प्रत्येक गरीब बाप बेटी के जन्म पर रोए न बल्कि उनके अच्छे जीवन की कामना करें। जहां एक ओर योजना का उद्देश्य गरीब, जरूरतमंद, बेसहारा परिवारों की बेटियों,

विधवाओं और तलाकशुदा की शादी करना है वहीं इस योजना के जरिए बाल विवाह जैसी कुप्रथाओं पर प्रतिबंध लगाना भी है।

किन्हें मिलेगा इस योजना का लाभ

- महिला आवेदक जिनकी उम्र 18 वर्ष से अधिक या बराबर हो।
- महिला आवेदक जिसका परिवार आर्थिक रूप से गरीब हो।
- लाभार्थी के पास मध्य प्रदेश का अधिवास होना चाहिए।
- कन्या के अभिभावक मध्यप्रदेश के मूल निवासी होने चाहिए।
- लड़की 18 वर्ष और लड़के की उम्र 21 वर्ष होना अनिवार्य है।
- लाभार्थी के अभिभावक गरीबी रेखा के नीचे जीवन निर्वाह करते हो।

योजना के प्रमुख लाभ

- योजना के तहत नवविवाहित लड़की को अपने गृहस्थी स्थापना हेतु 16000 रुपए की वित्तीय सहायता प्रदान की जाती है।
- नवविवाहित जोड़े के खुशहाली जीवन जीने के लिए सरकार द्वारा 5 साल के लिए 6000 रुपए की सावधि (मियादी ऋण) जमा कराई जाती है।
- सामूहिक विवाह कार्यक्रम आयोजित करने वाले निकाय/नगरी निकाय, ग्रामीण निकाय को विवाह आयोजन की प्रतिपूर्ति के लिए 3000 रुपए की धनराशि दी जाती है।
- योजना के तहत कन्या के परिवार को 25000 रुपए दिए जाने की योजना है।
- राज्य सरकार ने 1 नवंबर 2016 से इस योजना में कुछ परिवर्तन किये हैं। नए परिवर्तन के अनुसार, लड़कियों को जिनकी शादी मुख्यमंत्री कन्या विवाह योजना के तहत होगी उन्हें अब 1 नवंबर, 2016 से 17000/– रुपये मिलेंगे। इस योजना के तहत सामूहिक विवाह कार्यक्रम में महिला को 10000 /– रुपए का एक account payee cheque प्रदान किया जाएगा। आवश्यक घरेलू वस्तुओं की खरीद करने के लिए 7000 /– रुपए शादी के दूसरे दिन लड़की के बचत बैंक खाते में स्थानांतरित किये जाएंगे।

इसके अलावा, 5000/– रुपये विवाह अनुष्ठान के लिए आवश्यक वस्तुओं के लिए दिया जाएगा और 3,000/– रुपये सामूहिक विवाह कार्यक्रम आयोजित करने वाले निकाय यथा नगरीय निकाय, ग्रामीण निकाय को विवाह आयोजन की प्रतिपूर्ति के लिये दिए जाएंगे।

बिहार की मुख्यमंत्री कन्या विवाह योजना

यह योजना बिहार सरकार के सामाजिक कल्याण विभाग द्वारा चलाई जा रही है। बिहार, देश में सामाजिक और आर्थिक रूप से सबसे ज्यादा पिछड़े राज्यों में से एक है, जिसमें लड़कियों की शादी कम उम्र में कर दी जाती है, जिसके चलते उनकी शिक्षा भी पूरी नहीं हो पाती है। कम उम्र में शादी के कई खराब नतीजे होते हैं। इस समस्या को दूर करने के लिए बिहार सरकार ने इस योजना को शुरू किया है। इस योजना के मुख्य रूप से दो मकसद हैं। पहला, नाबालिग लड़कियों की शादी पर रोक लगाना। दूसरा, समाज में दहेज जैसी कुप्रथा को खत्म करना।

यह योजना उन परिवारों के लिए है, जो गरीबी रेखा से नीचे (बीपीएल) आते हैं। ऐसे परिवार की बेटी की शादी में सरकार की तरफ से आर्थिक मदद दी जाती है। बीपीएल परिवार की बेटी की शादी में सरकार 5,000 रुपये की एकमुश्त रकम देती है। यह रकम लड़की के नाम चेक या डिमांड ड्राफ्ट के जरिए दी जाती है। इस योजना को 2012 में लोक सेवा के अधिकार अधिनियम में भी शामिल कर लिया गया है। इस योजना का लाभ उठाने के लिए आवेदन फॉर्म भरना जरूरी है, जिसमें निम्न शर्तें शामिल हैं :-

- लड़की की उम्र 18 साल या इससे ज्यादा होनी चाहिए।
- लड़की के माता-पिता बीपीएल परिवार के दायरे में आते हों।
- लड़की के माता-पिता का निवास प्रमाणपत्र बिहार का होना चाहिए।
- शादी के वक्त दूल्हे की उम्र 21 साल से कम नहीं होनी चाहिए।
- शादी का रजिस्ट्रेशन जरूरी है।

सामूहिक विवाह योजना

आर्थिक तौर पर कमजोर परिवारों के लिए बेटियों की शादियां हमेशा से एक चिंता का कारण रहती थीं। कई बार पैसे की कमी के चलते युवाओं की शादियां तक नहीं हो पाती थीं। इसे ही देखते हुए योगी सरकार ने सामूहिक विवाह योजना शुरू की है। एक परिवार की कम से कम दो बेटियों का विवाह इस योजना के तहत हो सकता है।

इस योजना के जरिए अलग-अलग जिलों में सरकारी खर्चे पर गरीब बेटियों की न सिर्फ धूमधाम से शादी कराई जाती है, बल्कि मुख्यमंत्री योगी आदित्यनाथ के तरफ से बतौर आशीर्वाद उपहार भी भेंट में दिया जाता है।

- ऑनलाइन रजिस्ट्रेशन के जरिए कोई भी अपने विवाह के लिए इस योजना में रजिस्ट्रेशन करा सकता है।
- विवाह में उपहार के तौर पर घरेलू सामान और एक मोबाइल फोन भी दिया जा रहा

है। शादी के लिए बेटियों को कपड़े और गहने भी सरकार की तरफ से दिए जा रहे हैं। सामूहिक विवाह के इस आयोजन में टेंट से लेकर भोजन और पेयजल तक का इंतजाम सरकार की तरफ से किया जा रहा है तथा विवाह करने वाले जोड़े को बीस हजार रुपए का अनुदान भी दिया जा रहा है।

कन्या शादी सहयोग योजना राजस्थान

राजस्थान सरकार द्वारा शुरू की गई यह योजना गरीब परिवारों कि लड़कियों की शादी में मदद करने के लिए बनाई गयी है। जिसका उद्देश्य समाज में बाल विवाह की रोकथाम तथा गरीब/विधवा/असहाय/बीपीएल परिवारों की महिलाओं को वित्तीय सहायता प्रदान करना, साथ ही गरीब परिवारों को लड़कियों के प्रति प्रोत्साहित करना है। यह वित्तीय सहायता पहली दो बेटियों के विवाह पर ही दी जाएगी। इस योजना का लाभ, गरीबी रेखा में आने वाले परिवार, SC/ST के सभी वर्ग तथा लड़की जिसकी उम्र 18 साल से ऊपर हो, उठा सकते हैं।

इस योजना के तहत सरकार 18 वर्ष की लड़की की शादी के लिए 20000 रुपये का भुगतान करेगी। और 10 वीं पास कर चुकी लड़की की शादी के लिए 30000 रुपये का भुगतान किया जाएगा। स्नातक की डिग्री प्राप्त कर चुकी लड़कियों के विवाह के लिए 40000 रुपये का भुगतान किया जाएगा।

कन्या शादी सहयोग योजना का लाभ उठाने के लिए आवेदकों को शादी के 1 महीने के पहले और शादी के छह महीने के बाद भी आवदेन–पत्र जमा करवा सकते हैं। इस योजना का आवेदन–पत्र प्राप्त करने के लिए आवेदक को सामाजिक न्याय विभाग में जाना होगा तथा जिला क्षेत्र अधिकारी को भी संपर्क करना होगा।

❖❖❖

पिता की संपत्ति में बेटियों के अधिकार

एक समय था जब पिता की संपत्ति पर मात्र बेटों का ही हक था। बेटियां चाहे कितनी भी कष्ट में क्यों न हो वह उससे वंचित ही रहती थीं। परंपरा की आड़ में उसके स्वयं के भाई सारे संपत्ति पर राज करते थे। परंतु कानून ने आज बेटियों को भी पिता की संपत्ति में बराबर का अधिकार दिया है।

बेटी यदि पढ़ी-लिखी हो तो उसका जीवन उम्र भर आश्राय में ही बीत जाता है। वह विवाह के पूर्व अपने भाई-पिता पर तो विवाह के बाद अपने पति पर। और इस पर यदि पति की मौत हो जाए या उसे वह घर से निकाल दे तो वह और भी मजबूर और असहाय हो जाती है। उसके हक में कुछ नहीं बचता सिवाए ठोकर खाने के। बिना घर-पैसे के उसका जीना व शेष परिवार को पालना मुश्किल हो जाता है। उसके पास कोई घर या आमदनी का जरिया नहीं होता। चाहे उसके पिता के पास करोड़ों की जायदाद हो वह उनसे वंचित ही रहती हैं, परंतु अब समय बदल गया है आज बेटियां, चाहे विवाहित हों या अविवाहित वह भी पिता की संपति में बराबर की अधिकारी होती हैं।

पिता की संपति में बेटी का हक

साल 2005 में संशोधन होने के पहले हिंदू उत्तराधिकार अधिनियम 1956 के तहत प्रॉपर्टी में बेटे और बेटियों के अधिकार अलग-अलग हुआ करते थे। इसमें बेटों को पिता की संपत्ति पर पूरा हक दिया जाता था, जबकि बेटियों का सिर्फ शादी होने तक ही इस पर अधिकार रहता था। विवाह के बाद बेटी को पति के परिवार का हिस्सा माना जाता था। लेकिन 9 सितंबर 2005 को हिंदू उत्तराधिकार अधिनियम 2005, जो हिंदुओं के बीच संपत्ति का बंटवारा करता है, में संशोधन कर दिया गया। हिंदू उत्तराधिकार अधिनियम

2005 के मुताबिक लड़की चाहे कुंवारी हो या शादीशुदा, वह पिता की संपत्ति में हिस्सेदार मानी जाएगी। इतना ही नहीं उसे पिता की संपत्ति का प्रबंधक भी बनाया जा सकता है। इस संशोधन के तहत बेटियों को वही अधिकार दिए गए, जो पहले बेटों तक सीमित थे। इसका मतलब ये हुआ कि अब बेटियां भी पैतृक संपत्ति में अपना हिस्सा मांग सकती हैं, शादी के पहले भी और शादी के बाद भी बशर्ते आप वयस्क हों। हालांकि बेटियों को इस संशोधन का लाभ तभी मिलेगा, जब उनके पिता का निधन 9 सितंबर 2005 के बाद हुआ हो। इसके अलावा बेटी सहभागीदार तभी बन सकती है, जब पिता और बेटी दोनों 9 सितंबर 2005 को जीवित हों। अब सुप्रीम कोर्ट ने भी एक मामले में आदेश देते हुए साफ किया है कि यह आदेश 2005 से पहले पैदा हुई लड़कियों पर भी लागू होगा।

पैतृक संपत्ति में विवाहित महिला के अधिकार

कोई भी संपत्ति जो बीते चार पीढ़ियों तक पुरुषों के बीच अविभाजित चली आ रही हो उसे पैतृक संपत्ति माना जाता है। कोई संपत्ति उस स्थिति में भी पैतृक संपत्ति बन जाती है अगर किसी पिता की मौत अपनी संपत्ति की वसीयत के बिना ही हो जाती है। हिंदू उत्तराधिकार कानून 1956 के तहत आप जन्म के साथ ही अपने भाइयों बहनों के साथ संपत्ति के आधिकार के हकदार हो जाते हैं, आप संपत्ति में हिस्सा मांग सकते हैं।

ये 9 सितंबर 2005 से सभी जीवित उत्तराधिकारियों पर लागू होता है, भले ही वे कब पैदा हुए हों।

हालांकि आप इन स्थितियों में पिता की संपत्ति में कोई कानूनी हक नहीं मांग सकते यदिः

- यदि पिता ने संपत्ति अपने दम पर हासिल की है न कि इसे विरासत में पाया है।
- पिता ने संपत्ति अपने साधनों से जुटाई है और आपको वसीयत से बाहर रखा है।
- लेकिन पिता ने अपने दम पर संपत्ति हासिल की है और बिना वसीयत बनाए ही उनकी मौत हो जाती है तो ये पैतृक संपत्ति मानी जाएगी। इस स्थिति में मां और भाइयों के साथ-साथ आपके पास भी संपत्ति में बराबर का कानून हक है।

दादा की संपत्ति में विवाहित महिला के अधिकार

हर किसी की पैतृक संपत्ति में हिस्सेदारी और अधिकार है, बशर्ते कि वो पुरुषों की चार पीढ़ियों के बीच अविभाजित रही है या फिर बिना वसीयत बनाए ही पिता की मौत हो गई हो। हालांकि यदि आपके दादाजी ने अपने दम पर ही संपत्ति जुटाई है न कि विरासत में मिली है और बिना वसीयत बनाए ही उनकी मौत हो जाती है तो आपके पिता या माता संपत्ति के अधिकारी होंगे न कि आप। आपका और आपके भाइयों-बहनों का

केवल उस स्थिति में ही दादा की संपत्ति में अधिकार होगा जब आपके पिता की मौत दादाजी से पहले ही हो जाए।

मां की मौत के बाद अपने नाना की संपत्ति में विवाहित महिला का अधिकार

आपके नाना ने संपत्ति चाहे खुद के दम पर जुटाई हो या फिर विरासत में मिली हो आपकी मां और उनके भाई बहन ही कानूनी उत्तराधिकारी होंगे और उनका ही उस संपत्ति पर अधिकार होगा, नाति या विवाहित नाति का नहीं।

सहदायिक को भी समान अधिकार

सहदायिक में सबसे बुजुर्ग सदस्य और परिवार की तीन पीढ़ियां आती हैं। पहले इसमें उदाहरण के तौर पर बेटा, पिता, दादा और परदादा आते थे। लेकिन अब परिवार की महिला भी सहदायिक हो सकती है।

- सहदायिकी के तहत, सहदायिक का जन्म से सामंती संपत्ति पर अधिकार होता है। सहदायिक का परिवार के सदस्यों के जन्म और मृत्यु के आधार पर सहदायिकी में दिलचस्पी और हिस्सा ऊपर-नीचे होता रहता है।
- पैतृक और खुद से कमाई हुई प्रॉपर्टी सहदायिक संपत्ति हो सकती है। पैतृक संपत्ति पर सभी लोगों का हिस्सा होता है। जबकि खुद से कमाई हुई संगत्ति में शख्स को यह अधिकार होता है कि वह वसीयत के जरिए प्रॉपर्टी को मैनेज कर सकता है।
- सहदायिकी का सदस्य किसी थर्ड पार्टी को अपना हिस्सा बेच सकता है। हालांकि इस तरह की बिक्री सहदायिकी के अन्य सदस्यों के अग्रक अधिकारों का विषय है। अन्य सदस्यों को यह अधिकार है कि वे संपत्ति में किसी बाहरी शख्स के प्रवेश को मना कर सकते हैं।
- एक सहदायिक (कोई भी सदस्य नहीं) सामंती संपत्ति के बंटवारे के लिए केस फाइल कर सकता है। इसलिए बतौर सहदायिक एक बेटी अब पिता की संपत्ति में बंटवारे की मांग कर सकती है।

❖❖❖

बाल विवाह और बालिका व्यापार

हमें बेटियों को कोख में ही नहीं बचाना बल्कि हमें उनके जन्म के बाद भी उनकी रक्षा करनी है। बेटियां कहीं सरेआम बलात्कार का शिकार होती हैं, तो कहीं वैश्यावृति के लिए उठवा ली जाती हैं और तो और आज भी कई जगह बेटियां बाल विवाह जैसी प्रतिबंधित कुप्रथा से कुचली जा रही हैं।

दकियानूसी सोच के कारण, घर-परिवार में लड़कियां आज भी कहीं न कहीं बोझ समझी जाती हैं तो कहीं गरीबी के कारण अनपढ़ रह जाती हैं, जिसके चलते न तो वह आत्मनिर्भर हो पातीं हैं न ही खुलकर अपने खिलाफ हो रहे अत्याचार का विरोध कर पातीं हैं। वह हर अन्याय को परंपरा व समाज का हिस्सा मान कर स्वीकार कर लेती हैं, फिर वह बचपन में किया गया उनका बाल विवाह हो या घर चलाने के लिए उन्हें देह व्यापार में झोक दिया गया हो। कई जगह तो परिवार वाले लड़की को हमेशा के लिए बेच देते हैं। इससे न केवल उनके कांधों पर से बेटी का बोझ कम हो जाता है, बल्कि बेटी की मिलने वाली कीमत से घर भी चल जाता है। देखा जाए तो बेटियां न कोख में सुरक्षित है न कोख के बाहर।

बाल विवाह

बाल विवाह एक प्रकार से बच्चों के लिए अभिशाप है और इसलिए आज से सैकड़ों वर्ष पहले इसे कानूनन प्रतिबंधित कर दिया गया था। लेकिन आज भी कई राज्यों में यह कुप्रथा प्रचलित है। सामान्यतः इससे लड़के और लड़कियां दोनों प्रभावित होते हैं परंतु अधिकांशतः लड़कियां इससे अधिक प्रभावित होती हैं। अधिकांश माता-पिता बचपन में ही बच्चों की शादी करके अपने दायित्व से मुक्त होना चाहते हैं। एक रिपोर्ट के अनुसार मध्य प्रदेश में 75 प्रतिशत, राजस्थान में 68 प्रतिशत, बिहार में 67 प्रतिशत और उत्तर

प्रदेश में 64 प्रतिशत मामलों में शादी के समय लड़कियों की आयु 18 वर्ष से कम होती है। बाल विवाह एक सामाजिक बुराई है। बाल विवाह में अग्नि के फेरे उनके वर्तमान और भविष्य को झुलसा कर रख देते हैं।

इसके साथ ही बेटी पक्ष वालों का तर्क रहता है कि यदि बड़ी होकर बेटी ने विवाह के मामले में उनकी बात नहीं मानी और अपना दूल्हा स्वयं ढूंढ़ लिया तो हमारी बदनामी होगी। कम उम्र में शादी करने से बेटियां ससुराल में अच्छी तरह से सामंजस्य बैठा लेती हैं। बालिकाओं के बाल विवाह के पक्ष में चाहे जितने तर्क दिए जाएं लेकिन वे आज की 21 वीं सदी में गले से नीचे नहीं उतरते। उसके पीछे जो मुख्य कारण है वह सामाजिक परम्पराएं, रूढ़िवादिता, गरीबी, शिक्षा और जागरुकता का अभाव।

बाल विवाह पर रोक संबंधी कानून सबसे पहले वर्ष 1928-1929 में शारदा एक्ट बनाकर पारित किया गया था। बाद में वर्ष 1949, 1978 और 2006 में इसमें संशोधन किये गये। केंद्र सरकार 2006 में अधिक प्रगतिशील बाल विवाह निषेध अधिनियम लेकर आयी। इसके अंतर्गत उन लोगों के खिलाफ कठोर उपाय किये गये हैं, जो बाल विवाह की इजाजत देते हैं और उसे बढ़ावा देते हैं। इस अधिनियम के अंतर्गत 21 वर्ष से कम आयु के पुरुष और 18 वर्ष से कम आयु की महिला के विवाह को बाल-विवाह के रूप में परिभाषित किया गया है।

भारतीय कानून के अनुसार, बाल विवाह वो है जिसमें लड़की की उम्र 18 वर्ष से कम और लड़के की आयु 21 वर्ष से कम हो। कानून की नजर में इस आयु से कम उम्र के बच्चों का विवाह करना जुर्म है तथा ऐसा करने वाले संतानों के मां-बाप व प्रतिभागियों के लिए कठोर सजा का भी प्रावधान किया गया है। इतना सब कुछ होते हुए भी आज सब कुछ खुले आम हो रहा है। मुख्यत: राजस्थान में अक्षय तृतीया (आखातीज) के अवसर पर बाल विवाहों की बाढ़ सी आ जाती है।

यूनिसेफ (संयुक्त राष्ट्र अंतरराष्ट्रीय बाल आपात निधि) की रिपोर्ट के अनुसार, भारत के ग्रामीण क्षेत्रों में, नगरीय क्षेत्रों से अधिक बाल विवाह होते है। आंकड़ों के अनुसार, बिहार में सबसे अधिक 68ज बाल विवाह की घटनाएं होती है, जबकि हिमाचल प्रदेश में सबसे कम 9ज बाल विवाह होते हैं। केरल राज्य, जो सबसे अधिक साक्षरता वाला राज्य है, में बाल विवाह अब भी प्रचलन में है। 2011 की जनगणना अनुसार 1.21 करोड़ लोग बाल विवाह का दंश झेल रहे हैं। देश के सात राज्यों बिहार, राजस्थान, उत्तर प्रदेश, पश्चिम बंगाल, गुजरात, महाराष्ट्र और मध्य प्रदेश में स्थिति और भी भयावह है।

बाल विवाह की रोकथाम हेतु सरकार द्वारा बाल विवाह निवारण अधिनियम, 1929 बनाया गया है। जिसके अंतर्गत 18 साल से कम उम्र की लड़की एवं 21 साल से कम उम्र के लड़के की शादी करवाना कानूनी अपराध है।

बाल विवाह करवाने वाले या योगदान देने वाले सभी व्यक्तियों जैसे, वर एवं वधु

पक्ष के माता -पिता, रिश्तेदार, बाराती एवं विवाह करवाने वाले पंडित या काजी आदि को बाल विवाह निषेध अधिनियम, 1929 की धारा 5,6 के अन्तर्गत माता-पिता सहित अन्य लोगों पर कार्रवाई कर दो वर्ष की सजा एवं एक लाख का जुर्माना है या फिर दोनों सजाएं हो सकती हैं।

बालिका व्यापार

बाल विवाह के अलावा आज समाज में बालिका व्यापार और उनकी तस्करी भी विकराल रूप धारण कर चुकी है और इस नरक से बेटियों को बचाने की आवश्यकता है। बालिका व्यापार और तस्करी का यह कार्य आदिवासी और पिछड़े क्षेत्रों में अधिक देखने को मिलता है, जहां से किशोर लड़कियां बड़ी संख्या में गायब हो जाती हैं। इस कार्य में बड़े-पैमाने पर गिरोह काम करते हैं। इन गिरोहों में सुंदर लड़कियां, महिलाएं, खूबसूरत नौजवान आदि शामिल होते हैं जो पिछड़े क्षेत्रों में जाकर लड़कियों को चमक-दमक वाली जिंदगी, अच्छी नौकरी और अच्छे परिवारों में शादी का लालच दिखाकर उन्हें सपने दिखाते हैं। यदि लड़कियां उनके बहकावे में आ गईं तो उन्हें बड़े शहरों और महानगरों में गिरोह द्वारा लाकर अच्छे दामों में बेच दिया जाता है। बिक्री की इस कार्यवाही की भनक छोटी उम्र की लड़कियों को नहीं लगती है। कुछ मामलों में तो गरीब परिवार स्वयं अपनी लड़कियों को गिरोह के हाथों बेच देते हैं। ऐसे मामले अधिकतर पुलिस तक नहीं पहुंचते हैं और अगर कोई मामला पहुंचा भी तो उसे गुमशुदगी में दर्ज कर लिया जाता है।

बच्चियों का व्यापार और तस्करी सबसे अधिक देह व्यापार और वेश्यावृति के लिए होती है और अनजाने में कच्ची उम्र की लड़कियों को वेश्याओं के कोठे पर पहुंचा दिया जाता है। यहां कच्ची उम्र की लड़कियों की मांग इसलिए अधिक रहती है क्योंकि लड़कियों के कौमार्य को लेकर पुरुषों में कई तरह के मिथक काम कर रहे हैं। ऐसे लोगों का विश्वास है कि अक्षत कौमार्य वाली लड़कियों से सम्भोग करने से एड्स जैसे यौन रोग नहीं होते हैं क्योंकि कच्ची उम्र की लड़कियां इन रोगों से अछुती रहती हैं। इस अंधविश्वास के कारण देह व्यापार के लिए 10 से 12 वर्ष की उम्र की लड़कियों की मांग अधिक होती है। इस धन्धे का तो नियम है जितनी कम उम्र उतनी ही अधिक कीमत।

बालिकाओं की तस्करी का दूसरा कारण कुछ राज्यों में असंतुलित लिंग अनुपात का होना है। लड़कियों की कमी के कारण अधिकांश युवाओं की शादी नहीं हो पाती है। ऐसे में तस्करी करके लाई गई लड़कियां इन युवाओं द्वारा पत्नी बनाने के लिए मुंह मांगे दामों में खरीद ली जाती हैं। कहीं-कहीं तो इन लड़कियों को शादी के नाम पर कई-कई बार बेचा जाता है। तस्करी में लाई गई लड़कियों का उपयोग बड़े घरों और कोठियों में घरेलू नौकर के रूप में भी किया जाता है। इस सभी कुकृत्यों में बच्चियों का शारीरिक और मानसिक शोषण होता है।

❖❖❖

बच्चों के साथ यौन शोषण के विरुद्ध एक्ट

बच्चे न केवल शरीर से बल्कि मन से भी बहुत नाजुक होते हैं। बचपन या किशोरावस्था में घटी घटनाएं उनके पूरे जीवन व मनोविज्ञान को प्रभावित करती है। यौन शोषण जैसी क्रूर वारदात जो उनके पूरे जीवन को हिला कर रख देती है, उसे रोकने के लिए भी अब कानून है, जिसे पोक्सो एक्ट कहा जाता है।

क्या है पोक्सो एक्ट?

बच्चों के साथ आए दिन यौन अपराधों की खबरें समाज को शर्मसार करती नजर आती हैं। इस तरह के मामलों की बढ़ती संख्या देखकर सरकार ने वर्ष 2012 में एक विशेष कानून बनाया था। जो बच्चों को छेड़खानी, बलात्कार और कुकर्म जैसे मामलों से सुरक्षा प्रदान करता है। उस कानून का नाम हैं पॉक्सो एक्ट। पाक्सो का पूरा नाम है- प्रोटेक्शन आफ चिल्ड्रेन फ्राम सेक्सुअल अफेंसेस एक्ट।

कब बना पाक्सो ऐक्ट?

ये विशेष कानून सरकार ने साल 2012 में बनाया था। इस कानून के जरिए नाबालिग बच्चों के साथ होने वाले यौन अपराध और छेड़छाड़ के मामलों में कार्रवाई की जाती है। यह अधिनियम पूरे भारत पर लागू होता है, पॉक्सो कानून के तहत सभी अपराधों की सुनवाई, एक विशेष न्यायालय द्वारा कैमरे के सामने बच्चे के माता पिता या जिन लोगों पर बच्चा भरोसा करता है, उनकी उपस्थिति में होती है।

पास्को एक्ट और सजा

इस कानून के तहत अलग-अलग अपराध के लिए अलग-अलग सजा तय की गई है। जिसका कड़ाई से पालन किया जाना भी सुनिश्चित किया गया है। इस कानून की

धारा 3 के तहत 'पेनेट्रेटिव सेक्सुअल असॉल्ट' को परिभाषित किया गया है। जिसके तहत अगर कोई व्यक्ति किसी बच्चे के शरीर के किसी भी पार्ट में प्राइवेट पार्ट डालता है या बच्चे के प्राइवेट पार्ट में कोई चीज डालता है या बच्चे को ऐसा करने के लिए कहता है तो यह धारा-3 के तहत अपराध होगा।

पॉक्सो एक्ट की धारा 4 में बच्चे के साथ दुष्कर्म या कुकर्म के मामले को शामिल किया गया है। जिसके तहत 7 साल से लेकर उम्रकैद और अर्थदंड का प्रावधान है।

पॉक्सो एक्ट की धारा 6 के अधीन वे मामले लाए जाते हैं जिनमें बच्चों को दुष्कर्म या कुकर्म के बाद गम्भीर चोट पहुंचाई गई हो। इसमें दस साल से लेकर उम्रकैद तक की सजा हो सकती है और साथ ही जुर्माना भी लगाया जा सकता है।

इस अधिनियम की धारा 7 और 8 के तहत वो मामले शामिल किए गए हैं, जिनमें बच्चों के गुप्तांग से छेडछाड़ की जाती है। इस धारा में पाए गए दोषियों को 5 से 7 साल तक की सजा और जुर्माना का प्रावधान है।

वहीं पॉक्सो एक्ट की धारा-11 में बच्चों के साथ सेक्सुअल हैरेसमेंट को परिभाषित किया गया है। जिसके तहत अगर कोई व्यक्ति बच्चों को गलत नीयत से छूता है या सेक्सुअल हरकतें करता है या उसे पोर्नोग्राफी दिखाता है तो उसे इस धारा के तहत 3 साल तक कैद की सजा हो सकती है।

बता दें कि 18 साल से कम उम्र के नाबालिग बच्चों के साथ किया गया किसी भी तरह का यौन व्यवहार इस कानून के अन्तर्गत आता है।

पॉक्सो एक्ट लड़के और लड़कियों को समान रूप से सुरक्षा प्रदान करता है। वहीं इस कानून के तहत रजिस्टर मामलों की सुनवाई विशेष अदालत में होती है।

पॉक्सो एक्ट में किया गया बदलाव

उन्नाव और कठुआ में हुए गैंगरेप के बाद देश भर में नाबालिगों के साथ रेप करने वालों को कड़ी सजा दिए जाने की मांग उठी थी। अब 12 साल से कम्र उम्र की बच्चियों से रेप के दोषी को फांसी की सजा दी जाएगी।

नए बदलाव के तहत लिए गए फैसले

- 2 साल की बच्चियों से रेप पर फांसी की सजा।
- 16 साल से छोटी लड़की से गैंगरेप पर उम्रकैद की सजा।
- 16 साल से छोटी लड़की से रेप पर कम से कम 20 साल तक की सजा।
- सभी रेप केस में 6 महीने के भीतर फैसला सुनाना होगा।
- नए संशोधन के तहत रेप केस की जांच 2 महीने में पूरी करनी होगी। अग्रिम जमानत नहीं मिलेगी।

- महिला से रेप पर सजा 7 से बढ़कर 10 साल होगी।

यदि किसी बच्चे का यौन शोषण हुआ है तो

- यदि अभियुक्त एक किशोर (टीनएज) है, तो उसके ऊपर किशोर न्यायालय अधिनियम में केस चलाया जाएगा। इस एक्ट में ये भी नियम है कि यदि कोई व्यक्ति यह जनता है कि किसी बच्चे के साथ गलत कृत्य हुआ तो उसके इसकी रिपोर्ट नजदीकी थाने में देनी चाहिए, यदि वो ऐसा नहीं करता है तो उसे 6 महीने तक की जेल हो सकती है।

बच्चे की मेडिकल जांच के लिए भी प्रावधान

- पुलिस की यह जिम्मेदारी बनती है कि मामले को 24 घंटे के अन्दर बाल कल्याण समिति की निगरानी में लाये ताकि CWC (चाइल्ड वेलफेयर कम्यूनिंटी) बच्चे की सुरक्षा और संरक्षण के लिए जरूरी कदम उठा सके। इस अधिनियम में बच्चे की मेडिकल जांच के लिए प्रावधान भी किए गए हैं, जो कि इस तरह की हो ताकि बच्चे के लिए कम से कम पीड़ादायक हो। मेडिकल जांच बच्चे के माता-पिता या किसी अन्य व्यक्ति की उपस्थिति में किया जाना चाहिए, जिस पर बच्चे का विश्वास हो, और पीड़ित अगर लड़की है तो उसकी मेडिकल जांच महिला चिकित्सक द्वारा ही की जानी चाहिए।

इस केस की सुनवाई बंद कमरे में करने का प्रावधान है

- बंद कमरे में सुनवाई का प्रावधान और इस दौरान बच्चे की पहचान गुप्त रखना भी जरूरी है। स्पेशल कोर्ट, उस बच्चे को दिए जाने वाली मुआवजे की राशि भी तय कर सकता है।

❖❖❖

कैसे करें बेटियों की परवरिश?

बेटियां एक घर की नहीं, दो घरों की शान होती हैं उनके कांधों पर बेटों से अधिक जिम्मेदारियों की धार होती है, इसलिए जरूरी है की उनकी परवरिश पर भी उतनी ही बारिकी और गहराई से ध्यान दिया जाए जितना बेटों की। उन्हें लड़की समझ कर नजरअंदाज न किया जाए, बल्कि उन्हें सुखों की नींव समझकर और भी सुदृढ़ बनाया जाए।

जमाना बदल गया और बदलते जमाने के साथ सबसे अधिक बदलाव हुआ आधी आबादी को लेकर, यानी अब बेटों की तरह बेटियों को लेकर लोगों के मन में खुलापन और स्वतंत्रता का विचार आया। अब बेटियां केवल घर की चाहरदिवारी में नहीं रहती बल्कि लड़कों से आगे निकल रही हैं और हर क्षेत्र में अपना दबदबा कायम कर रही हैं। ऐसे में अगर आपके घर में भी बेटियां हैं तो कुछ बातों का ध्यान आप भी रखें।

शिक्षित करें

बेटी को शिक्षित करें। अच्छी शिक्षा स्वभाविक रूप से उनमें आत्म-सम्मान को बढ़ाएगी। अगर घर की बेटी पढ़ लिख जाए तो उससे दो परिवारों का भला होता है। परिवार की जिम्मेदारी है कि बेटियों को शिक्षित करें। उसे हर क्षेत्र में शिक्षित करने की कोशिश करें। साथ ही उसे मीडिया के मामले में भी शिक्षित करें। भले ही आप काफी व्यस्त रहते हों, पर समय निकाल कर कुछ समय उनके साथ बिताएं। हमेशा उनसे पूछें कि उन्होंने क्या सीखा। इतना ही नहीं उनके साथ टीवी भी देखें। आपने टीवी पर जो देखा, इसकी चर्चा भी उनके साथ करें। साथ ही उन्हें यह भी बताएं कि उन्हें क्या देखना चाहिए और क्या नहीं देखना चाहिए। अगर इस तरह से आप अपनी बेटी की परवरिश करेंगे तो यह उनके लिए भविष्य में काफी फायदेमंद रहेगा। साथ ही इससे उसके सम्मान में भी वृद्धि होगी।

दें बेटियों को बढ़ने का मौका

हमारे देश में ऐसे कई परिवार हैं, जो कड़े अनुशासन की बात कहकर सयानी होती लड़कियों की भावनाओं को कुचलने या दबाने का प्रयास करते हैं। केवल अनपढ़-अशिक्षित परिवार ही नहीं, पढ़े-लिखे व उच्च शिक्षित परिवारों में भी कभी-कभी ऐसी स्थिति उत्पन्न हो जाती है, जब लड़कियों की राय व विचारों को महत्त्व नहीं दिया जाता। उनकी बात नहीं सुनी जाती। अगर लड़की जुबान खोलती है, तो उसकी जुबान काट लेने की धमकी दी जाती है। ऐसे परिवारों में लड़कियों का भावनात्मक विकास रूक जाता है।

लड़कियों को बात-बात पर ताना देना, उनकी भावनाओं का मजाक उड़ाना, उनके विचारों का उपहास उड़ाना। उनके दृष्टिकोण को हमेशा गलत साबित करना, उनका अपमान करना, उनका कम मूल्यांकन करना, बात-बात पर टोका-टाकी करना...ये सब लड़की के अंदर विकृति उत्पन्न करते हैं, जिससे उनका पूरा व्यक्तित्व ही प्रभावित होने लगता है। उनके अंदर हीन भावना घर कर जाती है। उनका मनोबल कमजोर होता है। उनका आत्मविश्वास खंडित होता है। वह चाहकर भी अपने मन की भावना व्यक्त नहीं कर पाती है।

उनकी प्रशंसा करें

अपनी बेटी की प्रशंसा करें। इससे उन्हें फायदा होगा। आपकी तारीफ उसकी कमजोरियों को उसकी ताकत बना देगी। भले ही उन्होंने बहुत छोटा सा ही काम क्यों न किया हो, फिर भी आप उनकी प्रशंसा करें। इससे उनका आत्म सम्मान बढ़ेगा। उन्हें ज्यादा से ज्यादा काम दें और उन्हें एहसास दिलाएं कि वह यह कर सकती है। उन्हें बताएं कि वह अपनी तरह से चीजों को संभाल सकती है। कई बार बेटी की परवरिश करना भार वाला काम हो जाता है। बावजूद इसके आप उन पर पूरा ध्यान दें। उन्हें यह पता चले कि आप उनसे प्यार करते हैं आपकी बेटी को आपके प्यार का एहसास होना चाहिए। उन्हें इस बात का एहसास होना चाहिए कि आप उन्हें मुश्किल समय में भी प्यार करेंगे और तनाव के समय में उनका साथ नहीं छोड़ेंगे। उनके प्रति अपना प्यार जताएं और उन्हें इस बात का एहसास करने दें। इससे उनके अंदर के आत्म-सम्मान में वृद्धि होगी। कई बार बच्चों में आत्म-सम्मान काफी कम होता है। यह मां-बाप कि जिम्मेदारी है कि इसे बढ़ाने पर काम करें, ताकि वह दुनिया की चुनौतियों का सामना कर सके। अगर आप उन्हें बड़ी चुनौती के लिए तैयार कर रहे हैं तो इसका मतलब है कि आप उन्हें सार्थक जीवन दे रहे हैं।

बेटियों को न रखें घर में कैद

माता-पिता को चाहिए कि बेटों की तरह ही बेटियों को कहीं बाहर घूमने-फिरने, शॉपिंग करने, दोस्तों-सहेलियों से मिलने, बात करने, पढ़ने और खेलने की आजादी दें।

इससे उनका व्यावहारिक आचरण सुधरता है। मानसिक विकास होता है। अपनी भावना एक-दूसरे से शेयर करने का अवसर प्राप्त होता है। आपने देखा होगा, जब दो लड़कियां आपस में दोस्त के रूप में मिलती हैं, तो उनके चेहरे की चमक बढ़ जाती है। यह इसलिए होता है कि वे खुलकर एक-दूसरे के साथ अपनी भावनाएं शेयर कर लेती हैं। ठहाके मार कर हंसती हैं और अंतर्मन की बातें करती हैं। क्या घर में ऐसा माहौल उपलब्ध हो सकता है ? नहीं न। इस तरह लड़की का मानसिक विकास होता है, घर से बाहर दोस्तों के साथ घूमने-फिरने से और आपस में बातचीत करने से।

आप बाहर में नए-नए लोगों से मिलते हैं, उनके विचार सुनते हैं, अपना विचार बताते हैं, उनकी गतिविधियों को नोटिस में लेते हैं, अलग-अलग तरह के लोग व अलग-अलग तरह की गतिविधियां होती हैं। इनसे आपको कुछ सीखने की प्रेरणा मिलती है। आपका अनुभव बढ़ता है। इसी तरह जब आप अपने दोस्तों के साथ खेलते हैं, तो कैसे अनुभव होता है आपको। और तो और, खुली हवा में सांस लेना ही सबसे बड़ा अनुभव होता है। लगता है कि हमने जो चाहा, वह मिल गया। हमारी बेटियों को इसी तरह के अनुभव हो सके, वह लोक-समाज की बातें सीख सकें, इसके लिए जरूरी है कि उन पर बाहर घूमने-फिरने की पाबंदी न लगाई जाए। इतना ही नहीं, अपनी बेटी को परिपक्व बनाने के लिए भी उसे बाहर घूमने-फिरने दें। वह दीन-दुनिया की बात जल्दी समझ लेगी। हां, बेटी की निगरानी जरूर करें। उसे सही-गलत की बात जरूर बताएं। बाकी उस पर किसी तरह का दवाब न बनाएं।

सकारात्मक सोच बनाएं

यदि आपकी बेटी की सोच सकारात्मक हुई तो वह मुश्किल से मुश्किल हालात से भी लड़ लेगी और यही उसकी सफलता का राज होगा। उसे समझाएं कि आत्मनिर्भर बनने में ही सम्मान है, दूसरों पर आश्रित रहने में नहीं और यह सब एक दिन में नहीं होता, इसलिए आपको यह सब उसे बचपन से सिखाना होगा।

यदि आपको अपनी बेटी के अंदर विश्वास पैदा करना है तो उसे काबिल बनाएं। उसकी काबिलियत ही उसके आत्म-विश्वास को बढ़ाएगी। इसी काबिलियत की वजह से वह अपनी जिंदगी में आगे बढ़ती जाएगी। लड़कियां बहुत भावुक होती हैं, इसलिए अगर आप उनके सामने एक आदर्श महिला के जीवन चरित्र, संघर्ष एवं सफलता का जिक्र करेंगे, तो वह उस से प्रेरणा ले कर अपने करियर में आगे बढ़ेगी। उसे गलत और सही में फर्क करना सिखाएं।

बेटियों को जिम्मेदार बनाएं

घर के छोटे-छोटे काम सौंपें। एक निश्चित समय के भीतर उसे पूरा करने के लिए उत्साहित करें। काम में आने वाली संभावित अड़चनों व कठिनाइयों के बारे में बताते

हुए उस पर उसकी दृष्टि का अध्ययन करें। इन कठिनाइयों के निवारण का मार्ग बनाएं या अपने विचार देकर उसके विचारों के साथ तालमेल कराएं। बेटियों को संघर्ष करने के लिए तैयार करें। उन्हें समझाएं कि सफलता प्राप्त करने के लिए कठिन परिश्रम, त्याग व लगन की जरूरत पड़ती है। बेटियों को अध्ययन का टार्गेट दें। बेटियों को होम टास्क कम्पलीट करने के लिए उत्साहित करें। उन्हें अपनी दिनचर्या दुरुस्त रखने के लिए कहें। बेटियों को प्यार के साथ-साथ डांट-फटकार भी जरूरी है। लेकिन यह अनावश्यक नहीं होना चाहिए। खासकर जिम्मेदारियों को पूरा करने के संदर्भ में होना चाहिए। इससे उनमें अनुशासन की भावना का विकास होगा।

घर-परिवार को व्यवस्थित ढंग से चलाने की बेटियों को सीख दें। इसके लिए उन्हें छोटे-छोटे कार्यों में लगाएं। उनकी रुचियों व क्षमता का अध्ययन करें। शुरू से ही, होश संभालने के समय से ही बेटियों को छोटे-छोटे काम सौंप कर उन्हें पूरा करने के लिए उत्साहित करें। जैसे-जैसे वे बड़ी होती जाएंगी, काम भी बड़े होते जाएंगे। इस भावना से उनमें जो परिपक्वता आएगी, वह उनके कैरियर निर्माण में काफी मददगार सिद्ध होगी।

अगर लड़कियां 'आग-पानी' पर चलने को सीख लेंगी, तो उन्हें जीवन में कम कठिनाईयों का सामना करना पड़ेगा। लड़कियों को सही-गलत की समझ दें। उनके विचारों का अध्ययन करें। मूल्यांकन करें कि किसी विषय-वस्तु पर वे कितनी गहरी सोच रखती हैं। इससे उनके भविष्य की कई बातों का अनुमान लगाया जा सकता है।

बेटियां जिम्मेदार बनेंगी, तो किशोरावस्था में प्रेम आकर्षण की गुमराह करने वाली भावना से ऊपर हो जाएंगी। अगर बेटियां जिम्मेदार हैं, तो माता-पिता का उनपर भरोसा बढ़ जाता है। ऐसी लड़कियां अमूमन कच्ची उम्र, वासना की शिकार नहीं होती। ऐसी लड़कियां बालिग होने पर सोच-समझ कर जीवन साथी का चुनाव करती हैं। बेटियों को घर के बड़े-बुजुर्गों की देखभाल, उनकी मदद व सेवा का दायित्व सौंपें।

इससे उनके अंदर जिन गुणों का विकास होगा, वे परोपकार, दूसरों की मदद, जरूरतमंदों का कल्याण करने से लेकर उनके व्यक्तित्व की विशालता का आभास कराता रहेगा। किसी भी परिस्थिति में संतुलन बनाए रखने, गंभीर बनने, जीवन में निरंतर आगे बढ़ते रहने, आत्मविश्वास, दृढ़ता के लिए, कठिनाईयों से नहीं घबराने और सतत विकास के लिए बेटियों को जिम्मेदार बनाने की जरूरत है।

बेटी का भी मनाएं जन्मदिन

अक्सर ऐसा होता है कि हम न केवल बेटे के जन्म पर खुशियां मनाते हैं बल्कि हर साल उनका जन्मदिन भी बहुत धूम-धाम से मनाते हैं। मां-बाप को चाहिए की बेटी

का जन्मदिन भी उसी तरह खुशी पूर्वक मनाएं जैसे बेटों का मनाते हैं। इससे न केवल बेटियां स्वयं को घर में सम्मानित व स्वीकृत महसूस करेंगी बल्कि अपने मूल व जन्म को अपने भाई के समान पाएंगी।

दोस्त की तरह बर्ताव करें

ये बहुत जरूरी है कि आप अपनी बेटी के साथ अभिभावक कम और दोस्त बनकर रहें, ताकि वो अपनी हर बात आपसे खुलकर साझा कर सके। उसकी बातें ही आपको उसके लिए सही फैसला लेने या फिर उसे किसी परेशानी से बचाने में मदद करेगी, क्योंकि इस दुनिया में आपसे अच्छा उसे कोई नहीं समझ सकता है।

सब कुछ थोपें नहीं

बेटी से अपनी बात कहना और उसे उसके फायदे-नुकसान बताना पूरी तरह से सही है, लेकिन उस पर अपनी राय थोपना गलत है। उसकी अपनी इच्छाएं हैं, इसलिए उसके मामलों में फैसला उसे ही करने दें। इससे उसकी समझ भी बढ़ेगी और वो जीवन के दूसरे फैसले भी बिना डरे ले सकेगी। लेकिन उसे सही फैसला लेना आप ही सिखा सकते हैं।

थोड़ा स्पेस भी दें

प्राइवेसी सभी के लिए बहुत जरूरी है, इसलिए अपनी बेटी को थोड़ा स्पेस देना बहुत जरूरी है। हर समय उसके पीछे परछाई की तरह रहना भी उसे आपसे दूर ले जा सकता है। इससे उसे ये लग सकता है कि आप उस पर भरोसा नहीं करते हैं, इसके कारण वह आपसे दूर हो सकती है। इसलिए उसे थोड़ा स्पेस जरूर दीजिए।

बरतें सावधानियां

न अति भावुक बनें और न ही बेटी को अति भावुक बनने दें। अति भावुकता कमजोरी की निशानी है। यह हमें कमजोर करती है। जिससे हमारा मानसिक विकास होना रूक जाता है। स्वस्थ भावना, स्वस्थ विचार, स्वस्थ कल्पनाओं, का बेटी में विकास करें और इसके महत्त्व को समझाएं। किशोरावस्था में बेटियों में अच्छी भावनाओं का विकास करने के लिए सकारात्मक समझ विकसित करें, ताकि वह दिल से कम, दिमाग से ज्यादा काम ले सके। बेटी को समझाएं कि सही क्या है और गलत क्या है ?

उनके आने और जाने का समय

अपनी बेटी को लेकर भी आपकी जिम्मे-दारियां हैं, इसलिए बेटी का पूरी तरह से ध्यान रखना भी आपकी जिम्मेदारी है। लेकिर अगर आपकी बेटी कहीं बाहर जा रही है

तो उसके आने-जाने का वक्त आपको पता होना चाहिए, लेकिन हिटलर बनने की जरूरत नहीं है। अगर उसे कभी देर हो जाये तो डांटने की बजाय उसे प्यार से समझायें, हो सकता है किसी कारण से उसे देर हो गई हो।

पहनावे पर ध्यान दें

आपकी लाइफस्टाइल सामान्य है तो आपके कपड़े भी सामान्य ही होंगे। इसलिए अपने बेटी के पहनावे पर ध्यान दें, अगर उसके कपड़े बहुत भड़कीले हैं तो उसे प्यार से समझायें। पार्टी या फिर किसी आयोजन में भड़कीले कपड़े ही अच्छे लगते हैं लेकिन अगर आपकी बिटिया स्कूल, कॉलेज या ऑफिस जा रही है तो उसके कपड़ों का चयन सही होना चाहिए, कपड़े अगर शालीन हों तो अच्छा है।

उसके दोस्तों की भी जानकारी रखें

आपकी बेटी के दोस्त किस तरह के हैं, वह किन लोगों के साथ उठती-बैठती है, आदि बातें भी जानना आपके लिए बहुत जरूरी है। किसी भी इंसान पर उसकी संगति का असर बहुत अधिक होता है। ऐसे में अगर आपकी बेटी की संगत अच्छी नहीं है तो वह भी गलत कदम उठा सकती है, इसलिए उसे सही और गलत दोस्तों के बीच का अंतर जरूर बतायें।

❖❖❖

सयानी उम्र और सेक्स एजुकेशन

सयानी उम्र सबसे नाजुक होती है। इस अवस्था में बच्चे अपने लैंगिक परिवर्तनों के चलते अत्यधिक जोश एवं सेक्स संबंधित जिज्ञासाओं से भर जाते हैं। पर कैसे दें उन्हें सेक्स का सही ज्ञान, कि वह भविष्य में किसी हादसे या गंभीर रोग का शिकार होने से बच सकें? यह जानना जरूरी है।

टीन-एज यानी युवावस्था इस अवस्था में बच्चे, बच्चे नहीं रह जाते। उनकी हरकतें, उनकी आदतें, उनकी इच्छाएं, उनके सपने आदि सब बदल जाते हैं। इस अवस्था में न केवल उनकी जिज्ञासाएं, बल्कि प्रश्न करने का ढंग भी बदल जाता है। संतुष्टि का स्तर ऊपर हो जाता है। वह किसी भी उत्तर से संतुष्ट नहीं होना जानते। उसका आगा-पीछा जानना चाहते हैं, उसकी तह तक जाना चाहते हैं। जो भी उन्होंने जाना, सुना या पढ़ा है, उससे रू-ब-रू होना चाहते हैं। उसे अनुभव में लेना चाहते हैं। फिर वह आम खेलकूद हो या फिर सेक्स जैसा गंभीर विषय।

विषयों के प्रति आकर्षण टीन-एजर्स में कूट-कूट कर भरा होता है। इस अवस्था में बच्चे अत्यधिक ऊर्जा एवं साहस से भरे होते हैं। वह नहीं चाहते कि कोई उन पर नजर रखे, पाबंदियां लगाए। उन्हें लगता है जो और जैसा वह कर रहे हैं बस वही ठीक और सही है। इस पर यदि कोई हस्तक्षेप करे तो वह क्रोध व विद्रोह से भर जाते हैं। इस स्वभाव व जिद्द के चलते बच्चों की सयानी उम्र में भटकने की संभावनाएं भी अधिक बढ़ जाती हैं, क्योंकि न तो वह किसी की सुनते हैं न ही किसी की मानते हैं। ऐसे में उन्हें समझना और समझाना कई बार भारी पड़ जाता है। खास तौर पर जब मुद्दा सेक्स जैसे नाजुक विषय का हो।

सेक्स की इच्छा को बातों से दबाया नहीं जा सकता। यह एक ऐसी प्यास है जो बिना बुझाए नहीं बुझती। ऐसे में मन कई प्रश्नों से, जिज्ञासाओं से भर जाता है, लेकिन

सकुचाता है कि किससे पूछें? शरीर में आए बदलाव व उनसे उठती संबंधित प्यास व जिज्ञासाएं किसी भी टीन-एजर्स को परेशान कर सकती है या भावावेश में आकर वह गुमराह भी हो सकते हैं। लेकिन यदि उन्हें सही समय पर सही जानकारी मिलती रहे यानी 'सेक्स एजुकेशन' मिलती रहे तो वह कई गलतफहमियों, हादसों एवं संबंधित रोगों की चपेट में आने से बच सकते हैं।

अब प्रश्न उठता है कि उम्र की इस अवस्था में न केवल बच्चे बल्कि उनके अभिभावक भी नहीं समझ पाते कि क्या पूछा जाए, क्या बताया जाए। शर्म और झिझक दोनों तरफ होती है और इसी असमंजसता के कारण बच्चों के हाथ जो भी आधा-अधूरा, गलत ज्ञान हाथ लगता है वह उसे जुटाने में और जुटाकर पूरा करने में लग जाते हैं। ऐसा नहीं होना चाहिए, उन्हें तरीके से, पूरी, सही, विस्तृत जानकारी के साथ संबंधित जिज्ञासा को शांत करना चाहिए। उनके अंगों में आए परिवर्तन, व उनकी उठती जरूरतों को उन्हीं के तल एवं स्तर पर सकारात्मक ढंग से इस तरह समझाना चाहिए कि वह उनके प्रति सचेत और जागरूक हों। ऐसे नहीं समझाएं कि वह और भी कामुक हो जाएं या उसे व्यावहारिक रूप से करके देखने की कोशिश में लग जाएं। यौन ज्ञान यानी सेक्स शिक्षा देने के कई तरीके हैं, जिससे बच्चों को जागरूक किया जा सकता है। जैसे-

- माता, बड़ी बहन, चाची, भाभी आदि द्वारा किशोरी यानी लड़की को समझाना।
- पिता, बड़े भाई, चाचा, मामा आदि द्वारा किशोर यानी लड़के को समझाना।
- बच्चों को सेक्स विज्ञान की सही पुस्तकों को उपहार में दें ताकि उनका मार्गदर्शन हो सके।
- आस-पड़ोस, रिश्तेदारों एवं टीवी, फिल्म आदि में विवाहित दंपतियों का उदाहरण देकर उन्हें अप्रत्यक्ष रूप से सेक्स के प्रति जागरूक करें।
- बच्चों को चाहिए कि वह स्कूल-कॉलेज में हो रही सेक्स गोष्ठियों, वर्कशॉप एवं लेक्चर आदि को जरूर अटेंड करें।
- मूर्तियों, चित्रों एवं जानवरों आदि की क्रियाएं दिखाकर उन्हें अप्रत्यक्ष रूप से सेक्स के बारे में बताएं कि वह क्या और क्यों कर रहे हैं तथा उसका क्या परिणाम होगा।

बच्चों के साथ दोस्ताना व्यवहार अपनाएं

किसी भी तरह की सेक्स शिक्षा देने से पहले यह बहुत जरूरी है कि आपका आपके बच्चों के साथ दोस्ताना व्यवहार हो। आपकी उम्र और रिश्ता बीच में न आए। उनको आप पर विश्वास हो कि आप उनकी भावनाओं को समझेंगे। माता-पिता को चाहिए कि वह बच्चों के स्वभाव एवं आदतों में परिवर्तन को ध्यान से देखें, यदि वह कुछ नहीं पूछ पा रहे तो खुद समझाएं। उनके खुश रहने का, उनके दु:खी रहने का, अधिक बोलने का या अधिक चुप रहने का, घर में

अकेले बैठने आदि जैसे व्यवहार को नोट करें व उनसे कारण पूछें। विकल्प या उदाहरण दे-दे कर उनके मन में क्या चल रहा है उस विषय को समझें व स्वयं पहल करें ताकि बच्चा आपसे खुलकर दिल की बात कह सके और आप भी उसे वह ज्ञान दे सकें जिसकी उसे जरूरत है।

सेक्स के सही महत्त्व को समझाएं

सेक्स ज्ञान से पहले यह बहुत जरूरी है कि बच्चों के आगे सेक्स की सही परिभाषा गढ़ी जाए। उन्हें सेक्स के नाम पर डराया न जाए, न ही सेक्स को कोई हीन क्रिया का जामा पहनाकर प्रस्तुत किया जाए। सेक्स की जरूरत एवं उसके सही महत्त्व को समझाएं। साथ ही मानसिक स्वास्थ्य एवं मानसिक विकृतियों से सावधान रहने की बातें भी बताएं।

'सेक्स एजुकेशन' का अर्थ मात्र संभोग को समझाना या उससे संबंधित ज्ञान देना ही नहीं है, बल्कि उन सब व्यवहारों, हरकतों, परिवर्तनों एवं जरूरतों आदि को समझाना व आगाह करना भी है जो सेक्स का रूप ले लेती हैं या ले सकती हैं। बच्चों को शरीर के बारे में सचेत करना भी जरूरी है वरना बच्चों में कई गलत धारणा व मिथ भी पैदा हो सकते हैं, जिसके कारण वह हीनता के शिकार भी हो सकते हैं, उनका आत्मविश्वास गिर सकता है।

बच्चे किसी सड़कछाप, सस्ती किताब या इंटरनेट का सहारा लें या किसी गलत संगत का शिकार होकर उनसे सेक्स का अधूरा ज्ञान अर्जित करें इस पर कड़ी नजर रखें।

पहले मनोस्थिति को समझें

आपका बच्चा किस तरह के चित्र देखता है? टीवी पर कैसे कार्यक्रम या चैनल देखता है? कैसी किताबें पढ़ता है? फोन पर किस तरह कौन-सी बातें अधिक करता है? अकेला बंद कमरे में क्यों बैठा है? देर रात तक क्यों जागता है? आदि को ध्यान में रखकर उन्हें समझाएं। कोशिश करें जब भी बच्चे को समझाएं तब वह अकेला हो। सबके सामने न तो उसकी जरूरतों या हरकतों का खुलासा करें न ही उसे गलत या बेशर्म साबित करने की कोशिश करें।

किशोर-किशोरियों को सेक्स ज्ञान देने से पहले उनकी मानसिक स्थिति व मनोवृत्ति भी देख लें यानी आपकी बातों को वह कैसे सुनेंगे और सुनकर उनके मन पर या हरकतों पर क्या, कितना और कैसा प्रभाव पड़ेगा। किसी विषय पर समझाने से पहले यह बात भी जान लें कि आपका बच्चा उस विषय में पहले क्या जानता है। यदि वह कुछ गलत जानता है तो उसे ठीक करें और सही तथ्य परक बातें बताएं। साथ ही नैतिक मूल्यों की भी जानकारी दें।

बच्चों को दें सही जानकारी

सेक्स एजुकेशन का पाठ्यक्रम तो स्कूलों में अवश्य शामिल कर लिया गया है, लेकिन इसकी शिक्षा घर से ही शुरू कर देनी चाहिए। अभिभावकों को अपने बच्चों को अपने तरीके से सिखाना चाहिए कि सेक्स और सेक्सुअलटी में क्या अंतर है। बच्चे वैसे भी अपने आप और नई जानकारियां लेने को उत्सुक रहते हैं, इसलिए अभिभावक के तौर पर प्रत्येक माता-पिता का फर्ज बनता है कि अपने बच्चों की उत्सुकता समाप्त करें और उन्हें सही जानकारी दें। फिर वह उनके लिंग में आए परिवर्तन हो या उसका रख-रखाव। खुलकर मासिक चक्र और हस्तमैथुन के बारे में बताएं। साथ ही सुरक्षित यौन संबंधों की, प्रीमैरीटियल सेक्स एवं पोर्नोग्राफी आदि की जानकारी दें तथा गर्भ-निरोधक एवं कॉण्डोम आदि के बारे में भी बताएं।

सेक्स एजुकेशन देने से किशोरावस्था से युवा होते बच्चे गलतियां करने से बचेंगे और जब भी वह किसी के साथ सेक्सुअली इंटरेक्ट होंगे वह सही निर्णय लेने में सक्षम होंगे। सही सेक्स एजुकेशन मिलने से टीन-एज में हो रही प्रेग्नेंसी रुकेंगी और जो अभिभावक गैर जिम्मेदाराना व्यवहार अपना रहे हैं, उस पर भी नियंत्रण होगा।

अभिभावकों के लिए खास बातें

- बच्चे ज्यादा से ज्यादा बातें किसी और को करते हुए देखकर ही सीखते हैं। वे उसी की बातें सुनते और मानते हैं जो उनके लिए आदर्श होते हैं। इसलिए कुछ भी सिखाने से पहले उनके आदर्श बनें।
- अपने बच्चों का आत्मविश्वास बढ़ाएं। इससे वे बेकार की चिंता नहीं करेंगे।
- बच्चे को एक ही साथ सारी सेक्स शिक्षा देने की जल्दबाजी न दिखाएं। इस जानकारी को धीरे-धीरे और क्रमवार दें।
- सेक्स का सकारात्मक पहलू तो बताएं ही लेकिन इसी के साथ इससे जुड़ी हानिकारक बातों से भी उन्हें अवगत कराएं।
- बच्चों के साथ बढ़ रही घटनाओं को देखते हुए उनका ध्यान इस ओर भी खींचें। बाहरी व्यक्तियों से सतकल रहने के लिए कहें। लड़कियों को अधिक सतर्कता बरतने को कहें।
- सिर्फ बाहरी और अनजान लोगों से ही नहीं घर में आने-जाने वाले जानकारों और रिश्तेदारों से भी सावधान रहने को कहें।
- उन्हें विश्वास में लें और समझाएं कि अगर उनके साथ कुछ अनैतिक घट रहा है तो आपको जरूर बताएं।

- अपने बच्चों की दिनचर्या और दोस्तों पर नजर रखें। साथ ही इस पर भी ध्यान दें कि वे टीवी और इंटरनेट पर क्या देखते हैं।
- बच्चों द्वारा पूछे गए सवालों का संयम के साथ जवाब दें, इस बात पर आश्चर्य न प्रकट करें कि वह ऐसे सवाल क्यों पूछ रहे हैं।
- बच्चों के समीप व इर्द-गिर्द रहने वाले अधिक लोग कौन से हैं, वह उनसे किस प्रकार की बातें करते हैं, कहां-कहां छूते या चूमते हैं। इस बात की निगरानी रखें और उन्हें सतर्क करें वरना करीब जनों की यह हरकत बच्चों को भविष्य में महंगी पड़ सकती है।
- अक्सर देखने में आता है कि कई बार माता-पिता टीवी पर अगर कोई विज्ञापन आता है तो बच्चे के सामने वह तुरंत चैनल बदल देते हैं, ऐसा करके उन्हें लगता है कि बच्चा नहीं देख पाया। उनकी यही हरकत बच्चे को गलत राह पर ले जाती है, इसलिए कोशिश यही करें कि टीवी पर अगर कोई विज्ञापन आए तो उसे चेंज न करें, बल्कि चलने दें ताकि बच्चे की उत्सुकता कम हो। आपके चैनल बदल देने से बच्चे की उत्सुकता कम होने की बजाए बढ़ती है।
- बच्चों के सवालों को सुनकर झेंपने की बजाए उसी समय खुलकर जवाब दें ताकि उसकी उत्सुकता को खत्म किया जा सके।

❖❖❖

लड़कियां कैसे बचें हादसों से?

यह सही है कि हमें अपनी लड़कियों को ही नहीं अपने लड़कों को भी समझाना चाहिए। कुछ हिदायतें व अंकुश उनके लिए भी होने चाहिए, परंतु लड़कियां यदि अपनी तरफ से थोड़ी सर्तकता बरत सकें तो वह होने वाले किसी अंजान हादसे का शिकार होने से बच सकती हैं।

पुरुष प्रधान समाज में महिलाएं कहीं भी सुरक्षित नहीं हैं। घर से बाहर कदम रखते ही उनकी अस्मत पर खतरा मंडराने लगता है। यहां तक कि वे अपने ही घर में सुरक्षित नहीं हैं। छह महीने की अबोध बालिका से लेकर साठ साल की वृद्धा तक विकृत पुरुष मानसिकता की शिकार बनती हैं और ताउम्र इस हादसे से उभर नहीं पातीं, क्योंकि आज भी समाज बलात्कारी से ज्यादा नफरत पीड़िता से करता है और उसे हेय दृष्टि से देखता है। ऐसे में क्या लड़कियां घर के बाहर निकलना बंद कर दें? जाहिर है यह समस्या का समाधान नहीं है। हां, यदि वे हर समय चौकन्नी रहें तो उनके साथ होने वाली बलात्कार जैसी की घटनाओं में कमी अवश्य आ सकती है।

लिफ्ट मांगने से बचें

- अजनबी लोगों से लिफ्ट मांगना मुसीबत मोल लेना है। अजनबी शहर में तो कदापि लोगों से लिफ्ट न लें।
- किसी भी स्थिति में ट्रक ड्राइवरों से लिफ्ट न लें, खासतौर पर रात के समय अन्यथा आप अपनी अस्मत बचा नहीं पाएंगी।
- शीशे चढ़ी कार से कभी लिफ्ट न लें, क्योंकि उसमें सवार व्यक्ति चलती कार में आपसे बलात्कार कर सकता है।

- सुनसान रास्तों पर दुपहिया वाहनों से भी लिफ्ट न मांगें अन्यथा वे आपको गलत मार्ग पर ले जा सकते हैं।
- उम्र दराज या आपके पिता की आयु के अनजान व्यक्ति पर भी भरोसा न करें, क्योंकि वे इसी बात का लाभ उठाते हैं और आपके साथ बलात्कार कर सकते हैं।

देर रात और सुनसान रास्ते

- दिन की बजाय रात के अंधेरे में लड़कियों और महिलाओं के साथ बलात्कार के प्रकरण अधिक होते हैं, क्योंकि बलात्कारी को भागने या छिपने के भरपूर अवसर रहते हैं।
- रात को 10 बजे के बाद अकेली न जाएं, फिर चाहे वह आपका अपना ही शहर क्यों न हो।
- यदि फिल्म देखने जाना हो ? तो रात्रि 9 से 12 बजे का शो न देखें, क्योंकि लौटते समय खतरा मंडराता रहता है और शरारती लोग पीछे लग सकते हैं।
- रात्रि में पति के भाई या पिता के साथ भी सुनसान रास्तों पर पैदल या दुपहिया वाहन पर न जाएं, क्योंकि असामाजिक लोग पुरुष के साथ मार-पीट कर महिला का अपहरण और बलात्कार कर सकते हैं।

जब सफर में हों

- सफर के दौरान सदैव सावधान, चौकन्नी रहें। यदि सफर ट्रेन का हो, किसी अनजान यात्री से बिस्किट, मिठाई, चाय, कोल्ड ड्रिंक या अन्य कोई खाद्य सामग्री स्वीकार न करें, क्योंकि उसमें नशा मिला हो सकता है।
- रात्रिकालीन सफर में यदि टॉयलेट जाना हो तो सावधान रहें, क्योंकि वहां पहले से कोई गुंडा घात लगाकर बैठा हो सकता है।
- जहां तक संभव हो, दिन का सफर करें। ऐसी गाड़ी न चुनें जो देर रात को गंतव्य स्थान पर पहुंचती है।
- यदि गंतव्य स्थान पर रात को पहुंचना मजबूरी है तो टैक्सी या ऑटोरिक्शा में बैठते समय सावधानी व सतकलता बरतें, क्योंकि इनके चालक भी अस्मत लूट सकते हैं।

डेटिंग न पड़ जाए महंगी

- यदि आप अपने ब्वॉयफ्रेंड अथवा मंगेतर के साथ डेटिंग पर हैं तो सावधान रहें, क्योंकि वह भी एक पुरुष है और वह कब इंसान से शैतान बन जाए कुछ कहा नहीं जा सकता।
- ब्वॉयफ्रेंड या मंगेतर के साथ किसी होटल में न रुकें अन्यथा उसके कदम बहक सकते हैं।
- उसके बहकावे, फुसलावे में न आएं। अपने आपको कमजोर न मानें। यदि वह

शारीरिक संबंध बनाने की मांग करता है तो उसे सख्ती से रोकें।

- उसके साथ किसी तरह का कोई नशा न करें। कोल्ड ड्रिंक में भी वह नशीली दवा मिला सकता है, इसलिए सतकल रहें।
- उसे आपकी अश्लील फोटो न खींचने दें।
- अपने ब्वॉयफ्रेंड या मंगेतर के साथ ऐसा कुछ न करें, जिसे वह आपकी रजामंदी समझने की भूल समझ बैठे, अन्यथा इसके लिए आप स्वयं उत्तरदायी होंगी।

भड़काऊ कपड़ों ओर अदाओं से बचें

- आप अपनी चाल-ढाल और पहनावे से भी खतरा मोल ले सकती हैं या उसे टाल सकती हैं।
- अत्यधिक तंग, चुस्त, छोटे या बदन दिखाऊ अथवा उत्तेजक कपड़े न पहनें या माहौल या अवसर देखकर पहनें। उत्तेजक कपड़ों से अंग प्रदर्शन होता है जो पुरुषों की कामवासना को जगाता है। इसलिए कपड़े शालीन पहनें।
- चलते समय आपको अपनी चाल-ढाल को संयत रखना चाहिए अन्यथा लोग आपको चालू या वेश्या समझेंगे और फिर उसी तरह का व्यवहार करेंगे।

जब घर में हों अकेली

- आपका अपना घर भी सुरक्षित नहीं है, इसलिए सदैव सावधान व सतकल रहें।
- अपने मुंहबोले भाई, चाचा, मामा आदि से सावधान रहें। आपको अकेली पाकर इन पर हैवानियत छा सकती है।
- अपने भाई और पति के दोस्तों से भी सतकल रहें। वे मौके का नाजायज फायदा उठा सकते हैं।
- अनजान व्यक्तियों के लिए घर के दरवाजे न खोलें, दरवाजा तभी खोलें जब आप उसे पहचानती हों या उस पर भरोसा हो।
- घरेलू नौकरों पर भी यकीन न करें।
- ड्राइवर हो या नौकर अथवा माली, उसे नियुक्त करने से पहले उसके चरित्र के बारे में प्रमाण-पत्र अवश्य ले लें। बेहतर होगा उसका पुलिस वेरिफिकेशन करवा लें
- अपने घर में इमरजेंसी अलार्म सिस्टम की व्यवस्था रखें ताकि बिजली चले जाने पर भी एकदम अंधेरा न हो, क्योंकि गुंडे अंधेरे का लाभ उठाते हुए घर में घुस जाते हैं।
- घर के दरवाजों में मैजिक आई तथा चैन लॉक जरूर लगवाएं ताकि आगंतुक को देख सकें।

खतरे से घिर जाने पर

- यदि आपको लगता है कि आप खतरे से घिर चुकी हैं और अस्मत लुट सकती है तो भी हिम्मत न हारें, अपितु अपने बचाव की कोई युक्ति सोचें।

- बल से शायद आप सामने वाले को नहीं जीत पाएं, लेकिन आत्म बल एवं छल से आप उसे मात अवश्य दे सकती हैं। इसलिए विवेक खोने की बजाय धैर्य और सूझबूझ से काम लें।
- याद रखें, आपके लाख रोने-गिड़गिड़ाने से उस पर कोई असर नहीं होने वाला, उल्टे यह आपकी कमजोरी प्रदर्शित करता है, अतः दबंगता से काम लें।
- जैसे ही बलात्कारी अपने उद्देश्य की पूर्ति के लिए आप पर झुके आप कई तरह से अपना बचाव कर सकती हैं, जैसे- उसकी आंख में उंगलियां घुसेड़कर, उसके शिशन के नीचे स्थित अंडकोष पर जोरदार लात मारें। ये दोनों स्थितियां ऐसी हैं जिसमें सामने वाला बलात्कार करने की स्थिति में नहीं होता और आपको भागने का मौका मिल सकता है।
- अपनी अस्मत की रक्षा की खातिर आप उसे गंभीर चोट भी पहुंचा सकती हैं, जैसे कोई भारी वस्तु फेंककर उसे मार सकती हैं। अपनी आत्मरक्षा के लिए किए गए प्रयासों के फलस्वरूप सामने वाला मर भी जाए, तो कानून आपका साथ देगा।

दोस्ती में कैसे बचें 'हादसों' से?

अपने साथी की हरकतों के भीतर छिपे इशारों को समझें। आप चाहें तो निम्न बातों पर नजर रखकर उनके इरादों को भांप सकती हैं।

1. आपके दोस्त को आप में क्या भाता है, आपका शरीर या आपके गुण? किन बातों की तारीफ करते वक्त वह अपने को संतुष्ट पाता है?
2. आपसे कितने घंटे, दिन या हफ्ते वह दूर रह सकता है? मिलने के लिए साफ-साफ कहता है या कोई बहाना बनाता है?
3. क्या आपको अपनी ओर आकर्षित करने के लिए उसको झूठ का सहारा लेना पड़ता है?
4. आपका दोस्त आपको मिलने के लिए ज्यादातर किस समय या किस जगह बुलाता है- सार्वजनिक या एकांत स्थान? आप दोनों स्थानों में उसकी हरकतों व व्यवहार में क्या अंतर पाती हैं?
5. वह आपको किस तरह की फिल्में देखने या दिखाने को प्रोत्साहित करता है? किस तरह के गानों एवं फिल्मों का शौकीन है, इसे भी नोट करें।
6. बात कहने की आड़ में वह आपको कितना, कैसे छूता है, उसका छूना सहज एवं प्राकृतिक है या वह बहाना ढूंढता है, इस बात पर भी गौर करें।
7. यदि आप उसके घर वालों से मिलने की जिद करती हैं या उसके दफ्तर तथा काम-काज को देखने की इच्छा प्रकट करती हैं तो क्या वह बहाना बनाता है?
8. वह अपने दोस्तों से आपको क्या कहकर मिलवाता है तथा उनके साथ आपके किस

तरह के व्यवहार की उम्मीद रखता है। उसी तरह वह आपकी सहेलियों के साथ किस तरह का संबंध तथा व्यवहार रखता है, ध्यान दें।

9. उसने आपको इजाजत से छुआ या बिना इजाजत के, जानबूझ के छुआ या अनजाने में, ऐसा करते वह हिचकिचाया या नहीं?

10. शादी के बारे में उसकी क्या प्रतिक्रिया होती है? विवाह आदि रिश्तों में उसकी क्या राय है? क्या वह शादी जैसे संबंध में विश्वास रखता है? वह घर वालों की सहमति से विवाह करना चाहता है या प्रेम विवाह। क्या वह समय आने पर आपके लिए लड़ सकता है?

अस्मत लुट जाने पर

दुर्भाग्य से आप अपना बचाव नहीं कर पातीं या बचाव का मौका ही नहीं मिल पाता और आप सामने वाले की हवस का शिकार बन जाती हैं तो कुछ बातों पर ध्यान रखें जैसे-

- अपने साथ हुए बलात्कार की सूचना अपने परिजनों को दें, उन्हें साथ लेकर पुलिस स्टेशन जाएं तथा एफआईआर दर्ज कराएं।
- याद रहे बलात्कार की रिपोर्ट लिखवाने स्वयं अकेली पुलिस स्टेशन न जाएं, क्योंकि पुलिस की छवि भी कुछ खास अच्छी नहीं है या वे जलील करने वाले प्रश्न करेंगे।
- किसी के दबाव में आकर बलात्कार की रिपोर्ट न लिखाने की भूल न करें, क्योंकि इससे बलात्कारी को शह मिलती है और वह आपके साथ या किसी दूसरी के साथ इसकी पुनरावृत्ति कर सकता है।
- बदनामी के भय से भी इस घटना को छिपाएं नहीं, अपितु इसके विरुद्ध कानूनी कार्यवाही करें।
- बलात्कार के पश्चात् मेडिकल परीक्षण अवश्य कराएं तथा उस समय पहने हुए कपड़ों को बिना धोए अलग रखें।
- यदि पुलिस एफआईआर लिखने में आना-कानी करती है तो उच्च अधिकारियों के संज्ञान में लाएं।
- बलात्कारी से किसी भी कीमत पर समझौता न करें और न ही अपनी रिपोर्ट वापस लें। यदि वह शादी का प्रस्ताव रखता है तो भी उसे स्वीकार न करें, क्योंकि ऐसे दुश्चरित्र व्यक्ति से शादी करके आप मुसीबत मोल ले लेंगी।
- अपने भीतर किसी तरह का अपराध बोध न पालें, क्योंकि इसमें आपका अपना कोई दोष नहीं है और यह हादसा किसी के साथ भी हो सकता है।
- माना कि इस हादसे से उभरना आसान नहीं होता, लेकिन इसका मतलब यह नहीं कि आत्महत्या कर ली जाए। आपको जीना है और बलात्कारी को उसके किए की सजा दिलवानी है।

❖❖❖

लड़कियों के कपड़े कितने दोषी?

लड़कियों के साथ छेड़-छाड़ और बलात्कार की घटनाएं दिन-प्रतिदिन कम होने की बजाय रोज बढ़ती जा रही हैं, जिसमें लड़कों की परवरिश से लेकर मीडिया एवं फिल्मों की भी अहम् भूमिका नजर आती है, परन्तु इसका मतलब यह नहीं कि हम लड़कियों के पहनावों को नज़र अंदाज़ कर दें। प्रस्तुत है इसी सन्दर्भ में मनोविज्ञानिक विश्लेषण।

बात बढ़ते रेप की हो या ईव टीजिंग की, बात इस बात पर आकर ठहर जाती है कि महिलाएं या लड़कियां जिस ढंग से भड़काऊ या उत्तेजक कपड़े पहनती हैं वह खुद ही इस तरह की घटनाओं को निमंत्रण देती हैं। तभी हुजूम के साथ महिलाओं की आवाज आती है कि 'खराबी लड़कियों के कपड़ों में नहीं, खराबी पुरुषों की सोच व नजरिए में है।' तो कोई तपाक से एक तकल अपना मुंह खोलता है और कहता है कि 'चलो बड़ी लड़कियों की बात तो समझ में आती है पर उन दो साल की, दो महीने की या नवजात लड़कियों के साथ जो दुष्कर्म होता है क्या वह भी उनके पहनावे व कपड़ों के कारण होता है?' यह सत्य है कि पुरुष की वासनात्मक प्रवृत्ति ही उससे ऐसे दुष्कर्म कराती है। इसलिए महिलाओं का यह कहना भी ठीक है कि लगाम लगानी है तो पुरुषों पर लगाओ, उनकी सोच पर लगाओ। अभिभावकों को अपनी लड़कियों को ही नहीं, अपने लड़कों को भी समझाना चाहिए, लेकिन सारा अनुशासन, सारा अंकुश, सारे नियम, सारी पाबंदियों हम लड़कियों पर ही क्यों? यह सवाल, यह तकल सही भी है और स्वाभाविक भी, परंतु इसका मतलब यह नहीं कि छेड़छाड़ एवं रेप आदि कि घटनाओं में लड़कियों के कपड़ों का कोई दोष नहीं होता।

सच तो यह है कि लड़कियों के उत्तेजक कपड़े उनके साथ हो रही घटनाओं के

लिए काफी हद तक जिम्मेवार हैं तथा वह प्रोत्साहित करते हैं। यह बात कितनी सच है इसका अंदाजा इस बात से ही लगाया जा सकता है कि पुरुष तो पुरुष स्वयं महिलाएं भी ऐसी महिलाओं या लड़कियों को नापसंद करती हैं जो ऐसे कपड़े पहनती हैं। टॉप, हाई क्लास सोसायटी की लड़कियों को यदि एक तरफा कर दिया जाए, (जो कि कुछ ही प्रतिशत हैं) के अलावा जब भी कोई स्त्री यदि किसी दूसरी स्त्री के तन पर तंग या कम कपड़े देखती है तो जरूर आपस में खुसर-फुसर करती है। फिर वह पार्टी हो या आम सड़क। ट्रेन-बस हो या बाजार। आज भी आम, मध्यम वर्गीय परिवारों की बात करें तो अभिभावक व बड़े-बुजुर्ग खुद जब किसी ऐसी लड़की को देखते हैं विशेषतौर पर महिलाएं तो वह उत्तेजक कपड़ों वाली लड़की को त्योरी चढ़ाकर, तिरछी निगाहों से देखते हैं। जब औरतें ही ऐसी लड़कियों या औरतों को देखकर देखती रह जाती हैं या पहनावे पर कमेन्ट पास करती हैं तो पुरुष तो आखिर पुरुष है। जब लड़कियां दिखाएंगी तो पुरुषों को मौका मिलेगा ही।

सच तो यह है हर कोई एक अच्छे व साफ मन वाला साथी चाहता है पर मन किसी का ऊपर से नहीं दिखता। ऊपर से तो केवल शरीर दिखता है और पहली मुलाकात तो इंसान की शरीर से होती है। हर कोई चाहता है कि लोग उन्हें देखें, उन्हें निहारें, वह सबसे अलग व आकर्षक लगे इसके लिए इंसान के पास, विशेष तौर पर लड़कियों के पास कपड़े व हाव-भाव ही बचते हैं। ऐसा नहीं है कि ऐसे कपड़े जो लड़कियां पहनती हैं वे खुद नहीं जानतीं कि कहां से क्या और कितना दिख रहा है तथा देखने वाला कहां तक क्या कुछ देख सकता है।

एक समय था कि टीवी पर या फिल्मों में दिखने वाली हीरोइनों के कपड़े, सड़क पर चलने वाली आम लड़की के कपड़ों से बिलकुल भिन्न होते थे। यही कारण था कि पुरुष उन फिल्मों को या उन तस्वीरों को देखकर ही ठण्डी आहें भर लेता था। उनको देखकर यदि उसमें वासना जगती भी थी तो वह उस पर्दे या कल्पनाओं तक ही सीमित थी। तब ऐसी हीरोइन या मॉडल को पास से देख पाना या छू पाना संभव नहीं था। वो जो बड़े पर्दे पर देखता था वो वहीं तक सीमित था। सच तो यह है वैसे कपड़े, वैसा मेकअप आम जिंदगी में, घर-परिवार वाली महिलाएं या लड़कियां करती भी नहीं थीं।

पर आज सब कुछ उपलब्ध है। वैसे कपड़े, वैसा मेकअप, वैसा अंग प्रदर्शन आदि सब कुछ। एक समय था जब महिलाएं खुद कहती थीं कि फिल्मों में हीरोइनों को जिन कपड़ों-वेशभूषा आदि में दिखाया जाता है वह फिल्मी पर्दे पर ही अच्छे लगते हैं, क्योंकि असल जीवन में उन्हें नहीं पहना जा सकता। यहां तक कि फिल्मों में जो वैम्प या कैबरे डांसर्स कपड़े पहनती थीं लोग उन्हें फिल्म में भी सबके साथ बैठकर देखना पसंद नहीं करते थे। सच तो यह है तंग, कसे हुए, छोटे कपड़े, गाढ़ा मेकअप, रंग बिरंगे बाल आदि

यह चीजों का प्रयोग तभी किया जाता था जब किसी हीरोइन का नकारात्मक (निगेटिव) चरित्र दिखाना होता था। ऐसे कपड़े प्रतीक थे खराब व चालाक स्त्री के। जिन कपड़ों को कभी आंख उठाकर सबके साथ मात्र पर्दे पर सबके साथ स्त्री देखने में हिचकिचाती थी आज वह वैसे कपड़ों को आम जिंदगी में घर पार्टियों में पहनने लगी है।

अब प्रश्न उठता है छोटी बच्चियों के साथ रेप क्यों होता है वह न तो ऐसा कोई मेकअप करती हैं न ही कपड़े पहनती हैं? दरअसल पुरुष जब अपने चारों तरफ फिल्मों में, पोस्टरों में, पत्र-पत्रिकाओं के विज्ञापनों में तथा रोजमर्रा के जीवन में लड़कियों को ऐसा जीवंत देखता है तो उसकी काम वासना को और बल मिलता है। जिस तरह हाथ की सभी उंगलियां बराबर नहीं होतीं उसी तरह हर पुरुष की प्रवृत्ति भी समान नहीं होती। कुछ अपनी भावनाओं पर नियंत्रण पाने में सफल हो जाते हैं तो कुछ चौबीस घंटे आस-पास घटने वाले ऐसे वातावरण के चंगुल में फंस जाते हैं। जिसके चलते उनके भीतर पनपती वासना स्खलित होने के लिए फड़फड़ाती रहती है। फिर जहां भी उनको अपनी वासना मिटाने की संभावना नजर आती है वह बिना अच्छा-बुरा सोचे अपनी वासना को अंजाम दे बैठते हैं।

यहां ऐसा कहने का मकसद मेरा यह कतई नहीं है कि पुरुषों की इसमें कोई गलती नहीं होती सारा कसूर लड़कियों के कपड़ों, मेकअप और उनके हाव-भाव आदि का होता है। क्या लड़कियों के साथ बलात्कार या छेड़छाड़ तब नहीं होता था जब वह घरों में, साड़ियों, घूंघट या बुर्खे आदि में रहती थीं? नहीं, तब भी होता था पर आंकड़े इतने अधिक और विभत्स नहीं थे। आज मीडिया, मोबाइल फिल्में और इंटरनेट पर सब कुछ उपलब्ध है जो दिन रात इंसान को उकसाने का काम करता है। यही कारण है लड़कियां भी पीछे नहीं हैं वह भी अपनी दैहिक संतुष्टि के लिए विवाह का इंतजार नहीं करतीं या विवाह से पहले सेक्स को खराब नहीं मानतीं। इसलिए वह स्कूल कॉलेज की उम्र से ही दोस्ती या प्रेम संबंधों में पड़ जाती हैं। सच तो यह है आज टीनएज में जिसका बॉयफ्रेण्ड या गर्लफ्रेण्ड नहीं होता वह अपने को पिछड़ा व हारा हुआ महसूस करता है।

पुरुष क्या चाहते हैं यह तो सब जानते हैं पर स्त्रियां भी अब कोई पीछे नहीं हैं। सच तो यह है पुरुष को अब किसी कोठे या वेश्याल्यों के चक्कर काटने की जरूरत नहीं। यह सच आधा या कुछ प्रतिशत ही रह गया है कि लड़कियों को इस धंधे में धोखा देकर घसीटा जाता है। नहीं, आज शहरों की गलियों, अपार्टमेंटों और कॉलोनियों में यह आम हो गया है। लड़कियां स्वेच्छा से, सब कुछ कर रही हैं या करने को तैयार हैं। सच तो यह है आज की मीडिया या फिल्में बच्चों को समय से पहले युवा बनाकर उनके भीतर छिपी यौनाग्नि को जलाकर उसे सुलगा तो देते हैं पर यह भूल जाते हैं कि इसके दूरगामी परिणाम कितने भयंकर हो सकते हैं। वह तो बस यह कह कर पीछे हट जाते हैं कि

'टी.वी. पर तो सब कुछ दिखाया जाता है, हर तरह के कार्यक्रम व फिल्में आती हैं यह तो अभिभावकों व घर-परिवार वालों के हाथ में है कि बच्चों को क्या दिखाना है, क्या नहीं।' और तो और वह यह कहकर हट जाते हैं कि 'आप बच्चों को कब तक और कहां तक रोकेंगे। बच्चों का अपना मोबाइल है, इंटरनेट है, पॉर्न किताबें-सी.डी आदि सब कुछ उपलब्ध है तथा ऐसी पार्टियां हैं जहां वे बेझिझक एक दूसरे से मिल सकते हैं आदि-आदि। सारे तर्कों और दलीलों के बीच इस बात को भी नहीं नकारा जा सकता कि आजकल की फिल्में व मीडिया भी कई हद तक इन हादसों के जिम्मेदार हैं।

दुख तो यह है हम जिम्मेदार किसी को भी ठहरा दें, हादसों का शिकार तो लड़कियां ही होती हैं। हालांकि जींन्स-टी शर्ट में कोई खराबी नहीं पर जरूरत से ज्यादा तंग जींन्स व छोटी टी शर्ट तन ढंकते हुए भी आकर्षण या निमंत्रण का माध्यम बन जाते हैं। साथ ही लड़कियों को यह भी समझना चाहिए कि किस ढंग के कपड़े कहां, किसके साथ और कब पहनने चाहिए। यदि उनको आम गली-मोहल्लों या बस ट्रेन में सफर करना है, रात को या सुनसान रास्तों का उपयोग करना है तो उस जगह के अनुसार कपड़े पहनें। वह किस तरह की कॉलोनी में रहती हैं, किस तरह के ऑफिस में काम करती हैं या कॉलेज के मित्र कैसे हैं? आदि सब चीजों का विशेष ध्यान रखें। साथ ही वह अकेले रहती हैं या घर परिवार के साथ, अपनी गाड़ी से आती जाती हैं या बस-स्कूटर से, जिस पार्टी में वह जा रही हैं वहां उनके कपड़े व मेकअप आदि उस पार्टी के अन्य लोगों से एक दम अलग तो नहीं हैं? ध्यान रहे जिस पहनावे से वह खुद सहमत न हों उसे कभी दूसरों को दिखाने या खुद को उनके बराबर दर्शाने के लिए नहीं पहनें।

लड़कियों के साथ होते हादसों का कारण यदि उनके भड़काऊ कपड़े हैं तो उसके काफी हद तक जिम्मेदार उनके माता-पिता या परिवार वाले भी हैं। मैंने खुद महसूस किया है तीन-चार साल की लड़कियों को उनके माता-पिता भी किसी हीरोइन से कम बनाकर नहीं रखते। अब आप सोचेंगे कि इसमें क्या खराबी है। नहीं, बच्चियों को सजाना या सुन्दर कपड़े पहनाना एक बात है लेकिन बचपन से ही उन्हें अर्ध नग्न वस्त्र पहनाने से उनके मनोविज्ञान पर बड़ा असर पड़ता है।

आप घरों में आम दिनों में या पार्टियों में पांच-छह या आठ-नौ साल की बच्चियों के कपड़े देख लो। जरूरत से ज्यादा छोटी ड्रेस, निक्कर, कट स्लीव्स, ऑफ-शोल्डर, बैकलेस टॉप या बिकनी कट टॉप आदि। क्या आपने कभी सोचा है जिस लड़की को बचपन से ही ऐसे कपड़ों की आदत हो वह बड़ी होकर उन्हें क्यों नहीं पहनेगी? लेकिन हम बड़े अजीब हैं बचपन में हम खुद उन्हें पहनाते हैं यह सोचकर कि क्या हो गया, बच्ची ही तो हैं। नहीं, बचपन से ही लड़कियों के दिमाग में बैठ जाता है कि इतना, इस हद तक, अंग को पार्टियों-शादियों में दिखाया जा सकता है। इसलिए जिस तरह

के कपड़ों को लेकर वह बचपन से सहमत हो जाती हैं फिर उन्हें बड़ी होकर पहनने से गुरेज नहीं करती। फिर हम कहते हैं लड़कियां ऐसे कपड़े पहनती हैं। सच तो यह है कि इसके लिए सिर्फ मीडिया, फिल्में या फैशन ट्रेंड ही नहीं, हमारे परिवार वाले भी जिम्मेदार होते हैं।

इस तथ्य के साथ एक बात और है कि महिलाएं अपने अवचेतन में यह भी जानती व मानती हैं कि स्त्रियों की तुलना में पुरुषों के पास दिखाने के लिए कुछ नहीं है। स्त्रियों के पास अदाएं भी हैं और अंग भी। इसके बलबूते पर किसी से भी काम निकलवाया जा सकता है शायद यह भी एक कारण है कि महिलाएं अपने को बनाए रखने के लिए अपने अंग को छुपाने की बजाए दिखाती हैं, या यूं कहें कि छुपाती भी ऐसे हैं कि देखने वाला देख ले। कभी स्वयं के लिए तो कभी दूसरे से बेहतर दिखने के लिए, तो कभी अपने प्रेम को बनाए रखने के लिए स्त्री जाने-अनजाने प्रदर्शन की वस्तु बन जाती है और यदि ऐसे में वह कभी वासना से भरे पुरुष या पुरुषों के सामने पड़ जाए तो हादसे हो जाते हैं।

❖❖❖

दें मानसिकता को विस्तार करें बेटी को स्वीकार

अगर लड़कों के कैरियर की सोच रहे हैं, तो बेटी के कैरियर की भी बात करें और बेटी से पूछें कि वह कौन से क्षेत्र में जाना चाहती है। अगर उसमें लगन है, तो निश्चित रूप से वह अपना स्थान बना लेगी। वह उस मार्ग को तलाश कर ही लेगी, जो उसकी मंजिल तक पहुंचने में मददगार सिद्ध होगा।

यह सिर्फ कहने की बात है कि बेटे आपके दिल के काफी करीब होते हैं। आज के माहौल में बेटों से यह उम्मीद न लगाएं। बेटियां जितना आपका भला कर सकती हैं, आपके दिल के करीब हो सकती हैं, बेटे ऐसा नहीं कर सकते। अतः बेटी को पराया धन न समझकर उसका इस तरह पालन-पोषण करें कि सचमुच बेटी को लगे कि आप उसका काफी ख्याल रखते हैं और उसके काफी करीब हैं। आप महसूस करेंगे कि आपको अपनी बेटी पर गर्व हो रहा है और बेटी भी आप पर गर्व कर रही हैं।

- यदि सुखी व समृद्ध जीवन जीना चाहते हैं तो बेटा-बेटी में भेद न करें। बच्चे दो ही अच्छे। चाहे वे दोनों लड़कियां ही क्यों ना हो।
- अगर पहले से एक लड़की है और यह सोचकर कि दूसरी बार भी लड़की न हो, क्लीनिक में जाकर लिंग परीक्षण कराना चाहते हैं तो अपने आस-पास, समाज में निरन्तर हो रहे बदलाव को देखें, देश-दुनिया की खबर रखें-क्या भारत की बेटियों ने आपका सिर गौरव से ऊंचा नहीं किया है? क्या भारत की बेटियों ने सफलता के नए-नए किस्से नहीं गढ़े?

आपको आपके पड़ोस में, आस-पास में और भी कई बेटियां मिल जाएंगी, जिन पर उनके माता-पिता को अभिमान होगा। जरा सोचिए, क्या आपकी बेटी भी वैसा नहीं कर सकती, जो दूसरी बेटियां कर रही हैं? अगर आपको लगता है कि हां, मेरी बेटी

ऐसा कर सकती हैं, तो समझ लें कि आपका मानसिक परिवर्तन हो चुका है। आपकी सोच बदलने लगी है।

- बेटियों के बारे में कभी नकारात्मक ख्याल न रखें।
- बेटियों को बेटे की तरह पालन-पोषण करें। उनकी शिक्षा-दीक्षा का उचित प्रबंध करें। उनका भविष्य बनाने के लिए काम करें। अगर परिवार में एक बेटा व एक बेटी है, तो दोनों बच्चों में भूलकर भी भेद न करें। जिस तरह आप बेटे को पाल-पोस रहे हैं, जिस तरह आप बेटे का ख्याल रख रहे हैं ठीक उसी प्रकार बेटी का भी ख्याल रखें।
- बेटा-बेटी को अलग-अलग दंडित न करें। दोनों को समान रूप से फटकार लगाएं।

ऐसे बदलें बेटियों के प्रति सोच

यदि आप संकीर्ण सामाजिक मान्यताओं से ऊपर उठकर और अपनी सोच में बदलाव कर समाज व राष्ट्र को एक नयी पहचान देना चाहते हैं, तो ऐसा करें-

- बेटियों की अहमियत को पहचानें।
- अपने घर व बाहर लड़कियों का सम्मान करें।
- आप यह ध्यान रखें कि बेटियों को संतुलित भोजन, शिक्षा और चिकित्सा की सुविधाएं मिलें।
- आप महिलाओं के प्रति अनुचित व्यवहार, यौन उत्पीड़न और हिंसा को कदापि सहन न करें।
- दहेज न कभी लें और न दें।
- अपनी लड़की/लड़कियों को अपनी सम्पत्ति में लड़कों के बराबर का हिस्सा दें।
- लड़कियों की सुरक्षा सुनिश्चित करें।
- गर्भ में पल रहे भ्रूण की लिंग जांच न कराएं।
- कन्या के जन्म पर खुशियां मनाएं।
- परिवारों को भ्रूण हत्या रोकने के लिए प्रेरित करें। बेटा ही सब कुछ नहीं हैं, भ्रूण हत्या करना कानूनन अपराध है-यह उन्हें पहले प्रेम से समझाएं फिर सामाजिक बहिष्कार करने की चेतावनी दी जाए, और फिर भी न समझें तो कानून का सहारा लिया जाए। जब वह दम्पती प्रेरित हो जाए तो उसे समाजसेवा टीम के साथ जोड़ लिया जाए ताकि उसका उदाहरण देकर आगे वाले परिवारों को बताया जा सके। इस प्रकार संगठित होकर इस प्रथा से निजात पाया जा सकता है।

याद रखें-बालिका के अस्तित्व से ही समाज का अस्तित्व है। यदि बेटी बचेगी तो समाज बचेगा।

❖❖❖

बेटा वाइफ आने तक बेटी लाइफ रहने तक

जिस बेटे की चाहत में मां-बाप हजारों मन्नतें व उपाय करते हैं तथा उसकी खुशियों को पूरा करने के लिए अपने सारे सुखों को दांव पर लगा देते हैं, वही बेटा शादी के बाद पराया सा व्यवहार करने लगता है और मां-बाप को बोझ समझने लगता है, वहीं ठीक इसके विपरीत बोझ और पराया धन समझी जाने वाली बेटियां, अपने विवाह के बाद मां-बाप को और निकट महसूस करती है और बुढ़ापे में उनका साथ भी देती हैं।

बेटा वाइफ आने तक, बेटी लाइफ रहने तक-भले ही यह बात सौ प्रतिशत सच नहीं हो, पर हकीकत तो यह है कि यह सौ प्रतिशत झूठ भी नहीं है। यहां हम आम बात कर रहे हैं, व्यक्तिगत की नहीं, क्योंकि नि:सन्देह आज भी कुछ लड़के आपको संस्कारवान, माता-पिता की कद्र करने वाले मिल ही जाएंगे, जिन्हें अपने बड़ों का ध्यान है। जो इस बात का एहसान मानते हैं कि माता-पिता ने उनके लिए काफी त्याग किया है, और यह कि बुढ़ापे में जब उन्हें उनकी जरूरत है या होगी तो वे उनका साथ देंगे तथा वह उनके प्रति अपने कर्त्तव्यों और जिम्मेदारियों को बखूबी निभाएंगे। परंतु ऐसे बेटों की संख्या उंगलियों पर गिनी जा सकती है। जैसे और जितनी रफ्तार से समय बदल रहा है उससे यह बात उभर कर और स्पष्ट हो रही है कि मां-बाप के प्रति जितनी करीब बेटियां होती हैं उतने बेटे नहीं।

घर परिवार में बेटे की कामना करने का एक मुख्य कारण वंश को आगे बढ़ाना तो है ही साथ में अपने इस लालच को भी सींचना है कि बेटे बड़े होकर बुढ़ापे में उनकी सेवा करेंगे, क्योंकि बेटियों को पराया धन समझा जाता है, उन्हें एक दिन घर-परिवार छोड़ कर उनसे दूर जाना होता है। साथ ही उन्हें लड़कों से कमजोर समझा जाता है।

उन्हें इस लायक नहीं समझा जाता कि वह किसी को संभाल सकती हैं या किसी की रक्षा कर सकती हैं, इन सब कारणों से लोग बेटियों को नहीं चाहते। परंतु आज लाखों बेटियां गवाह हैं, कि जितना काम मां-बाप के जीवन में बेटियां आती हैं या आ रहीं है, उतने बेटे नहीं आते। पृथ्वी पर वृद्धाश्रमों की बढ़ती तादाद सबूत है कि बेटों के होते हुए भी मां-बाप दर-दर की ठोकरें खा रहे हैं।

वास्तव में अब लद गये श्रवण कुमार के जमाने के दिन। बेटों से तो अब अधिकतर माता-पिता पूरी तरह निराश हो ही चुके हैं। रोज ही अखबार में बेटों की माता-पिता के प्रति उपेक्षा की खबरे पढ़ने को मिलती रहती हैं। यह एक कड़वा सच है। यही कारण है कि पोती-पोते तथा बहू-बेटे से भरा-पूरा परिवार, समृद्ध होने के बावजूद भी उस घर के बूढ़े माता-पिता को मजबूरन वृद्धाश्रम में रहना पड़ता है या उन्हें वहां जबर्दस्ती छोड़ दिया जाता है।

वहीं दूसरी ओर बोझ समझी जाने वाली बेटियां आज बोझ उठाने में सक्षम हैं वह भी एक परिवार का नहीं दो-दो परिवारों का। जहां चार बेटों से अपने एक मां-बाप नहीं संभलते वहीं आज की बेटियां अपने घर-ऑफिस के साथ-साथ मायके और ससुराल को बखूबी संभाल रही हैं। बेटियां विवाह के बाद भी अपने मां-बाप की आर्थिक सहायता करने का कलेजा रखती हैं। जहां बेटी के घर का पानी तक पीना पाप समझा जाता था,वहीं आज बेटियां अपने मां-बाप को बुढ़ापे में पनाह व सहारा दे रही हैं। उनके इलाज पर यदि वह पैसा भी खर्च करती हैं तो बेटों की तरह उन्हें उसका कोई ताना नहीं देतीं।

इसमें दो राय नहीं कि बेटियों को अपने माता-पिता से बेटों की बनिस्बत ज्यादा लगाव होता है। स्वभाव से वे बेटों से ज्यादा संवेदनशील होती हैं। विवाह होने के बाद भले ही उनकी प्राथमिकताएं बदल जाती हों, लेकिन मां-बाप से उनका पहले जैसा प्यार बना ही रहता है।

लड़कों के साथ होता यह है कि जहां विवाह हुआ नहीं, उन्हें मां-बाप से बढ़कर अपने दांपत्य में शांति और सुख की कामना होती है। मां-बाप बहुत जल्दी भूतकाल बनकर रह जाते हैं, जिनसे उन्हें कोई सरोकार नहीं रह जाता है, जबकि बेटी के लिए वे हमेशा वर्तमान ही बने रहते हैं।

❖❖❖

दोयम दर्जे की शिकार स्त्री

स्त्री शहर कि हो या गांव की, पढ़ी-लिखी हो या अनपढ़, कमाऊ हो या घरेलू, दोनों में अंतर सिर्फ ऊपरी सतह पर ही नजर आता है। गहराई से देखें तो वैदिक युग से लेकर वैज्ञानिक युग तक, स्त्री के जीवन में नपा-तुला सा ही अंतर आया है। अचरज की बात तो यह है कि, सफलता के झंडे गाड़ने वाली स्त्रियां आज भी दोयम दर्जे की कतार में शामिल हैं।

कहने को तो वक्त की करवट के साथ स्त्री के जीवन में बहुत कुछ बदला है। फिर उसका रहन-सहन हो, सोच-विचार या फिर उसकी सीमाओं के दायरे। स्त्री के जीवन गें दायरे फैले जरूर हैं, सीमाएं टूटी जरूर हैं लेकिन सीमाएं मिटी नहीं हैं। कुछ हद तक सीमाओं का व सीमाओं में स्त्री का रहना उचित है परंतु दुख की बात यह है कि यह सीमाएं भी पुरुष तय करता है। स्त्री के जीवन में स्त्री का हंसना-बोलना, उसकी 'हां'-'ना' यहां तक कि पसंद-नापसंद आदि भी सभी कुछ पुरुष तय करता है। इन सबसे स्त्री को तकलीफ होती है, उसका दम घुटता है परंतु आत्मा तब और छलनी हो जाती है जब पुरुष सब कुछ तय करने के बाद स्त्री से पूछता है और कहता है तुम कैसी हो? तुम क्या चाहती हो? तुम खुश तो हो न? मैं तुम्हें खुश देखना चाहता हूं।

नाम का है सम्मान

स्त्री की यह पुरानी कहानी आज 21वीं सदी में भी उतनी ही नई है। बिस्तर से दफ्तर तक, हृदय से आसमान तक और चुप्पी से नारेबाजी तक का सफर तय करने वाली स्त्री आज भी सोचने, विचारने और स्त्री दिवस मनाने का ही नाम बनकर रह गई है। जहां एक ओर स्त्री विमर्श पर ढेरों किताबें लिखी जा रही हैं वहीं दूसरी ओर महिला दिवस का विज्ञापन अखबारों में अपनी जगह ढूंढने का वर्षभर इंतजार करता रहता है। तब किसी समाज को, देश को खबर लगती है कि स्त्री का भी मत है, उसका भी मन है, उसकी भी इच्छाएं हैं, उसको भी सम्मानित करना है।

आनंद और उमंग की प्रतीक स्त्री, जो स्वयं में एक उत्सव है, जिसका इस धरा पर होना किसी महोत्सव से कम नहीं, उसे भी अपना वजूद महिला दिवस के रूप में मनाना पड़ता है। परंतु पुरुषों का कोई 'मेन्स डे' नहीं चुना गया, शायद इसलिए, क्योंकि हर दिन पुरुष का दिन होता है या फिर पुरुषों में ऐसा कुछ भी नहीं कि उनकी उपस्थिति को मनाया जाए।

बलात्कारों की बढ़ती वारदातों ने सिद्ध कर दिया कि भले ही आज स्त्री चांद पर पहुंच चुकी है, पुरुष के साथ कदम से कदम मिलाकर चल रही है पर उसकी स्थिति आज भी वही है जो धनुर्धरों से भरी सभा में द्रौपदी की थी। यह मात्र एक हादसा नहीं जो दर्शाता हो और बतलाता हो कि 21वीं सदी में स्त्री की हालत आज भी वही है जो पहले थी।

भले ही समय को हम सतयुग और कलयुग के आधार पर बांटते हों, पर स्त्री के लिए समय की यह सीमा और परिभाषा कुछ मायने नहीं रखती। पहले भी स्त्री उपभोग की वस्तु थी और आज भी उपभोग की ही वस्तु है।

देवों ने अपनी वासना के लिए स्त्री का हरण किया हो या राजा-महाराजाओं ने अपनी हवस व रुतबे के लिए स्त्री को जीता हो। बहाने कुछ भी हों, स्त्री कई कारणों से आज भी लुट रही है। भारत जैसा देश जहां धरती, नदियों व गाय को मां कहकर संबोधित किया जाता है, उसी देश में मां का अपमान यानी स्त्री का अपमान भी खुलेआम होता है। एक ओर हम देवी शक्ति को ही आदि शक्ति कहते हैं और ब्रह्मा, विष्णु व महेश की जननी कहकर संबोधित करते हैं, वहीं इस स्त्री शक्ति का कोई आदर, सत्कार या सम्मान होता हुआ नजर नहीं आता। यह स्त्री शक्ति मात्र कहने को ही आदरणीय व पूजनीय रही है वरना स्त्री का पुरुष प्रधान देश में क्या महत्त्व व औचित्य रहा है यह जग जाहिर है।

स्त्री के त्याग का जिक्र भी नहीं होता

इतना ही नहीं हमारे धार्मिक शास्त्र व ग्रंथ भी पुरुष के मान-सम्मान एवं अभिमान के बखान से भरे पड़े हैं। यहां मर्यादा पुरुषोत्तम राम की चर्चा तो होती है, परन्तु सीता के त्याग एवं पवित्रता का कोई बखान नहीं होता। यहां लक्ष्मण और भरत के त्याग और समर्पण का जिक्र तो होता है पर उर्मिला व माण्डवी के त्याग व समर्पण का कोई चिह्न नहीं मिलता। स्त्री से उसकी इच्छा, उसकी मर्जी या उसका मत कभी नहीं जाना जाता। वह क्या चाहती है, क्यों चाहती है या वह क्या और क्यों नहीं चाहती, यह सब पुरुष पर ही निर्भर करता आया है। न तो लक्ष्मण ने उर्मिला की सोची और न ही बुद्ध ने यशोधरा की। राम-रावण युद्ध से लक्ष्मण उभर गए तो बुद्धत्व को प्राप्त कर बुद्ध निखर गए। इसी बीच उर्मिला और यशोधरा का योगदान, उनकी पीड़ा व टीस का कोई खास ब्योरा नहीं मिलता।

दुनिया यह तो जानती है कि राम ने अपने चरणों के स्पर्श से एक पत्थर को जिंदा कर दिया था यानी पत्थर की मूर्ति बनी अहिल्या को उन्होंने पुनः सशरीर कर दिया था। राम के इस शक्ति रूप की तो बहुत चर्चा है पर अहिल्या पाषाण में क्यों तब्दील हुई, यह गिने-चुने लोग ही जानते होंगे। कितने अचरज की बात है कि एक स्त्री को पत्थर से स्त्री में परिवर्तित करने वाले का तो जिक्र है, परन्तु एक स्त्री को पत्थर बना देने वाले पुरुष का कोई जिक्र नहीं है। अहिल्या पाषाण क्यों हुई ? इसके पाषाण होने के जिम्मेदार भी पुरुष ही हैं, क्योंकि इंद्र ने अहिल्या के पति का रूप धरकर उसके साथ छल किया, जिसके चलते अहिल्या के पति गौतम ऋषि ने अहिल्या को श्राप दे दिया। छला भी पुरुष ने, श्राप भी पुरुष ने दिया, पर इसका कोई जिक्र नहीं, बस जिस पुरुष ने तार दिया उसको हमने महात्मा बना दिया और वह स्त्री जो पत्थर बनकर प्रतीक्षा में घुलती रही, उसको हमने पतित बना दिया।

इसके बावजूद सारे सवाल स्त्री से ही क्यों ? स्त्रियां पतियों के लिए व्रत रखती रही हैं, उनकी लंबी स्वस्थायु के लिए स्वयं को कष्ट में डालती रही हैं। इतना ही नहीं स्त्रियां अपने पति के साथ सती होती रही हैं। पुरुष न तो कभी अपनी पत्नी के साथ मरा है न ही उसने कभी अपनी पत्नी के लिए कोई व्रत रखा है, बल्कि पत्नी के देहांत के बाद पति शीघ्र ही दूसरी पत्नी का इंतजाम कर लेता है। आज भी पुरुष यदि कई अन्य स्त्रियों के साथ उठता-बैठता है या उनसे संबंध रखता है तो उसे बुरा या गलत नहीं समझा जाता। ऐसे पुरुषों के लिए कोई गाली नहीं है बल्कि उन्हें तो 'असली मर्द' या इसे उनकी 'मर्दानगी' कहकर बड़े चाव से स्वीकार लिया जाता है और ठीक इसके विपरीत ऐसा ही कुछ यदि कोई स्त्री कर ले तो न केवल उसे चरित्रहीन, रंडी, कुल्टा आदि कहा जाता है बल्कि लोग उसे अपने गांव, गली-मोहल्ले आदि से भी अलग करने की सोचते हैं।

पुरुष यदि अकेला या बिना शादी के रहना चाहे तो किसी समाज या परिवार को कोई परेशानी नहीं होती। वहीं यदि कोई लड़की बिना शादी के या विधवा अकेली रहना चाहे तो सवालों और इल्जामों के कटघरे में खड़ी हो जाती है। लोग उसे उपलब्ध समझने लगते हैं। उसकी चर्चा को अपना हक और मनोरंजन समझकर बेलगाम और बेझिझक होकर सरेआम उसका जिक्र करते हैं। इतना ही नहीं स्त्री यदि बच्चा पैदा न कर पाए तो उसे बांझ कहकर लताड़ा जाता है, परंतु उन पुरुषों का क्या जो बाप बनने में असमर्थ हैं, जिनमें बच्चा पैदा करने की क्षमता नहीं। उनके लिए न तो कोई गाली है न ही कोई हेय दृष्टि। कमाल की बात तो यह है कि पुरुष यदि नाजायज बच्चों का बाप भी हो तो भी उसमें कोई बुराई नहीं, उसे समाज स्वीकार कर लेता है। उसके लिए सब दरवाजे खुले हैं और स्त्री यदि अपने जायज संबंध से भी एक के बाद एक लड़की पैदा कर दे तो लोग उसमें कमी निकालकर उससे पीछा छुड़ाने की सोचते हैं या उसे सरलता व सहजता से नहीं स्वीकारते।

आज भी स्त्री अपने कुलनाम से जानी जाती है

अतुलनीय देश भारत की हकीकत तो देखिए यहां गाय, धरती और नदी को स्त्री का रूप समझकर उसकी पूजा तो खूब होती है, उनके नाम के मंदिर-तीर्थ व पवित्र स्थल आदि बनाकर उन्हें खूब बसाया व सजाया जाता है, परंतु स्त्री, जो स्त्री का शाश्वत रूप है, जो स्त्री के जीती-जागती होने का सबूत है उसका कोई आदर नहीं, उसका कोई वजूद नहीं समझा जाता। बचपन से ही लड़का-लड़की में भेद का नजारा आज भी 21वीं सदी में कोई विशेष अंतर नहीं लाया है। लड़कियों की प्राथमिकता आज भी अष्टमी और नवमी के कन्या पूजन जैसे कर्मकांड तक ही सिमट कर रह गई है, क्योंकि व्रत-उपवास के जरिए, पूजा पाठ के जरिए लोगों को अपने पाप धोने होते हैं या अपनी मनोकामनाएं पूरी करनी होती हैं। इसलिए लोग नवरात्रों में कन्या पूजने के लिए लड़कियों को ढूंढते फिरते हैं। वरना लड़कियों के इस समाज व देश में उनकी क्या कथा-व्यथा है, यह कौन नहीं जानता?

भले ही कृष्ण ने प्रेम व मित्र भाव के चलते अपने साथ रुकमणी की बजाय राधा को संलग्न किया हो परन्तु कोई उस पत्नी, रुक्मणी से पूछे कि उसे कैसा लगता होगा कि कृष्ण के साथ उससे ज्यादा उसकी प्रेमिका को सम्मान मिले व पूजा जाए। पूजन के नाम पर जितने व्रत, पर्व, त्योहार एवं तीर्थ आदि, देवताओं के हैं उतने देवियों के नहीं। हां, मां रूप के चलते देवी के मंदिर भले ही जगह-जगह दिख जाएंगे परन्तु खाली पार्वती, सीता या राधा आदि देवियों के अपने अकेले मंदिर कितने हैं? इससे पता चलता है कि देवियां भी बिना देवता के उतनी पूज्य व सम्मानित नहीं हैं।

देवताओं के इस देश में जहां श्रीराम ने अपने नाम से पूर्व सीता माता अर्थात् सिया राम का नाम लेने को कहकर और श्री कृष्ण ने अपने नाम से पहले राधा रानी अर्थात् राधेश्याम का नाम लेने को कहकर स्त्री को सम्मानित तो किया, परंतु वहीं देवताओं ने किसी भी मंगल कार्य एवं पूजा आदि में पुरुष देवता यानी गणेश जी को ही प्रथम पूजनीय माना, तब भी प्राथमिकता कहीं न कहीं पुरुष को ही मिली। यहां तक कि हिंदुओं के 'हरे कृष्ण, हरे राम' मंत्र में न तो किसी राधा का नाम है न ही सीता का, स्त्री केवल नाम के लिए ही नाम से पहले जोड़ी गई है। हालात तो यह हैं कि बिना पुरुष के कुलनाम (सरनेम) के स्त्री का कोई अपना अस्तित्व ही नहीं माना जाता। स्त्री पहचानी ही अपने कुलनाम से जाती है कि वह किसकी पत्नी है, उसका सरनेम क्या है और स्त्री यदि केवल अपना नाम ही बताए कोई सरनेम नहीं लगाए तो कई सवालों के घेरे में आ जाती है। उसका चरित्र संदेह के कटघरे में आ जाता है। यही नहीं किसी बच्चे के स्कूल-कॉलेज आदि के दाखिले में पिता यानी पुरुष के नाम को न केवल प्राथमिकता दी जाती है बल्कि उसका विवरण ही महत्त्व रखता है।

परीक्षा स्त्री की ही क्यों?

कला एवं साहित्य के क्षेत्र में देखें तो पुरुषों ने स्त्री जीवन के, उसके सौंदर्य के ढेर लगा रखे हैं, कैनवासों पर, मंदिरों की दीवारों पर स्त्रियों की तस्वीरें-मूर्तियां अंकित कर रखी हैं। पुरुष की भीतर से भी तर तक की वासना में स्त्री सबसे पहले आती है। यही नहीं रामायण एवं गीता जैसे महान ग्रंथ जिनकी हम पूजा करते व मिसाल देते हैं उनका जन्म भी कहीं न कहीं प्रत्यक्ष व परोक्ष रूप से सीता एवं द्रौपदी नामक स्त्रियों से ही संबंध रखता है। स्त्री, जो सदा से, सदियों एवं युगों से मुख्य रही है उसे पुरुष ने कभी मुख्य नहीं होने दिया। यदि पुरुष ने स्त्री को कभी आदर भी दिया है या पूजा भी की है तो वह है उसका 'मां' का रूप।

पर सच तो यह है स्त्री मां होने से पहले भी कुछ है, वह है उसका स्त्री होना। अब तक स्त्री को मां, बेटी, बहन एवं पत्नी आदि रूपों में जोड़कर ही देखा गया है। उसकी पहचान ही इन रिश्तों से है। स्त्री की एक पूरी खिलावट भी है जो उसके स्त्री होने में ही उभरकर आती है। बाकी अन्य रिश्तों में तो स्त्री खंडित हो जाती है। बंधी-बंधी और बंटी-बंटी जीती है। स्त्री को स्त्री के रूप में देखना व स्वीकारना बहुत जरूरी है जिसे आज तक नहीं देखा गया।

जब भी कभी पुरुष की काम वासना पर उंगली उठती है तो पुरुष बंधा-बंधा सा घिसा-पिटा उत्तर देकर अलग हो जाता है और कहता है 'जब मेनका के आगे विश्वामित्र की तपस्या नहीं टिक सकी तो हम तो साधारण इंसान हैं' और जब उसे किसी स्त्री के चरित्र पर उंगली उठानी होती है और स्त्री लाख सफाई दे पुरुष छूटते ही यही कहता है कि 'परीक्षा तो सीता जैसी देवी को भी देनी पड़ी थी, तुम क्या चीज हो' आदि। दोनों ही सूरतों में पुरुष स्वयं को बचाता फिरता है और स्त्री उसके और समाज के बेबुनियाद आरोपों की सफाई देने में जुटी रहती है। कभी गुमसुम तो कभी बातूनी हो जाती है और किसी पुरानी कहानी का नया किरदार बनकर रह जाती है।

स्त्री के लिए कोई आशीर्वाद नहीं होता

इससे बड़ी हैरानी की बात क्या होगी कि स्त्रियों को जो आशीर्वाद दिए जाते हैं वे भी उनके लिए नहीं होते। हर आशीर्वाद में उन्हें उनके पति, बच्चे, परिवार आदि को ही आशीर्वाद मिलता है। स्त्री जब किसी के पैर छूती है तो लोग उसे सदा-सुहागन कहते हैं यानी उसका पति स्वस्थ व सुखी बना रहे, परंतु जब कोई पुरुष अपने बड़े-बुजुर्गों के पैर छूता है तो कोई उसकी पत्नी को लम्बी, स्वस्थ आयु का आशीर्वाद नहीं देता, क्योंकि हम मान ही बैठे हैं कि पति के सुख में ही पत्नी का सुख छिपा है। पुरुष के सपने में ही स्त्री के सपने हैं। स्त्री के अपने अलग से कोई सपने नहीं। पुरुष की तरक्की में ही स्त्री का सम्मान छिपा है। हम बिना पति के स्त्री को अधूरा, अक्षम व कमजोर समझते

हैं। सच तो यह है हम स्त्री के वजूद को भी पुरुष के इर्द-गिर्द ही बुनते हैं। हम स्त्री को अकेला स्वीकारते ही कहा हैं ? इसलिए उसको दिए जाने वाले आशीर्वाद भी उसके लिए न होकर पति या बच्चों के लिए होते हैं।

'पूतो फलो' का यह आशीर्वाद भी यही दर्शाता है कि बहू को बेटा हो, क्योंकि बेटा होगा तो वंश आगे बढ़ेगा। वह बुढ़ापे में आकर मां-बाप व परिवार की सेवा करेगा, नाम रोशन करेगा, कमाएगा, खिलाएगा, बहु लाएगा आदि। इसीलिए कोई अपनी बहु को लड़की होने का आशीर्वाद नहीं देता। स्त्री तो केवल जरिया-भर हो जाती है। पति-बच्चों की तरक्की हो, वह सफल हों, आकाश छुएं इसलिए लोग स्त्री को आशीर्वाद देते हैं यही कारण है जब पुरुष या बच्चे खासतौर पर बेटा अगर पैर छूता है तो उन्हें पैर छूने पर उनके लिए आशीर्वाद दिया जाता है, परंतु जब स्त्री पैर छूती है तो उसके लाभ के लिए कोई निजी आशीर्वाद नहीं होता। क्योंकि घर-परिवार, पति-बच्चों की भलाई में ही स्त्री की भलाई समझी जाती है।

स्त्री का सबकुछ उसके पति के नाम होता है

त्योहारों एवं रीति-रिवाजों के देश भारत में शायद ही कोई व्रत या पूजा होगी जो स्त्री के हित या लाभ के लिए हो। पत्नियां पुरुष के लिए करवा-चौथ, वट सावित्री, भाई के लिए तीज-रक्षाबंधन तथा पुत्र के लिए अहोई अष्टमी आदि का व्रत रखती हैं। इतना ही नहीं, मनचाहा पति व पुत्र पाने के लिए कई पूजाएं एवं व्रत होते हैं पर मनचाही पत्नी या बेटी के लिए कोई पूजा या व्रत नहीं होता। नवरात्रों में लोग देवी पूजा के रूप में कन्या को पूजते भी हैं तो पुण्य कमाने की भावना से, अपने पाप कम करने की मंशा से या देवी की शक्ति व आशीर्वाद पाने के लिए न कि स्त्री के जीवन में कोई सुख शांति, समृद्धि आदि आए इसलिए। स्त्री फले, फूले उसकी प्रसिद्धि हो इसके लिए कोई व्रत, वार, त्योहार, तिथि कुछ भी नहीं है।

सोचने की बात तो यह है कि स्त्री का अपना नाम भी अपना नहीं रहता पुरुष के सरनेम से जुड़कर पहचाना जाता है। कहने को ही उसका शरीर उसका होता है पर सब कुछ उसके पति के नाम का होता है। जैसे मांग स्त्री की उसमें सिंदूर पति के नाम का, माथा स्त्री का बिंदिया पति के नाम की, गला स्त्री का मंगलसूत्र पति के नाम का, कलाई स्त्री की सुहाग के नाम पर चूड़ियां पति के नाम की, पांव स्त्री के पाजेब-बिछिया आदि सब कुछ पति के नाम के। और तो और कोख स्त्री की और बच्चा पुरुष के नाम का। स्त्री का अपना कुछ नहीं रहता। मां-बाप के घर जब तक रहती है पराया धन कहलाती है और ससुराल में रहती है तो पराए घर की कहलाती है। दो-दो घरों एवं परिवार को जोड़ने वाली, उनका मान सम्भालने वाली स्त्री का अपना कोई घर नहीं होता बल्कि जिस पति के साथ वह रहती है उसे घरवाला कहकर बुलाया जाता है, क्योंकि असली घरवाला तो वही होता है।

❖❖❖

उम्मीदें बहू से ही क्यों बेटे से क्यों नहीं?

बेटियां विवाह के बाद बहू बन कर ससुराल तो चली जाती हैं परंतु वहां भी उन्हें अनवरत अग्नि परीक्षा से गुजरना पड़ता है। उन्हें न केवल ससुराल वालों की उम्मीदों पर खरा उतरना होता है बल्कि सबकी आज्ञायों का पालन कर खुद को परिवार व पति के लायक होने का सबूत देना पड़ता है।

कहते हैं 'ताली कभी एक हाथ से नहीं बजती' क्या यह कहावत बहू एवं ससुराल वालों के लिए भी सही बैठती है? शायद हां भी और नहीं भी। घर वालों की सुनें तो सारी गलती, सारी कमी बहू की बताते हैं और बहू की मानें तो वह सारा कसूर, सारा इल्जाम ससुराल वालों पर लगाती है। यदि दोनों ही सही हैं तो फिर गलत कौन है? कारण क्या है? आखिर घर में बहू के आ जाने के बाद बढ़ते झगड़ों की जड़ कौन है? बहू के नखरे या घरवालों की मांगें?

बहू के लिए पूरा घर, पूरा परिवार नया होता है तो घर वालों के लिए एक सदस्य नया होता है। ऐसे में बहू के लिए मात्र हर सदस्य से लेकर हर रीति-रिवाज तक सब कुछ अनजान व अपरिचित होता है, इसलिए स्वयं को नए घर में व्यवस्थित करना व उनके अनुसार स्वयं को ढालना सरल नहीं होता, वह भी हर एक की उम्मीद एवं मांग पर खरा उतरना व उन्हें पूरा करना बहू के लिए तो क्या किसी के लिए भी सिरदर्दी का विषय हो सकता है। ऐसे में कार्यों में देरी, स्वभाव में गुस्सा या चिड़चिड़ापन तथा ना-नुकुर करना स्वाभाविक है। लेकिन घर वाले बहू को इस नजर से नहीं देखते, उन्हें बहू, बहू नहीं बल्कि मशीन लगती है, इसलिए वह उसके इस स्वभाव को उसके नखरों में गिनते हैं। घर वालों को चाहिए कि वह इस बात पर विचार करें कि यह नखरे करना बहू का स्वभाव है या मजबूरी, और यदि मजबूरी है तो कारण ढूंढे।

शादी होने की देर नहीं होती कि घर वालों की सारी उम्मीदें बहू पर ही टिक जाती हैं, जैसे उससे पहले तो घर में न खाना बनता था, न सफाई होती थी न कपड़े धुलते थे। यानी घर का सारा काम बहू पर एक साथ ही डाल दिया जाता है, सारी उम्मीदों पर बहू को ही परखा जाता है। क्या विवाह के बाद बेटे का जीवन नहीं बदलता? उसकी जिम्मेदारियां नहीं बढ़तीं? उसके व्यवहार एवं बर्ताव में परिवर्तन नहीं आता? लेकिन इन सबके लिए बेटे को न तो परखा जाता है न ही टोका जाता है, बल्कि यदि बेटे के जीवन या स्वभाव में परिवर्तन आता भी है तो उसके लिए भी बहू को ही जिम्मेदार ठहराया जाता है।

अधिकतर ससुराल वाले यह कहते फिरते हैं कि 'जब से इस घर में बहू आई है इस घर की शांति फिर गई या उनका बेटा उनका नहीं रहा' आदि। क्या इन सब की जिम्मेदार अकेली बहू है? घर के खर्चे क्या सिर्फ बहू के कारण बढ़ते हैं? सबको यह शिकायत रहती है बहू ये नहीं करती, वो नहीं करती, ऐसा नहीं करती, वैसा नहीं करती। कभी कोई अपने बेटे से शिकायत नहीं करता कि वह क्या नहीं करता, उसे क्या करना चाहिए, क्या नहीं।

बेटे से कोई गलती हो जाए तो उसे माफ कर दिया जाता या फिर नजरअंदाज कर दिया जाता है, लेकिन बहू की गलतियों को बढ़ा-चढ़ाकर गुनाह का रूप दे दिया जाता है। क्या बहू से गलती नहीं हो सकती? बेटे की थकान मां को दिखती है इसलिए उसकी कद्र करती है व उस पर तरस खाती है। क्या बहू काम नहीं करती? वह नहीं थकती? क्या वह किसी की बेटी या जिगर का टुकड़ा नहीं? बेटे ने काम किया न किया कोई फकल नहीं पड़ता, लेकिन बहू ने कोई काम नहीं किया या देर-सबेर किया तो बवाल मच जाता है। बेटा न सुने या पलट कर जवाब दे दे तो कुछ नहीं, यही सब यदि बहू से हो जाए तो वह तेज व निर्लज्ज हो जाती है। सारी उम्मीदें बहू से ही क्यों, अपने बेटे से क्यों नहीं?

पुरुष बाप तो बन जाते हैं लेकिन बच्चों के प्रति अपनी जिम्मेदारियां उन्हें बोझ या सिरदर्दी लगती है। यदि मां-बाप का बच्चे पर बराबर अधिकार है तो उनके बिगड़ने या संवारने का श्रेय भी दोनों को जाता है लेकिन यदि बच्चा ठीक से खाना नहीं खाता, ठीक से नहीं पढ़ता या उचित व्यवहार नहीं करता या घर पर उसकी शिकायतें आती हैं तो उसका दोष भी बहू यानी मां पर आता है। क्या पिता का कोई उत्तरदायित्व नहीं? कोई कर्त्तव्य नहीं?

और तो और रिश्ते यदि ठीक से नहीं टिकते, दो भाइयों में नहीं बन पाती, रसोई या घर अलग हो जाते हैं तो क्या इसमें सारा दोष बहुओं का होता है बेटों का कुछ नहीं? सब रिश्ते बने रहें, सब एक साथ मिल-जुल कर रहें, घर-परिवार, पति-पत्नी, सब में प्यार हो इसके लिए घर के सब लोगों को कोशिश करनी चाहिए। हर सदस्य को अपनी जिम्मेदारियां उठानी चाहिए मात्र एक बहू कब तक करेगी? इसलिए घर वालों को चाहिए

कि घर में बहू आ जाने के बाद सारी उम्मीदें बहू से न रखें, अपने बेटे से भी रखें तथा हर बात के लिए बहू को जिम्मेदार ठहराने से पहले अपने बेटे की तरफ भी जरूर देख लें।

एक नहीं दो घर की इज्जत होती है बहू

एक ओर तो हम यह कहते हैं कि लड़कियां पराया धन होती हैं, लेकिन विवाह के बाद वह बहू के रूप में नए घर की अमानत होती हैं, लेकिन सच तो यह है कि विवाह के बाद लड़कियों का घर जरूर छूट जाता है लेकिन जिम्मेदारी नहीं, अर्थात् बहू बनकर उनके लिए वह न केवल अपने ससुराल की जिम्मेदारियां होती हैं, बल्कि अपने मायके की इज्जत भी होती है, क्योंकि बहू बनने के बाद वह अपने ससुराल में जो भी, जैसा भी करती है उसका असर मायके वालों के जीवन पर भी पड़ता है।

बहू होना सरल नहीं, इन्हें अपने ससुराल के ताने भी सुनने पड़ते हैं तथा अपने मायके वालों की हिदायतों का भी पालन करना पड़ता है। सच तो यह है कि बहुएं करती भी हैं और सुनती भी हैं। दोनों घर के ख्याल में, परवाह में वह अपने निजी आनंद को कुछ तो भूल जाती है कुछ दरकिनार कर देती है।

❖❖❖

वर्जनाएं स्त्री के लिए ही क्यों?

लिंग भेद का दंश लड़कियां बचपन में ही नहीं बल्कि बड़ी होकर भी झेलती हैं। हर छोटी बात पर उन्हें टोका जाता है। उन पर नजर रखी जाती है, सवाल-जवाब होते हैं। वह किसी की पत्नी बन जाए या मां, सारी वर्जनाएं उन्हीं के लिए होती है, पुरुषों के लिए नहीं।

यदि कोई युवती अपने किसी सहकर्मी परिचित से खुलकर बात करती दिखाई दे जाए तो उंगलियां उठनी प्रारंभ हो जाती हैं, जबकि पुरुष के अनेक अवैधानिक और अनैतिक कृत्यों की ओर किसी का ध्यान नहीं जाता। नारी के लिए ऐसी वर्जनाओं की शुरुआत तो उसके अपने घर से और अपने ही परिवारजनों द्वारा कर दी जाती है।

लड़का जब तक चाहे, घर से बाहर घूम-फिर सकता है, किंतु लड़कियों के लिए अकेली घर से बाहर जाना प्रतिबंधित होता है। कहीं पर भी जाने से पूर्व और आने के बाद विशेषकर देर हो जाने पर अनेक प्रकार के प्रश्नों की बौछार कर दी जाती है। माना कि ऐसा उनकी सुरक्षा के लिए ही किया जाता है, किंतु प्रश्न यह उठता है कि उन्हें इतना सक्षम बनाने का प्रयत्न क्यों नहीं किया जाता है कि वे स्वयं अपनी सुरक्षा कर सकें।

इसी प्रकार कुछ विशेष कार्यों को करने के संबंध में भी ऐसा ही समझा जाता है कि अमुक कार्य सिर्फ पुरुष ही कर सकते हैं, महिलाएं नहीं, जबकि उस कार्य को महिलाएं बेहतर तरीके से कर सकती हैं और कर भी रही हैं। यद्यपि ऐसी महिलाओं का प्रतिशत कम है। कारण यह है आज भी कुछ परिवारों में ही महिलाओं को उनके मन-माफिक कार्य करने की छूट होती है। ज्यादातर परिवारों में महिलाओं को अपनी मर्जी और रुचि से नहीं, बल्कि परिवार वालों की मर्जी से ही चलने हेतु मजबूर होना पड़ता है।

आज के इस आधुनिक युग में भी कामकाजी महिलाओं के प्रति स्वस्थ दृष्टिकोण का अभाव पाया जाता है, जबकि ऐसी महिलाएं तो अधिक आदर-सम्मान और सहयोग की पात्र होती हैं। उन्हें दोहरा जीवन जीने हेतु मजबूर होना पड़ता है। काम से थकी-हारी लौटने पर उसे एक कप चाय के लिए भी मोहताज होना पड़ता है। घर पहुंचते ही रोजाना

के कामों में उलझना पड़ता है, क्योंकि घर का कामकाज, बच्चों की देखभाल का जिम्मा हमारी सामाजिक मान्यताएं महिलाओं पर ही थोपती हैं।

हर परिस्थिति में तालमेल बिठाने की उम्मीद भी सिर्फ नारी से की जाती है। यदि वह तालमेल बिठाने में सफल न हो पाई, तो इसका जिम्मेदार भी उसे ही ठहराया जाता है। हर प्रकार के सम्मान और सहयोग की उम्मीद सिर्फ नारी से ही की जाती है। स्वयं उसे कितना सहयोग चाहिए, इसकी परवाह किसी को नहीं होती। वह भी सम्मान की हकदार है, इस बात पर उतना ध्यान नहीं दिया जाता। त्याग, दया, सहयोग और सहानुभूति की अपेक्षा तो सिर्फ नारी से की जाती है।

पुरुष यदि विधुर हो जाए तो विधुर होने के बाद पुनः किसी कन्या से पुनर्विवाह करने हेतु स्वतंत्र होता है। विधवा यदि पुनर्विवाह करना चाहे या कर ले तो ऐसा बवाल मचाया जाता है मानो उसने कोई बड़ा अपराध कर दिया हो।

परित्यक्ता (छोड़ी हुई या निकाली गई) तलाकशुदा महिलाओं की स्थिति भी कमोबेश यही होती है। तलाक जैसे प्रकरणों में तो प्राय: नारी को ही दोषी ठहराया जाता है। परित्यक्ता जैसे शब्दों की मुहर लिए वह जीवन भर वर्जनाओं और उपेक्षा की शिकार होती रहती है। कई बार यह उपेक्षा और अपमान नारी के स्वाभिमान और आत्मसम्मान को इतना आहत कर जाता है कि नारी आत्महत्या करने पर भी मजबूर हो जाती है।

यहां यह भी उल्लेखनीय होगा कि इन परिस्थितियों और सामाजिक वर्जनाओं को झेलने हेतु स्वयं महिलाएं भी दोषी हैं। वे आसानी से अपने ऊपर थोपी गई वर्जनाओं के आगे आत्मसमर्पण कर देती हैं, जबकि यदि वे चाहें तो दृढ़ विश्वास के साथ वर्जनाओं को ठुकरा कर आत्मसम्मान के साथ अपना जीवन गुजार सकती हैं। कोई भी समस्या लाइलाज नहीं होती। परिस्थितियों के सामने घुटने टेक देने से तो नारी की कमजोर छवि ही सामने आएगी।

महिलाएं यदि दृढ़ निश्चय और आत्मविश्वास के साथ परिस्थितियों का मुकाबला करने को तत्पर हो जाएं तो उनकी हर मुश्किल आसान हो जाएगी।

❖❖❖

अमंगल की जिम्मेदार बहू ही क्यों, बेटा क्यों नहीं?

हम बहू को बेटी के रूप में तो क्या बहू तक के रूप में नहीं स्वीकारते। हम कभी उसे अपनी किस्मत की चाबी समझ, कर्म एवं भाग्य के साथ जोड़कर देखते हैं तो कभी अपने मान-सम्मान के साथ। जबकि बेटा जैसा भी हो हम उसे हर हाल में स्वीकार कर लेते हैं। घर में घटने वाली हर शुभ घटना के लिए हम बेटे की मेहनत को, तो अशुभ घटना के लिए हम बहू को जिम्मेदार ठहराते हैं।

जिस तरह किसी घर के लिए बहू नई होती है उसी तरह किसी घर के लिए दमाद नया होता है, परंतु हम घर-परिवार में घटने वाली हर अमंगल घटना को बहू के कदमों के साथ जोड़कर देखते हैं पर अपने बेटे या दमाद के कदमों के साथ नहीं।

हमारा समाज व उसकी धारणाएं एवं मान्यताएं बहुत अजीब हैं, वह अपनी बेटी को तो बेटी समझता है परंतु बहू के रूप में दूसरे घर से आई बेटी को, अपनी बेटी नहीं समझता। वह उसके कदमों से अपने भविष्य एवं भाग्य को तोलता। यहां तक कि परिवार द्वारा किए गए पूर्व के कर्म फ भी वह बहू के साए के साथ जोड़ देता है। यानी घर में कुछ भी बुरा या नुकसान हो हम उसे बहू के साए के साथ जोड़ देते हैं, जैसे कि बहू के आने से पहले तो घर में कोई नुकसान या दुर्घटना कभी घटती ही नहीं थी? परंतु बहू के आ जाने के बाद तो पूरा परिवार बहू को ही जैसे अपने हर अमंगल का जिम्मेदार मान लेता है।

नव-वधू के ससुराल में आने के तुरन्त बाद अगर कोई अनहोनी घटित हो जाती है, तो इसकी दोषी नव-वधू ही ठहराई जाती है। अनपढ़ ही नहीं, अच्छे-खासे पढ़े-लिखे परिवारों में भी ऐसी स्थितियां देखने को मिलती है। यह संकीर्ण मानसिकता

केवल नव-वधू पर ही आघात नहीं करती हैं, बल्कि नवजात शिशुओं को भी अपनी लपेट में ले लेती है।

यहां तक कि घर में बेटी पैदा होने का कारण भी बहू को माना जाता है, जबकि आज वैज्ञानिक रूप से भी प्रमाणित हो चुका है कि गर्भ में लड़का होगा या लड़की यह पुरुष के शुक्राणुओं पर निर्भर करता है, परंतु फिर भी बेटी होने पर बहू को ही कोसा जाता है। और तो और यदि किसी घर में बहू बच्चे नहीं पैदा कर पाती तो उसे बांझ कहा जाता है तथा समाज-पड़ोस में बिना झिझक के बताया जाता है कि 'हमारी बहू में कमी है' परंतु यदि कोई कमी बेटे में होती है तो उसका जिक्र तक नहीं किया जाता। आज शहरों में सही ग्रामीण इलाकों व छोटे कस्बों में बहू विधवा हो या बांझ उसे किसी मांगलिक कार्य में उपस्थित होने तक की इजाजत नहीं होती, जबकि दमाद या बेटा कितना भी शराबी या बदतमीज हो उसे कहीं भी आने जाने की रोक-टोक नहीं होती।

कोमल की पुत्री दस दिन की ही हुई थी, कि उसके कैंसर से पीड़ित ससुर की मृत्यु हो गयी। उसकी सास ने अपने पति की मृत्यु का जिम्मेदार अबोध बालिका को ही ठहराया। कोमल का पति संजय भी बेटी को नफरत की दृष्टि से देखता था, आते ही बाबूजी को खा गई। चार वर्षों से कैंसर ग्रस्त ससुर की मौत का दोष बच्ची को दिया जाना कोमल से सहन नहीं होता था। एक दिन वह कह बैठी, 'इसमें इस मासूम का क्या दोष ? आज नहीं तो कल कैंसर की बीमारी बाबूजी की जान ले ही लेती।' कटु रात्य संजय सह नहीं सका और जवाब में उसने कोमल के गाल पर एक थप्पड़ रसीद कर दिया।

अनहोनी होने पर दामाद को कोई दोषी नहीं ठहराता आश्चर्य तो तब होता है, जब बेटी की शादी के बाद मैके में कोई अनहोनी होने पर दामाद को कोई दोषी ठहराता है। सारे ताने उलाहनों का शिकार नारी ही बनती है। बबीता के विवाह के एक माह बाद ही उसके ददिया ससुर की मृत्यु हो गयी, तो सबने स्वर्णा के कदम घर में अशुभ बताये, ''नयी बहू ने तो आते ही घर में गमी ला दी।'' ददिया ससुर की तेरहवीं भी नही हुई थी कि स्वर्णा के पिता का अचानक निधन हो गया। पर आश्चर्य स्वर्णा के मैके में उसके पिता की असामयिक मृत्यु का दोष कोई भी नये दामाद के मत्थे नहीं मढ़ रहा था, बल्कि सबके मुंह पर एक ही बात थी,' अच्छा हुआ कि बेटी का ब्याह रचा गये।

इसी प्रकार घर में अशुभ होने पर नवजात कन्या को तो सभी कोसते हैं, पर नवजात पुत्र अशुभ का कारण कम ही माना जाता है, बल्कि तब कई बार घटना सर्वथा विपरीत मोड़ ले लेती है। ससुर की मृत्यु के पांचवें दिन कंचन ने बेटे को जन्म दिया। मोहिनी का दिन इस आशंका से धड़क रहा था, कि उसकी दकियानूसी तेज-तर्रार सास अपने पति की मौत का दोष उसके बच्चे को जरूर देंगी,' आने के पहले ही दादा को खा लिया।' पर उसके आश्चर्य का ठिकाना नहीं रहा जब पोते को गोद में उठा सास ने

बड़े लाड़ से कहा, ''बिलकुल दादा जैसी सूरत है। पोते के रूप में वह फिर इस घर में आ गयें।''

हमारे समाज में दकियानूसी विचारधारायें आज भी लुप्त नहीं हुई। अंधविश्वास, शगुन-अपशगुन आज भी पहले की तरह ही समाज में व्याप्त हैं। इन सब दकियानूसी विचारों का निशाना स्त्री को ही बनाया जाता है। इसमें दोष काफी हद तक स्त्रियों का ही है। कारण यह है कि दोष देनेवाली भी स्त्री ही होती है तथा सहने वाली भी स्त्री होती है। यदि स्त्री सारे ताने-उलाहने चुपचाप सुनती जायेगी, तो ताने मारने वाले तो मारते ही रहेंगे।

भावना के विवाह के बाद ही देवर का बुरी तरह एक्सीडेंट हो गया, तो सभी उसके कदम घर में अशुभ बताने लगे। और तो और उसके इंजीनियर पति रजत ने भी उसे कोसा। पर इस दुर्घटना के दूसरे ही दिन रजत को प्रमोशन आर्डर मिला, तो भावना चुप न रह सकी। इसने तुरन्त सबको आड़े हाथों लिया, ''देवर जी के एक्सीडेंट का दोष तो सब बड़ी जल्दी दे रहे थे, अब इनके प्रमोशन का श्रेय भी क्यों नहीं देते?'' इस पर किसी से कुछ कहते नहीं बना। इसके बाद किसी ने देवर के एक्सीडेंट के लिए भावना को दोष नहीं दिया।

अमंगल के लिए व्यक्ति विशेष को दोषी ठहराना उचित नहीं। पति की मृत्यु का सर्वाधिक दु:ख तो पत्नी को ही होता है, ऐसे में उसे ही पतिहंता बताना कहां का न्याय है? कोई भी पत्नी विधवा होना नहीं चाहती। कोई भी नव-वधू नहीं चाहती कि उसके घर में कदम रखते ही कुछ अमंगल घटित हो जाये। हर नारी अपने घर को फलते-फूलते ही देखने की अभिलाषा रखती हैं। इसी प्रकार नवजात शिशु का किसी की मौत अथवा अन्य प्रकार के अमंगल से क्या संबंध ?

वास्तव में जो होना होता है, वही होकर रहता है। ऐसे में किसी अमंगल के लिए किसी व्यक्ति विशेष को दोषी ठहराना उचित नहीं है।

❖❖❖

महिलाओं के विकास में महिलाएं ही बाधक हैं

इसमें कोई मत नहीं कि हमारा देश पुरुष प्रधान देश है परंतु इसका मतलब यह नहीं कि महिलाओं की हर समस्या का कारण भी पुरुष ही हैं। समस्या यह नहीं की पुरुष महिलाओं को नहीं समझते, समस्या तो यह है कि बहुत हद तक महिलाएं ही महिलाओं को नहीं समझतीं। यदि एक महिला ही दूसरी महिला का सम्मान नहीं करेगी तो परिवार व समाज उनका सम्मान कैसे करेगा?

आज दौर है महिला सशक्तिकरण का, जागरुकता का या दूसरे शब्दों में कहें तो आज विकास का ऐसा दौर है जिसमें नारी समझ चुकी है कि अगर उसे सही मायने में विकसित होना है तो उसे अपने अबला के चोले को उतार फेकना ही बेहतर होगा और यह जानना होगा कि वो शक्ति का प्रतिरूप हैं। तभी तो आज बात समानता की हो रही है व महिलाओं कि स्थिति को बेहतर बनाने के लिए विभिन्न प्रयास किए जा रहे हैं और इन प्रयासों के बीच अगर हम पुरुषों की बात करें तो वो भी कहीं ना कहीं अपनी तानाशाही मानसिकता से काफी हद तक बाहर आ चुके हैं। तभी आज पुरुषों की एक बड़ी आबादी अपने झूठे अहम का त्याग कर चुकी है और आज बहुत से पुरुष ऐसे भी हैं जो घर के काम-काज में महिलाओं का हाथ भी बटा रहे हैं, और तो और कुछ घरों में तो बेटियों को बेटों से ज्यादा प्यार मिलता है। भले ही ऐसे घरों का प्रतिशत कम है जहां इस प्रकार के उदाहरण देखने को मिलते हैं लेकिन फिर भी परिवर्तन की यह शुरुआत एक दिन नया कीर्तिमान जरूर रचेगी। अब ऐसे में सवाल यह भी उठता है कि इन सब के बाद भी महिलाओं की दशा आज भी उतनी नहीं सुधरी जितनी कि 21वीं सदी की महिला की होनी चाहिए... ऐसा क्यों? क्या इसका जिम्मेदार सिर्फ पुरुष या पुरुष समाज है? या फिर कहीं औरत ही औरत की दुश्मन है जो उसके विकास में बाधा उत्पन्न कर रही है।

बेटी को जन्म दे कर कितनी खुश होती हैं महिलाएं?

यह बात सच है कि बहुत से दम्पत्ति ऐसे हैं जो चाहते हैं कि उनकी संतान लड़की ही हो तथा वो उसकी परवरिश में भी कोई कमी नहीं रहने देते। इतना ही नहीं कुछ परिवार भी ऐसे ही होते हैं जो लड़कियों को अपने पलकों पर बैठा कर रखते हैं लेकिन इन सबके साथ ही हम इस बात से भी इनकार नहीं कर सकते हैं कि आज भी बहुत सी महिलाएं ऐसी होती हैं जो बेटी को जन्म दे कर खुश नहीं होती जितनी की बेटे को जन्म देकर।

इसके पीछे उनकी दोहरी मानसिकता के अतिरिक्त भी बहुत से अन्य कारण उत्तरदायी होते हैं। जैसे कि दहेज की चिंता या फिर यह सोचना कि बेटी तो बोझ है। उसके अतिरिक्त कई परिवारों में महिलाओं की स्थिति या यूं कहें कि रुतवा इस बात पर निर्भर करता है कि उसने बेटी को जन्म दिया है या बेटे को। इतना ही नहीं कई परिवारों में बेटी के जन्म के बाद न तो औरत के साथ सम्मानजनक व्यवहार होता है न ही उसकी संतान के साथ और तो और सबसे दुखद बात यह है कि महिला के साथ यह दोयम दर्जे का व्यवहार करने वाली भी एक महिला ही होती है फिर चाहे वो उसकी सास हो, ननद हो या फिर देवरानी-जेठानी।

इसके अतिरिक्त कई बार ऐसा भी देखने को मिलता है कि कुछ परिवारों में लड़की का ओहदा लड़के से नीचे का माना जाता है तथा परिवार के लोगों का व्यवहार लड़की के लिए भेदभाव भरा व नकारात्मक होता है। मां से भरपूर प्यार मिलने के बाद भी दादा-दादी, पिता व अन्य रिश्तेदारों के पक्षपात पूर्ण रवैये का प्रभाव लड़की के व्यक्तित्व पर पड़ता है ऐसे में या तो वह आत्मविश्वास की कमी के कारण डरी-सहमी हो जाती है या फिर बेहद विद्रोही और उदण्ड। ऐसे में एक औरत जो ऐसे परिवार में रह रही हो वो कभी नहीं चाहेगी कि वह बेटी को जन्म दे और ऐसे माहौल में उसकी परवरिश कर के उसका भविष्य बिगाड़े, क्योंकि यह भी सच है कि हर औरत अपने परिवार से अलग हो कर अपनी बच्ची की परवरिश कर पाने का साहस नहीं जुटा पाती। शहरों में तो फिर भी हालात बेहतर हैं लेकिन अगर हम गांवों की बात करें तो वहां लगभग हर घर में आज भी इस प्रकार की स्थिति आम है।

आखिर महिला ही बांझ क्यों?

अपने आंगन में बच्चों की किलकारियां भला कौन नहीं सुनना चाहता? हर कोई अपने कुल व वंश को बढ़ाना चाहता है तथा सास-ससुर का सपना ही यही होता है कि बहु घर में आए और जल्द से जल्द उनको दादा-दादी बना दे तथा अगर इसमें थोड़ी सी भी देरी होती है तो वो बहु के पीछे हाथ धो कर ही पड़ जाते हैं। पूजा-पाठ हो या व्रत-उपाय या फिर डॉक्टरों के चक्कर लगाना, सारी जिम्मेदारी बहु के सिर पर ही होती है।

इतना ही नहीं इन सब के बाद भी अगर बात नहीं बन रही तो फिर बहु को एक विशेष पदवी से नवाज दिया जाता है 'बांझ' बिना इस बात को सोचे कि कमी उनके बेटे में भी हो सकती है। जो अपने आप में ही बेहद तकलीफदेह होता है। आज विज्ञान के युग में भी बस कुछ ही परिवार ऐसे होंगे जो इस बात को स्वीकार करते हैं कि कमी उनके बेटे में भी हो सकती है।

लेकिन आज भी 'बांझ' का ताना एक औरत को उसके आस-पड़ोस व घर परिवार कि औरतें ही देती हैं। इतना ही नहीं नि:संतान महिला को शादी-विवाह व गोद भराई जैसे मांगलिक कार्यों से दूर रख कर उसे मानसिक रूप से प्रताड़ित करने का श्रेय भी महिला को ही जाता है। और तो और अगर हम अन्य प्रकार की घरेलू हिंसा की बात करें तो हमें बहुत से ऐसे उदाहरण मिल जाएंगे कि एक महिला पर किए जाने वाले अत्याचारों में उसके घर की ही महिलाएं बढ़-चढ़ कर हिस्सा लेती हैं हालांकि कई उदाहरण ऐसे भी हैं जिसमें एक औरत ने अपनी बेटी व बहु के हक की लड़ाई के लिए ढाल बनकर उसकी रक्षा की हो लेकिन इसका प्रतिशत बेहद कम है। महिलाओं को चाहिए कि वह दूसरी महिलाओं की स्थिति-परिस्थिति को समझे, उन्हें ताना देकर उन्हें अपमानित न करें क्योंकि यदि महिलाएं ही महिलाओं को नहीं समझेगीं तो परिवार व समाज के पुरुष भी न तो कभी उन्हें समझेगें न ही सम्मान देंगे।

ईर्ष्या की आग में झुलसते रिश्तें

आज औरत भले ही अपनी तमाम बेड़ियों को तोड़ कर सफलता की नई कहानी लिख रही है लेकिन यह भी सच है कि जहां एक तरफ महिलाएं ममता करुणा और वात्सल्य की प्रतिरूप होती हैं और सभी रिश्ते नातों को एक ही धागे में पिरोकर रखती हैं या यूं कहें कि पूरे परिवार का आधार होती हैं। लेकिन कुछ महिलाओं में इन सभी भावनाओं से बढ़ कर ईर्ष्या का भाव इस कदर हावी होता है कि वह दिन-प्रतिदिन रिश्तों में कड़वाहट ही घोलता रहता है। उदाहरण के लिए अगर हम अपने आस-पास के रिश्तों को देखें तो ननद और भाभी के रिश्तों को ही लेते हैं। कहने को तो दोनों सामान्यत: हम उम्र ही होती हैं और अगर वो चाहें तो बहुत ही अच्छे तरीके से अपने रिश्ते को निभा सकती हैं। ऐसा होता भी है लेकिन अधिकतर उदाहरण ऐसे ही हैं जहां आए दिन ननद-भाभी, देवरानी-जेठानी में होने वाली खिटपिट घरों में कलह का कारण बनती है। और तो और सास-बहु के रिश्ते में मधुरता बहुत कम ही देखने को मिलती है।

वहीं अगर पुरुषों के आपसी रिश्तों की बात करें तो उनमें इस तरह की ईर्ष्या या जलन की भावना कम ही देखने को मिलती है और अगर किसी घरेलू झगड़े में पुरुष की सहभागिता होती भी है तो उसका कारण यही होता है कि उसके पास उसकी पत्नी या मां द्वारा छोटी-मोटी बातें, जो वह अपने स्तर पर भी सुलझा सकती थी वह कई बार नहीं

सुलझा पाती या कई बार गलत तरीके से भी बेटे/पति तक पहुंचाई जाती है कि वो दूसरे की छवि बिगाड़ के खुद को अच्छा साबित कर सकें। इन सारे पचड़े में मिला-जुला कर हानि तो महिला की ही हुई ना। जिस घर को वो अपनी समझदारी और थोड़े धैर्य से स्वर्ग सा बना सकती थीं वो बिखर जाता है व ऐसे में उत्पन्न हुए तनाव का सबसे बुरा असर महिला के खुद के ही स्वास्थ्य पर पड़ता है और साथ में बच्चों पर भी घरेलू कलह का नकारात्मक प्रभाव पड़ता है।

प्रतिस्पर्धा से प्रतिघात तक

कहते हैं कि यदि कोई सफल होना चाहता है तो आज के दौर में उसे बेहद कठिन प्रतिस्पर्धा का सामना करना पड़ता है और बात अगर महिलाओं की करें तो यह प्रतिस्पर्धा और भी कठिन हो जाती है, क्योंकि सफलता की इस राह में महिलाओं को पुरुषों का तो सामना करना ही पड़ता है लेकिन साथ ही साथ उनको सबसे कड़ी टक्कर महिलाएं ही देती हैं। जिसका कारण यह है कि एक औरत ही दूसरी औरत से नकारात्मक प्रतिस्पर्धा की भावना रखती है। एक औरत दूसरी औरत से ही स्वयं को सबसे अधिक असुरक्षित समझती है।

उदाहरण के लिए बात अगर फीमेल बॉस की करें तो प्रायः वह अपनी महिला कर्मचारियों की अपेक्षा पुरुष कर्मचारियों से अच्छा व्यवहार करती है। इसके अतिरिक्त महिला कर्मचारियों का व्यवहार आपस में प्रतियोगिता से भरा होता है जिससे नकारात्मकता की भावना होती हैं। महिलाएं एक दूसरे को नीचा दिखाने के लिए चुगली या शिकायत करने से भी बाज नहीं आती और तो और बात अगर हम दोस्ती की करें तो भी यह स्थिति उत्पन्न हो जाती है कि कई बार एक औरत दोस्त बन कर दूसरी औरत का जितना बड़ा नुकसान कर डालती है उतना कोई दुश्मन भी नहीं कर सकता। चाहे वो उसकी व्यक्तिगत बातों को सार्वजनिक करने की हो। शायद यही वजह है कि कई महिलाएं पुरुषों को ही अपना अच्छा मित्र मानती हैं तथा उनसे ही अपनी बातें व भावनाएं साझा करती हैं। ये बात और है कि जिस प्रकार सभी उंगलियां बराबर नहीं होती उसी प्रकार यह आवश्यक नहीं है कि हर कोई बुरा हो या बुरे अनुभव से गुजरे लेकिन हममें से बहुत से लोग ऐसे हैं जो जरूर इस प्रकार के अनुभव व परिस्थिति का सामना कर चुके हैं। अगर हम इन सारे उदाहरणों को दूसरे नजरिए से देखें तो इन सारे प्रकरणों में नुकसान व क्षति तो महिला की ही हो रही है। क्या आप को नहीं लगता कि एक औरत इन सब बातों से ऊपर उठ कर ही तरक्की कर सकती है।

❖❖❖

महिलाओं के हित में कानूनी अधिकार

महिलाओं के जीवन में दुख का कारण मात्र पारिवारिक हिंसा या सामाजिक शोषण इत्यादि ही नहीं है बल्कि उन अधिकारों के प्रति अज्ञानता भी है जो उनके हित में उनकी सुरक्षा व सहायता के लिए बनाए गए हैं। आज अपने सुखों के लिए उसे किसी पर आश्रित रहने की आवश्यकता नहीं है, बस अपने अधिकारों के प्रति जागरूक रहने की आवश्यकता है।

यूं तो भारत में महिलाओं को देवी का रूप मानकर पूजने की परंपरा है परंतु उनकी हालत पर गौर करें तो हमें उन्हें देवी रूप में पूजने की बजाय उन्हें उनके अधिकारों के प्रति जागरूक करने की आवश्यकता है। यहां हम आपको महिलाओं के उन अधिकारों से रूबरू करायेंगे जो महिलाओं को समाज में सुरक्षित और बेहतर जीवन जीने की आजादी देते हैं।

जीरो एफआईआर का अधिकार

रेप पीड़िता महिला किसी भी पुलिस स्टेशन पर अपनी शिकायत दर्ज करा सकती हैं। सुप्रीम कोर्ट के निर्देश के अनुसार कोई भी पुलिस स्टेशन रेप पीड़िता को यह कहकर वापस नहीं कर सकता है कि यह मामला उसकी सीमा के बाहर का है।

पुलिस स्टेशन पर नहीं बुलाये जाने का अधिकार

सीआरपीसी की धारा 160 के तहत महिलाओं को पुलिस स्टेशन पर पूछताछ के लिए नहीं बुलाया जा सकता है। पुलिस महिला कॉस्टेबल या महिला के परिवार के सदस्य या उसकी महिला मित्र की उपस्थिति में महिला के घर पर ही उससे पूछताछ कर सकती है।

नाम सार्वजनिक न करने या छुपाने का अधिकार

सीआरपीसी की धारा 164 के तहत, यौन उत्पीड़न की शिकार महिलाओं को अपने नाम की गोपनीयता बनाए रखने का पूरा अधिकार है। ऐसे मामलों में कोई महिला, किसी महिला पुलिस अधिकारी की मौजूदगी में या फिर जिलाधिकारी के सामने मामला दर्ज करा सकती है। (कई बार रेप की शिकार महिलाएं पुलिस की जांच, मुकदमे से होने वाली बदनामी के डर से शिकायत दर्ज नहीं कराती हैं।

किसी भी समय शिकायत का अधिकार

महिलायें समाज में परिवार की इज्जत, रिश्तेदारों से मिलने वाली धमकी सहित तमाम वजहों से पुलिस से मामले की शिकायत सही समय पर नहीं करती हैं। लेकिन अगर महिलाएं किसी भी समय चाहे तो इन मामलों में अपनी शिकायत दर्ज करा सकती हैं और पुलिस उन्हें यह कहकर लौटा नहीं सकती है कि शिकायत काफी देर से की जा रही है।

इंटरनेट के माध्यम से शिकायत का अधिकार

अगर किसी वजह से महिलायें पुलिस स्टेशन शिकायत दर्ज कराने नहीं जा सकती हैं तो वह ई मेल या रजिस्टर्ड पोस्ट के जरिए अपनी शिकायत दर्ज करा सकती हैं। महिलायें डीसीपी स्तर या किसी भी अधिकारी को शिकायत भेज सकती हैं, जिसके बाद अधिकारी संबंधित पुलिस स्टेशन पर मामला भेज देते हैं। साथ ही इस बात का निर्देश देते हैं कि मामले में उचित कार्यवाही की जाए।

रात में गिरफ्तार न होने का अधिकार

आपराधिक प्रक्रिया संहिता, सेक्शन 46 के तहत एक महिला को सूरज डूबने के बाद और सूरज उगने से पहले गिरफ्तार नहीं किया जा सकता। किसी खास मामले में एक प्रथम श्रेणी के मजिस्ट्रेट के आदेश पर ही ये संभव है।

बिना वारंट के गिरफ्तार की जा रही महिला को तुरंत गिरफ्तारी का कारण बताना जरूरी होता है। उसे जमानत से जुड़े उसके अधिकारों के बारे में भी जानकारी दी जानी चाहिए. साथ ही गिरफ्तार महिला के नजदीकी रिश्तेदारों को तुरंत सूचित करना पुलिस की ही जिम्मेदारी है।

पहचान की गोपनीयता का अधिकार

किसी भी स्थिति में महिला की पहचान को सार्वजनिक नहीं किया जा सकता है।

किसी भी सूरत में ना तो पुलिस और ना ही मीडिया महिला की पहचान को सार्वजनिक कर सकती है। आईपीसी की धारा 228-ए के तहत महिलाओं को यह अधिकार देता है। ऐसा करना कानूनी अपराध है।

कन्या भ्रूण हत्या के खिलाफ अधिकार

भ्रूण हत्या का मतलब है, जन्म से पहले ही होने वाले बच्चे की हत्या कर देना। कई मामलों में गर्भ में पल रही लड़कियों को मार दिया जाता है। एक महिला को जीने का अधिकार देने के लिए लिंग की जांच और उसकी हत्या के खिलाफ कानून बनाया गया है।

गर्भाधान और प्रसव से पहले लिंग की पहचान कराने वाले टेस्ट (लिंग चयन) पर रोक है। अधिनियम (PCPNDT) कन्या भ्रूण हत्या के खिलाफ अधिकार देता है।

मेडिकल के क्षेत्र में अधिकार

महिला के साथ रेप हुआ है या नहीं वह मेडिकल टेस्ट से ही साबित होता है। कानून के अनुसार धारा 162-ए के तहत महिला का मेडिकल टेस्ट कराया जाना आवश्यक है। महिला को मेडिकल रिपोर्ट की कॉपी पाने का अधिकार है। रेप एक अपराध है नाकि कोई मेडिकल टर्म, ऐसे में डॉक्टर को सिर्फ यह बयान देने का अधिकार है कि महिला के साथ संबंध स्थापित किया गया है अथवा नहीं। ऐसे में डॉक्टर के पास यह अधिकार नहीं होता है कि वह इस बात का फैसला करे कि रेप हुआ है या नहीं।

गरिमा और शालीनता के लिए अधिकार

किसी मामले में अगर आरोपी एक महिला है, तो उस पर की जाने वाली कोई भी चिकित्सा जांच प्रक्रिया किसी महिला द्वारा या किसी दूसरी महिला की मौजूदगी में ही की जानी चाहिए।

घरेलू हिंसा रोकथाम कानून

घरेलू हिंसा का मतलब है महिला के साथ किसी भी तरह की हिंसा या प्रताड़ना। घरेलू हिंसा अधिनियम, 2005 के तहत कोई भी महिला अगर अपने पति या पति के परिवारवालों से प्रताड़ित हो रही है, तो वो घरेलू हिंसा के तहत शिकायत दर्ज करा सकती है। महिला की तरफ से भी कोई हिंसा की शिकायत दर्ज करा सकता है।

कार्य स्थल में उत्पीड़न के खिलाफ कानून

यौन उत्पीड़न अधिनियम के तहत आपको वर्किंग प्लेस पर हुए यौन उत्पीड़न के खिलाफ शिकायत दर्ज कराने का पूरा हक है। केंद्र सरकार ने भी महिला कर्मचारियों के लिए नए नियम लागू किए हैं, जिसके तहत वर्किंग प्लेस पर यौन शोषण की शिकायत दर्ज होने पर महिलाओं को जांच लंबित रहने तक 90 दिन की पेड लीव दी जाएगी।

समान वेतन का अधिकार

समान वेतन अधिनियम,1976 में एक ही तरीके के काम के लिए समान वेतन का प्रावधान है। अगर कोई महिला किसी पुरुष के बराबर ही काम कर रही है, तो उसे पुरुष से कम वेतन नहीं दिया जा सकता।

मातृत्व संबंधी अधिकार

मातृत्व लाभ अधिनियम,1961 के तहत मैटरनिटी बेनिफिट्स हर कामकाजी महिलाओं का अधिकार है। मैटरनिटी बेनिफिट्स एक्ट के तहत एक प्रेग्नेंट महिला 26 सप्ताह तक मैटरनिटी लीव ले सकती है। इस दौरान महिला के सैलरी में कोई कटौती नहीं की जाती है।

मुफ्त कानूनी मदद के लिए अधिकार

रेप की शिकार हुई किसी भी महिला को मुफ्त कानूनी मदद पाने का पूरा अधिकार है। पुलिस थानाध्यक्ष के लिए ये जरूरी है कि वो विधिक सेवा प्राधिकरण (Legal Services Authority) को वकील की व्यवस्था करने के लिए सूचित करे।

संपत्ति पर अधिकार

हिंदू उत्तराधिकार अधिनियम के तहत नए नियमों के आधार पर पुश्तैनी संपत्ति पर महिला और पुरुष, दोनों का बराबर हक है।

भारत का कानून किसी महिला को अपने पिता की पुश्तैनी संपत्ति में पूरा अधिकार देता है। अगर पिता ने खुद जमा की संपत्ति की कोई वसीयत नहीं की है, तब उनकी मौत के बाद संपत्ति में लड़की को भी उसके भाइयों और मां जितना ही हिस्सा मिलेगा। यहां तक कि शादी के बाद भी यह अधिकार बरकरार रहेगा।

पति की संपत्ति से जुड़े अधिकार

शादी के बाद पति की संपत्ति में तो महिला का मालिकाना हक नहीं होता, लेकिन

वैवाहिक विवादों की स्थिति में पति की हैसियत के हिसाब से महिला को गुजारा भत्ता मिलना चाहिए। पति की मौत के बाद या तो उसकी वसीयत के मुताबिक या फिर वसीयत न होने की स्थिति में भी पत्नी को संपत्ति में हिस्सा मिलता है। शर्त यह है कि पति केवल अपनी खुद की अर्जित की हुई संपत्ति की ही वसीयत कर सकता है, पुश्तैनी जायदाद की नहीं।

मुफ्त कानूनी मदद लेने का अधिकार

अगर कोई महिला किसी केस में आरोपी है, तो महिलाओं के लिए कानूनी मदद नि:शुल्क है। वह अदालत से सरकारी खर्चे पर वकील करने का अनुरोध कर सकती है। यह केवल गरीब ही नहीं बल्कि किसी भी आर्थिक स्थिति वाली महिला के लिए है। पुलिस महिला की गिरफ्तारी के बाद कानूनी सहायता समीति से संपर्क करती है, जो कि महिला को मुफ्त कानूनी सलाह देने की व्यवस्था करती है।

पति-पत्नी में न बने तो

अगर पति-पत्नी साथ न रहना चाहें, तो पत्नी सीआरपीसी की धारा 125 के तहत अपने और बच्चों के लिए गुजारा भत्ता मांग सकती है। अगर नौबत तलाक तक पहुंच जाए, तब हिंदू मैरिज ऐक्ट की धारा 24 के तहत मुआवजा राशि तय होती है, जो कि पति के वेतन और उसकी अर्जित संपत्ति के आधार पर तय की जाती है।

कहां करें शिकायत?

क्राइम अगेंस्ट वुमन सेल के अलावा 100 नंबर या महिला हेल्पलाइन नंबर 1091 पर कभी भी (सातों दिन चौबीसों घंटे) कॉल कर सकते हैं या अपने इलाके के थाने में शिकायत की जा सकती है। सुप्रीम कोर्ट की गाइडलाइंस के मुताबिक, दिल्ली लीगल सर्विस अथॉरिटी, राष्ट्रीय महिला आयोग, एनजीओ आदि की डेस्क क्राइम अगेंस्ट वुमन सेल में हैं।

❖❖❖

प्रधानमंत्री सुरक्षित मातृत्व अभियान

प्रधानमंत्री सुरक्षित मातृत्व अभियान का शुभारंभ स्वास्थ्य एवं परिवार कल्याण मंत्रालय, भारत सरकार द्वारा किया गया है। इस कार्यक्रम का उद्देश्य हर माह की नवीं तारीख को सार्वभौमिक स्तर पर सभी गर्भवती महिलाओं को निश्चित, व्यापक एवं गुणवत्तायुक्त प्रसव पूर्व देखभाल प्रदान करना है।

भारत के माननीय प्रधानमंत्री ने 31 जुलाई 2016 को मन की बात कार्यक्रम में प्रधानमंत्री सुरक्षित मातृत्व अभियान के उद्देश्य और प्रयोजन पर प्रकाश डाला।

पीएमएसएमए के तहत गर्भवती महिलाओं को सरकारी स्वास्थ्य केंद्रों पर उनकी गर्भावस्था के दूसरी व तीसरी तिमाही की अवधि (गर्भावस्था के 4 महीने के बाद) के दौरान प्रसव पूर्व देखभाल सेवाओं का न्यूनतम पैकेज प्रदान किया जाएगा।

इस कार्यक्रम की प्रमुख विशेषता यह हैं, कि प्रसव पूर्व जांच सेवाएं ओबीजीवाई विशेषज्ञों/चिकित्सा अधिकारियों द्वारा उपलब्ध करायी जाएगी।

निजी क्षेत्र के विशेषज्ञों/चिकित्सकों को हर महीने की नवीं तारीख को उनके जिलों में सरकारी चिकित्सकों के प्रयासों के साथ स्वैच्छिक सेवाएं प्रदान करने के लिए प्रोत्साहित किया जा रहा हैं।

माननीय प्रधानमंत्री जी ने मन की बात की हाल की कड़ी में प्रधानमंत्री सुरक्षित मातृत्व अभियान के लक्ष्य और शुरूआत के उद्देश्य पर प्रकाश डाला तथा निजी क्षेत्र के स्त्री रोग विशेषज्ञों/चिकित्सकों से उनकी स्वैच्छिक सेवाएं देने की अपील की।

इस कार्यक्रम की शुरुआत इस आधार पर की गयी है, कि यदि भारत में हर एक गर्भवती महिला का चिकित्सा अधिकारी द्वारा परीक्षण एवं पीएमएसएमए के दौरान उचित तरीके से कम से कम एक बार जांच की जाए तथा इस अभियान का उचित पालन किया

जाए, तो यह अभियान हमारे देश में होने वाली मातृ मृत्यु की संख्या को कम करने में महत्वपूर्ण एवं निर्णायक भूमिका निभा सकता हैं।

कार्यक्रम के मूल कारण

आंकड़े दर्शाते हैं कि भारत में मातृ मृत्यु दर (एमएमआर) 385/ लाख जीवित जन्में बच्चों के दौरान, 556 महिलाओं के मरने के साथ, 385/लाख जीवित जन्मों की वैश्विक एमएमआर की तुलना में वर्ष 1990 में बहुत अधिक थी।

आरजीआई–एसआरएस (2011–13) के अनुसार भारत की एमएमआर में 216/ लाख जीवित जन्म (2015) की वैश्विक एमएमआर के खिलाफ 167/लाख जीवित जन्म की गिरावट आयी है। भारत ने 44' की वैश्विक गिरावट की तुलना में वर्ष 1990 और 2015 के बीच 70' एमएमआर में समग्र गिरावट दर्ज की गयी है।

जबकि भारत ने मातृ एवं शिशु मृत्यु दर में कमी लाने में काफी प्रगति की है। हर साल लगभग 44000 महिलाएं गर्भावस्था संबंधी कारणों के कारण मर जाती हैं तथा लगभग 6.6 लाख शिशु जीवन के पहले 28 दिनों के भीतर मर जाते हैं। यदि गर्भवती महिलाओं को उनकी प्रसव पूर्व की अवधि के दौरान गुणवत्तायुक्त देखभाल प्रदान जाएं तथा उच्च जोखिम वाले कारक जैसे कि गंभीर एनीमिया, गर्भावस्था प्रेरित उच्च रक्तचाप इत्यादि का समय पर पता लगाकर अच्छी तरह से प्रबंधित किया जाएं, तो इन मौतों में से कई को रोका जा सकता हैं तथा कई लोगों की जान बचाई जा सकती है।

पीएमएसएमए के उद्देश्य

प्रधानमंत्री सुरक्षित मातृत्व अभियान, प्रजनन मातृ नवजात शिशु एवं किशोर स्वास्थ्य (आरएमएनसीएच+A) रणनीति के तहत निदान तथा परामर्श सेवाओं सहित गुणवत्तायुक्त प्रसव पूर्व देखभाल की कवरेज (एएनसी) के लिये परिकल्पना की गयी है।

इस कार्यक्रम के निम्नलिखित उद्देश्य हैं:

चिकित्सकों/विशेषज्ञों द्वारा दूसरी या तीसरी तिमाही की सभी गर्भवती महिलाओं को कम से कम एक प्रसव पूर्व जांच सुनिश्चित करना हैं।

प्रसव पूर्व जांच के दौरान देखभाल की गुणवत्ता सुधारना, जिसमें निम्नलिखित सेवाएं शामिल हैं:

- सभी उपयुक्त नैदानिक सेवाएं।
- उपयुक्त नैदानिक स्थितियों के लिए स्क्रीनिंग।
- कोई भी नैदानिक स्थितियां जैसे कि रक्ताल्पता, गर्भावस्था प्रेरित उच्च रक्तचाप, गर्भावधि मधुमेह आदि का उचित प्रबंधन।

- उचित परामर्श सेवाएं एवं सेवाओं का उचित प्रलेखन रखना।
- उन गर्भवती महिलाओं को, जो किसी भी कारण से अपनी प्रसव पूर्व जांच नहीं करा पायी, उन्हें अतिरिक्त अवसर प्रदान करना।
- प्रसूति/चिकित्सा के इतिहास और मौजूदा नैदानिक स्थिति के आधार पर उच्च जोखिम गर्भधारण की पहचान और लाइन-सूची करना।
- हर गर्भवती महिला को विशेषत रूप से जिनकी पहचान किसी भी जोखिम कारक या सहरुग्णता स्थिति में की गयी हैं, उनके लिए उचित जन्म योजना और जटिलता की तैयारी करना।
- कुपोषण से पीड़ित महिलाओं में रोग का जल्दी पता लगाने, पर्याप्त और उचित प्रबंधन पर विशेष जोर देना। किशोर और जल्दी गर्भधारण पर विशेष ध्यान देना, क्योंकि इन गर्भधारणों में अतिरिक्त एवं विशेष देखभाल की जरूरत होती है।

पीएमएसएमए की मुख्य विशेषताएं

- प्रधानमंत्री सुरक्षित मातृत्व अभियान (पीएमएसएमए) देश में तीन करोड़ से अधिक गर्भवती महिलाओं को प्रसव पूर्व देखभाल की गुणवत्ता सुनिश्चित करने के लिए शुरू किया गया है।
- इस अभियान के तहत लाभार्थियों को हर महीने की नवीं तारीख को प्रसव पूर्व देखभाल सेवाओं (जांच और दवाओं सहित) का न्यूनतम पैकेज प्रदान किया जाएगा। यदि किसी माह में नवीं तारीख को रविवार या राजकीय अवकाश होने की स्थिति में अगले कार्य दिवस पर यह दिवस आयोजित किया जाएगा।
- इन सेवाओं को स्वास्थ्य सुविधा/आउटरीच पर नियमित एएनसी के अतिरिक्त प्रदान किया जाएगा।
- इन सेवाओं को शहरी और ग्रामीण दोनों क्षेत्रों में निर्धारित सार्वजनिक स्वास्थ्य केंद्रों (पीएचसी/सीएचसी,डीएच/शहरी स्वास्थ्य केंद्रों आदि) पर उपलब्ध कराया जाएगा।
- जब कि इसका लक्ष्य सभी गर्भवती महिलाओं तक पहुंचना है, पर विशेष रूप से यह प्रयास होगा कि वे महिलाएं जिन्होंने एएनसी के लिए रजिस्टर नहीं किया है, तथा जिन्होंने रजिस्टर किया है, लेकिन एएनसी सेवाओं का लाभ नहीं उठाया है, एवं उच्च जोखिम गर्भवती महिलाओं तक पहुंचें।
- आवश्यक रूप से, ये सेवाएं ओबीजीवाई विशेषज्ञों/चिकित्सकों द्वारा उपलब्ध करायी जाएगी।
- निजी क्षेत्र के ओबीजीवाई विशेषज्ञों/चिकित्सकों को, जहां सरकारी क्षेत्र के

चिकित्सक उपलब्ध या पर्याप्त नहीं हैं, वहां सार्वजनिक स्वास्थ्य केंद्रों में स्वैच्छिक सेवाएं प्रदान करने के लिए प्रोत्साहित किया जाएगा।

- एकल खिड़की प्रणाली के सिद्धांतों का उपयोग करते हुए, यह सुनिश्चित किया गया है, कि पीएमएसएमए क्लीनिक में आने वाली सभी गर्भवती महिलाओं को जांच का न्यूनतम पैकेज (गर्भावस्था की दूसरी तिमाही के दौरान अल्ट्रासाउंड सहित) तथा दवाएं जैसे कि आइएफए सप्लीमेंट, कैल्शियम सप्लीमेंट आदि प्रदान की जाएगी।
- गर्भवती महिलाओं को मातृ एवं बाल संरक्षण कार्ड तथा सुरक्षित मातृत्व पुस्तिकाएं दी जाएगी।
- उच्च जोखिम वाली गर्भवती महिलाओं की पहचान एवं फॉलो-अप करना अभियान के महत्वपूर्ण घटकों में से एक है। स्टीकर, जो कि गर्भवती महिला की स्थिति एवं जोखिम के कारक को दर्शाएगा, इस स्टीकर को एमसीपी कार्ड पर हर जांच के दौरान जोड़ा जाएगा।
- हरा स्टीकर- सामान्य गर्भावस्था वाली महिला होने पर।
- लाल स्टीकर- उच्च जोखिम वाली महिला होने पर।
- निजी/स्वैच्छिक क्षेत्रों को शामिल करने के लिए पीएमएसएमए एवं मोबाइल एप्लीकेशन को राष्ट्रीय पोर्टल पर विकसित किया गया है।
- भारत के राज्यों एवं जिलों में पीएमएसएमए के लिए 'मैं शपथ लेता हूं' के तहत व्यक्तिगत व समूह उपलब्धियों तथा स्वैच्छिक योगदान को सम्मानित करने के लिए सफल पुरस्कार योजना तैयार की गयी है।
- प्रधानमंत्री सुरक्षित मातृत्व अभियान (पीएमएसएमए) के बारे में अधिक जानकारी जानने के लिए कृपया विस्तृत संचालन रूपरेखा देखें।

गर्भवती महिलाओं को क्या लाभ मिलेगा?

गर्भवती महिलाओं को अपने निकटतम सरकारी स्वास्थ्य सुविधा केंद्र में उपलब्ध पीएमएसएमए सेवाएं प्राप्त करने के बारे में जानकारी जानने के लिए अपने क्षेत्र की एएनएम/आशा/ स्वास्थ्य कर्मचारी से संपर्क करना चाहिए।

जब गर्भवती महिलाएं पीएमएसएमए सेवाएं प्रदान करने वाले लिए नामित सरकारी स्वास्थ्य सुविधा (डीएच, एसडीएच, सीएचसी-एफआरयू आदि) में जाती है, तो उसे निम्नलिखित सेवाओं का सेट प्रदान किया जाएगा:

पंजीकरण: एएनएम/स्टाफ नर्स पीएमएसएमए केंद्र में आने वाली गर्भवती महिला को पंजीकृत करेगी और उन्हें मातृ एवं बाल संरक्षण कार्ड तथा सुरक्षित मातृत्व की पुस्तिका देगी।

परीक्षण: स्टाफ नर्स/एएनएम गर्भवती महिला की ऊंचाई और वजन लेगी और

उसकी नब्ज एवं बीपी की जांच करेगी तथा निष्कर्ष रिकॉर्ड करेगी। वह निदान के लिए माता को प्रयोगशाला में भेजेंगी।

प्रयोगशाला जांच: हेमोग्लोबिन, मूत्र ऐल्ब्यूमन और शर्करा, मलेरिया, वीडीआरएल, एचआईवी, रक्त समूह, जीडीएम के लिए ओजीटीटी का उपयोग करके जांच।

अल्ट्रासोनोग्राफी (यूएसजी): सभी पीएमएसएमए लाभार्थी, जो कि पीएमएसएमए में पंजीकृत हैं, अपनी जांच की रिपोर्ट के साथ प्रसूति-विज्ञानी (ऑब्स्टेट्रिशियन)/ चिकित्सीय अधिकारी द्वारा परीक्षण/जांच कराएगें। चिकित्सक द्वारा परीक्षण, जांच व यूएसजी रिपोर्ट के आधार पर लाल स्टीकर/स्टेप उन महिलाओं के एमसीपी कार्ड में लगाया जाता है, जो कि 'उच्च जोखिम' से पीड़ित पायी जाती हैं।

इंजेक्शन टेटनस टॉक्साइड, टैब्लेट आयरन फोलिक एसिड, टैब्लेट कैल्शियम तथा अन्य दवाएं चिकित्सा अधिकारी द्वारा निर्धारित की जाती है।

परामर्श: सभी गर्भवती महिलाओं को आहार, नींद, नियमित एएनसी जांच, संस्थागत प्रसव, स्तनपान, गर्भनिरोधक आदि पर समूह परामर्श (दस से बारह के समूह) दिया जाएगा।

होम डिलीवरी 20ज्‍ के साथ कमजोर समुदाय से पीड़ित एवं ब्लॉक में रहने वाले गर्भवती महिलाओं को असुगम/दुर्गम क्षेत्र, जहां सार्वजनिक परिवहन या तो उपलब्ध नहीं है, या बहुत कम है, परिवहन सुविधा प्रदान की जाएगी।

एमसीपी कार्ड पर लाल स्टीकर वाली गर्भवती महिलाओं को प्रसूति-विज्ञानी (ऑब्स्टेट्रिशियन)/चिकित्सीय अधिकारी की सलाह पर पास के सरकारी स्वास्थ्य सुविधाओं पर जाना चाहिए तथा उन्हें इन सुविधा केंद्रों में प्रसव कराने की योजना बनानी चाहिए, जो कि आपातकालीन प्रसूति देखभाल सेवाएं (यानि एफआरयू-एसडीएच, सीएचसी, डीएच/ चिकिसीय महाविद्यालय अस्पताल) प्रदान करते हैं।

❖❖❖

महिलाओं के उज्ज्वल भविष्य के लिए है-उज्ज्वला योजना

आज भी गांव-कस्बों में महिलाएं खाना बनाने के लिए चूल्हों पर आश्रित हैं। दिन भर चूल्हों के पास रहने व उससे निकलने वाले प्रदूषण से महिलाएं कई तरह की गंभीर बिमारियों से ग्रसित हो जाती हैं, उन्हें उससे ही बचाने की एक योजना है, उज्ज्वला योजना।

महिलाओं को उनके अधिकार दिलाने और चेहरे पर खुशी लाने के लिए प्रधानमंत्री द्वारा उज्ज्वला योजना शुरू की गई है। यह योजना भारत सरकार द्वारा 1 मई, 2016 को शुरू की गई थी। इस योजना के अंतर्गत गरीब महिलाओं को मुफ्त एलपीजी गैस कनेक्शन प्रदान करना है, जो कि अभी तक मिट्टी के चूल्हे में जूझ रही हैं। प्रधानमंत्री उज्ज्वला योजना एक बहुत ही महत्त्वाकांक्षी योजना है। एलपीजी कनेक्शन केवल गरीबी रेखा से नीचे के परिवारों से सम्बंधित महिलाओं को ही दिया जाएगा। योजना के अंतर्गत भारत सरकार अगले 3 सालों में 5 करोड़ परिवारों को मुफ्त में एलपीजी कनेक्शन उपलब्ध कराएगी। वर्तमान वित्तीय वर्ष (2016-17) में 1.5 करोड़ (गरीबी रेखा से नीचे) परिवारों को एलपीजी कनेक्शन उपलब्ध कराने का लक्ष्य रखा गया है।

उज्ज्वला योजना का उद्देश्य

सरकार द्वारा उज्ज्वला योजना लाने का मुख्य उद्देश्य औरतों को मिट्टी के चूल्हे पर खाना पकाने से जल्द ही आजाद करना है। जिसे मुफ्त में एलपीजी कनेक्शन वितरित करके पूरा किया जा सकता है। योजना के लागू करने का एक उद्देश्य यह भी है कि इससे महिला सशक्तिकरण को बढ़ावा मिलेगा और पर्यावरण से प्रदूषण भी कम होगा।

मिट्टी के चूल्हे पर खाना बनाने से महिलाओं के स्वास्थ्य पर भी हानिकारक असर पड़ता हैं। यह योजना उन महिलाओं के स्वास्थ्य की दृष्टि से भी प्रभावकारी है, जो चूल्हे के धुएं से अक्सर बीमार रहती थीं। तो महिलाओं व बच्चों को स्वस्थ रखने में भी यह योजना सहायक सिद्ध होगी। वर्तमान में उपयोग में आने वाले अशुद्ध जीवाश्म ईंधन के उपयोग को कम करना और शुद्ध ईंधन के उपयोग को बढ़ाकर प्रदूषण में कमी लाना, जीवाश्म ईंधन पर आधारित खाना पकाने के साथ जुड़े स्वास्थ्य के गंभीर खतरों को कम करना, अशुद्ध ईंधन पर खाना पकाने की वजह से भारत में होने वाली मौतों की संख्या को कम करना है और घर के अंदर के वायु प्रदूषण में तीव्र श्वसन की वजह से युवा बच्चों में होने वाली बिमारियों की रोकथाम इस योजना के मुख्य लक्षणों में से एक है।

योजना का कार्यान्वयन

योजना का कार्यान्वयन भारत सरकार के पेट्रोलियम और प्राकृतिक गैस मंत्रालय के अधीन किया जा रहा है। इतिहास में पेट्रोलियम मंत्रालय की इस तरह की यह पहली योजना है जिससे करोड़ों गरीब परिवारों की महिलाओं को लाभ होने का दावा है। मूल स्तर पर योजना का कार्यान्वयन तेल व्यापार कम्पनियों द्वारा किया जाएगा। योजना वित्त वर्ष 2016-17 से लेकर 2018-19 तक 3 वर्ष के लिए चलायी जायेगी। इस योजना के अंतर्गत ग्रामीण और शहरी क्षेत्रों में रह रहे परिवार जो कि गरीबी रेखा से नीचे हैं उन्हें मुफ्त में एलपीजी गैस कनेक्शन उपलब्ध कराया जाएगा।

आवेदन की प्रक्रिया

योजना के लिए आवेदन करना बहुत ही आसान है। इच्छुक उम्मीदवार योजना का लाभ उठाने के लिए उन्हें इस योजना का आवेदन पत्र भरकर अपने नजदीकी एलपीजी वितरण केंद्र में जमा कराना होगा। आवेदन पत्र एलपीजी वितरण केंद्र से मुफ्त में प्राप्त होंगे और इसे लेने के लिए किसी भी प्रकार की राशि नहीं देनी होगी। इस फार्म को ऑनलाइन भी डाउनलोड किया जा सकता है। इसके अलावा आवेदन पत्र के अंदर ही आवेदक यह चयन भी कर सकता है कि उसे 14.2 किलो वाला गैस सिलेंडर चाहिए या फिर 5 किलो वाला। आवेदन पत्र भरने के साथ उसके साथ मांगी गई सभी जानकारी जैसे कि नाम, पता, आधार कार्ड नंबर, जनधन बैंक खाता संख्या, पंचायत अधिकारी या नगर पालिका अध्यक्ष द्वारा अधिकृत बीपीएल प्रमाणपत्र, बीपीएल, राशन कार्ड, आधार कार्ड या मतदाता पहचान पत्र और एक पासपोर्ट साइज फोटो आदि दस्तावेजों को जमा कराना जरूरी है।

कौन उठा सकता है इसका लाभ?

प्रधानमंत्री उज्ज्वला योजना के लिए इच्छुक लोगों का योजना के लिए पात्र होना अति आवश्यक है। जो भी आवेदक पात्र नहीं पाये गए उन्हें गैस कनेक्शन नहीं दिया जाएगा। पात्रता के मुख्य बिंदु इस प्रकार हैं।

आवेदक द्वारा दी गयी सभी जानकारियों को एसईसीसी 2011 डेटा के साथ मिलाया जाएगा तथा उसके पश्चात ही यह निर्णय लिया जाएगा कि आवेदक योजना का पात्र है या नहीं। इसके अलावा आवेदक की उम्र 18 साल या इससे अधिक होनी चाहिए। आवेदक बीपीएल परिवार से सम्बन्ध रखने वाली महिला ही होनी चाहिए, पुरुष इस योजना के लिए आवेदन नहीं कर सकते। आवेदक के घर में किसी के नाम से पहले से ही कोई भी एलपीजी कनेक्शन नहीं होना चाहिए।

योजना का बजट

प्रधानमंत्री उज्ज्वला योजना से प्रथम 3 वर्षों में 5 करोड़ गरीब परिवार लाभांवित होंगे। योजना का लाभ लेने के लिए वे बीपीएल परिवार आवेदन कर सकते हैं। भारत सरकार ने इस योजना के कार्यान्वयन के लिए कुल 8000 करोड़ रुपये का बजट तैयार किया है जो कि 3 साल के लिए है। वित्त वर्ष 2016-17 के लिए भारत सरकार के वित्त मंत्री श्री अरुण जेटली जी पहले ही 2000 करोड़ रुपये चिह्नित कर चुके हैं।

योजना का वित्त पोषण अथवा योजना पर खर्च होने वाला पैसा एलपीजी सब्सिडी में बचाए गए पैसे से होगा। इसके अलावा वित्त सहायता के रूप में योजना के अंतर्गत भारत सरकार प्रत्येक पात्र बीपीएल परिवार को 1600 रुपये की आर्थिक सहायता प्रदान करेगी जो कि गैस कनेक्शन खरीदने के लिए होगी। स्टोव खरीदने और पहली बार सिलेंडर भरवाने के लिए आने वाले खर्च को अदा करने के लिए किस्तों की सुविधा भी प्रदान की जाएगी।

❖❖❖

बेटियों एवं महिलाओं के विकास के लिए योजनाएं

बेटियों एवं महिलाओं के उत्थान के लिए कई केंद्रीय एवं प्रादेशिक योजनाएं हैं, परंतु वह स्वयं इन योजनाओं से अनभिज्ञ हैं। योजनाओं का उपयोग तभी होगा जब वह जिनके लिए बनी हैं वह उनका उपयोग करें। प्रस्तुत है बेटियों एवं महिलाओं के हित में चलाई जा रही प्रमुख योजनाओं का परिचय।

महिलाओं के हित के लिए एवं उन्हें लाभान्वित कराने के लिए भारत सरकार द्वारा कुछ योजनाएं संचालित की गई हैं। अलग-अलग राज्यों द्वारा भी अलग-अलग नामों से अनेक योजनाएं चलाई जा रही हैं, जिनमें से कुछ प्रमुख योजनाएं इस प्रकार से हैं-

1. बेटी बचाओ, बेटी पढ़ाओ' योजना

इस योजना की शुरुआत प्रधानमंत्री श्री नरेंद्र मोदी द्वारा 22 जनवरी 2015 को हरियाणा के पानीपत में की गई। वैसे तो बेटियों के कल्याण एवं सशक्तीकरण के लिए पूर्व से ही अनेक योजनाएं चल रही हैं, लेकिन उनमें समन्वय के अभाव के कारण उन योजनाओं को प्रभावी ढंग से लागू नहीं किया जा पा रहा था। अत: विभिन्न योजनाओं में समन्वय करने के उद्देश्य से इस योजना की शुरुआत की गई और इसकी जिम्मेदारी महिला एवं बाल विकास मंत्रालय, स्वास्थ्य मंत्रालय, परिवार कल्याण मंत्रालय एवं मानव संसाधन विकास मंत्रालय को सौंपी गई। प्रारंभ में इस योजना को देश के उन 100 जनपदों में लागू किया गया जिनका लिंगानुपात कम है और प्रत्येक राज्य के कम-से-कम एक जिले को इस योजना में शामिल किया गया है।

उद्देश्य

इस योजना के मुख्य उद्देश्य में पक्षपाती लिंग चयन की प्रक्रिया समाप्त करना,

बालिकाओं का अस्तित्व और उनकी सुरक्षा सुनिश्चित करना तथा बालिकाओं की शिक्षा की समुचित व्यवस्था करना है।

रणनीति

उपरोक्त उद्देश्यों को प्राप्त करने के लिए निम्नलिखित रणनीति बनाई गई है-

- बालिकाओं की सुरक्षा और शिक्षा को बढ़ावा देने के लिए सामाजिक आंदोलन चलाना।
- समान मूल्यों को बढ़ावा देने के लिए जागरुकता अभियान चलाना।
- इस मुद्दे को सार्वजनिक विमर्श का विषय बनाना।
- निम्न लिंगानुपात वाले जिलों की पहचान करके उन पर ध्यान केंद्रित करके गहन और एकीकृत कार्यवाही करना।
- स्थानीय महिला एवं युवा संगठनों की सहभागिता लेकर उन्हें प्रेरक की भूमिका में लाना।

इस योजना को लागू करने के लिए शुरुआती बजट के रूप में 100 करोड़ रुपये की व्यवस्था की गई है। इस योजना के अंतर्गत महिलाओं को निम्नलिखित सुविधा दी जाएंगी।

बेटी पढ़ाओ योजना के अन्तर्गत दी जाने वाली सुविधाएं

बेटी की सुरक्षा : आज महिलाएं प्रायः कहीं भी सुरक्षित नहीं है, अतः उनकी सुरक्षा हेतु विशेष प्रयास किए जा रहे हैं जिसके लिए फंड का प्रावधान किया जाएगा जिसके अन्तर्गत महिलाओं को पब्लिक ट्रांसपोर्ट की सुविधा दी जानी है।

अलर्ट बटन : यह एक ऐसा बटन है जिसके माध्यम से आवाज संदेश, संदेश और चित्र या प्रतिबिम्ब भेजकर सुरक्षा हेतु सहायता मांगने की सुविधा दी जाएगी।

संकट प्रबन्धन केंद्र : दुर्घटना होने की स्थिति में उचित कार्यवाही हेतु महिलाओं को संकट प्रबन्धन केंद्र की सुविधा दी जाएगी

जागरुकता हेतु प्रयास : बेटी बचाओ, बेटी पढ़ाओ योजना को सुचारू और प्रभावी ढंग से लागू करने के लिए स्लोगन, पोस्टर व विज्ञापनों का सहारा लिया जाता है ताकि योजना के प्रति जनता में जागरुकता विकसित हो।

2. सुकन्या समृद्धि योजना

बेटी बचाओ बेटी पढ़ाओ योजना के अंतर्गत बेटियों के भविष्य को सुरक्षित करने के लिए दिसंबर 2014 में सुकन्या समृद्धि योजना की घोषणा की गई। इस योजना के अंतर्गत 10 वर्ष से कम उम्र की बेटियों के नाम PPF जैसा एक खाता खोलकर उसमें अभिभावकों द्वारा धन जमा किया जा सकता है। इस योजना की खास बातें इस प्रकार से हैं-

- 10 वर्ष से कम उम्र की बेटी के नाम खाता खोला जा सकता है।
- यह खाता बेटी के अभिभावक द्वारा अधिकतम दो बेटियों के लिए खोला जा सकता है। यदि प्रथम प्रसव में लड़की पैदा हुई है और दूसरे प्रसव में किसी महिला की जुड़वा बेटियों का जन्म हो जाता है तो फिर तीन बेटियों के लिए यह खाता खोला जा सकता है।
- इस खाते में धनराशि अभिभावकों द्वारा जमा की जाएगी।
- एक बेटी के नाम केवल एक ही खाता खोला जा सकता है।
- इस योजना में खाता पोस्ट ऑफिस या उन बैंकों में खोला जा सकेगा जहां पर PPF खाता खुल सकता है।
- इस खाते में न्यूनतम 1000 रुपए प्रति वर्ष जमा करने होंगे। अधिकतम 1,50,000 रुपए जमा किए जा सकते हैं। एक वर्ष में खाते में कितनी ही बार नगद चेक या ड्राफ्ट माध्यम से जमा किया जा सकता है।
- बेटी यदि एक शहर से दूसरे शहर चली जाती है तो खाता स्थानांतरित हो सकता है।
- यदि खाते में न्यूनतम धनराशि जमा नहीं हुई है तो प्रत्येक चूक वाले वर्ष के लिए 50 रुपए का अर्थदण्ड लगाया जाएगा।
- इस खाते में ब्याज की दर 9.1त्न होगी। इस खाते में खाता खुलने से लेकर 14 वर्ष तक धन जमा कराना होगा। इसके बाद कोई धन नहीं जमा कराना है।
- बेटी की उम्र 21 वर्ष होने के बाद खाता बंद किया जा सकेगा। यदि खाता बंद नहीं किया जाता है तो निर्धारित दर से ब्याज मिलता रहेगा।
- आयकर अधिनियम की धारा 80ष्ट के तहत खाते में जमा धन पर छूट मिलेगी।
- इस योजना में खाता खोलने के लिए बेटी का जन्म प्रमाणपत्र तथा अभिभावक का फोटो एवं एड्रेस प्रूफ देना होगा।
- 10 वर्ष की उम्र के बाद बेटी स्वयं इस खाते को संचालित कर सकती है।

योजना की कठिनाइयां

इस योजना का व्यापक प्रचार-प्रसार नहीं हुआ है। आम लोगों को इस योजना की जानकारी नहीं है। सरकार का कोई अंशदान न होने के कारण यह योजना लोगों को पसंद नहीं आ रही है। चूंकि बैंकों की सभी शाखाओं में इस योजना का खाता नहीं खोला जा सकता है अत: लोग इस योजना के प्रति उदासीन हैं।

3. लाड़ली लक्ष्मी योजना

बालिका जन्म के प्रति समाज में सकारात्मक सोच, लिंग अनुपात में सुधार, बालिकाओं के शैक्षणिक स्तर तथा स्वास्थ्य की स्थिति में सुधार तथा उनके अच्छे भविष्य की आधारशिला रखने के उद्देश्य से मध्य प्रदेश सरकार द्वारा यह योजना चलाई गई है।

इस योजना का लाभ लेने के लिए लाभ प्राप्तकर्त्ता को मध्य प्रदेश का मूल निवासी होना चाहिए तथा कन्या जन्म 1-4-2008 के बाद होना चाहिए। यह लाभ अधिकतम दो कन्याओं को मिलेगा, लेकिन दूसरी कन्या का लाभ लेने से पूर्व माता-पिता को परिवार नियोजन अपनाना होगा। इस योजना का लाभ लेने के लिए आवश्यक दस्तावेजों तथा बालिका जन्म प्रमाणपत्र, मूल निवास प्रमाण पत्र, पहचान पत्र आदि के साथ बालिका जन्म के 1 वर्ष के अंदर सीधे या आंगनबाड़ी कार्यकर्त्ता के माध्यम शासन की ओर से 11,800 रुपये का प्रमाणपत्र जारी किया जाएगा।

पंजीकृत बालिका के कक्षा 6 में प्रवेश लेने पर 2000 रुपये, कक्षा 9 में प्रवेश लेने पर 4000 रुपये, कक्षा 11 में प्रवेश लेने पर 6000 रुपए तथा कक्षा 12 में प्रवेश लेने पर 6000 रुपए नकद दिए जाएंगे। कक्षा 12 की परीक्षा में सम्मिलित होने तथा 21 वर्ष की आयु होने पर शेष 1,00,000 रुपए का भुगतान किया जाएगा। बशर्ते बालिका का विवाह 18 वर्ष की उम्र से पूर्व न हुआ हो। इस योजना का लाभ लेने के लिए स्थानीय प्रशासन या परियोजना कार्यालय से संपर्क किया जा सकता है।

5. किशोरी शक्ति योजना

किशोर अवस्था में बालिकाओं को सशक्त बनाने के उद्देश्य से भारत सरकार द्वारा यह योजना प्रारंभ की गई है। इस योजना के माध्यम से किशोर बेटियों को विकसित करने एवं एक जिम्मेदार नागरिक बनाने का प्रयास किया जा रहा है। इसमें किशोरियों को उनकी क्षमता का एहसास कराया जाता है। यह कार्यक्रम शहरी व ग्रामीण क्षेत्रों में आंगनबाड़ी केंद्रों के माध्यम से लागू किया जा रहा है। इस योजना की खास बातें इस प्रकार से हैं-

- किशोर लड़कियों के स्वास्थ्य पोषण और विकास की स्थिति में सुधार करना इसका मुख्य उद्देश्य है।
- स्वास्थ्य, स्वच्छता एवं पोषण तथा परिवार कल्याण के प्रति जागरूक करना भी इस योजना का उद्देश्य है।
- गैर-औपचारिक शिक्षा के माध्यम से साक्षरता एवं जीवन कौशल सीखने का अवसर प्रदान करना एवं सीखने के प्रति इच्छा जाग्रत करना भी इसमें शामिल है।
- किशोर लड़कियों के मध्य घर आधारित कौशल को बढ़ाने के लिए प्रशिक्षित करना।
- सामाजिक परिवेश को बेहतर ढंग से समझने में सहायता करना।
- उनके निर्णय लेने की क्षमता में सुधार करना आदि इस योजना के उद्देश्य है।
- इस योजना के अंतर्गत गरीबी रेखा से नीचे जीवनयापन करने वाले परिवारों की 11 से 18 वर्ष तक ही किशोरियों को शामिल किया जाता है। वैसे 11 से 15 वर्ष तक

की किशोरियों को प्राथमिकता दी जाती है।

इस योजना के अंतर्गत चुने हुए विकास खंडों में किशोरियों के लिए व्यावसायिक प्रशिक्षण, उनके स्वास्थ्य एवं सफाई की जानकारी, स्कूल छोड़ने वाली किशोरियों के लिए वैकल्पिक शिक्षा आदि की व्यवस्था दी जाती है।

6. राजीव गांधी किशोरी सशक्तिकरण स्कीम योजना (सबला)

भारत सरकार द्वारा किशोरी बालिकाओं के सशक्तिकरण के लिए सबला योजना की शुरूआत की गई थी। इस योजना का उद्देश्य किशोरी बालिकाओं को अपने विकास तथा सशक्तीकरण, जीवन निपुणता तथा व्यावसायिक निपुणता को बढ़ाने, स्वास्थ्य, स्वच्छता, पोषाहार, प्रजनन स्वास्थ्य, बाल देख-रेख के प्रति जानकारी में सक्षम करना तथा स्कूल न जाने वाली किशोरी बालिकाओं को औपचरारिक/अनौपचारिक शिक्षा प्रदान करना है।

भाग्यश्री

यह योजना महाराष्ट्र सरकार के द्वारा बेटी बचाओ, बेटी पढ़ाओ के तर्ज पर काम करती है जिसका लक्ष्य था गरीबी रेखा से नीचे वाले परिवारों को मुख्य धारा से जोड़ना। इस योजना के अंतर्गत गरीबी रेखा से नीचे वाले परिवार में जन्मी बेटी के खाते में सरकार 21,200 रुपए जमा करवाती है। बेटी के 18 वर्ष पूरे होने पर उसे 1 लाख रुपए दिए जाते हैं इसका प्रारंभ 8 मार्च 2015 को हुआ।

धनलक्ष्मी

यह केंद्र सरकार की योजना है जो कि 2008 में लांच हुई थी इस योजना के तहत बेटी का जन्म पंजीकरण, टीकाकरण, शिक्षा और 18 वर्ष की आयु के बाद ही विवाह किए जाने पर 1 लाख रुपए की बीमा राशि दिए जाने का प्रावधान है। इस योजना को छत्तीसगढ़ के बस्तर जिले के जगदलपुर विकासखंड और बीजापुर जिले के भोपालपट्टनम विकासखंड में लागू किया गया है।

मुख्यमंत्री शुभलक्ष्मी

यह राजस्थान में बेटी जन्म को प्रोत्साहित करने एवं मातृ मृत्यु दर को कम करने के उद्देश्य से लागू की गई थी। इस योजना के अंतर्गत शासकीय चिकित्सालयों में बालिका के जन्म होने पर प्रसूता को 2100 रुपए का चेक दिया जाता है और बेटी के जन्म के एक साल पूरे होने पर टीके लगवाने पर 2100 रुपए का चेक फिर दिया जाता है। पांच वर्ष पूरे होने पर मां को 3100 रुपए का चेक। कुल मिलाकर बेटी की मां को 7 हजार 3 सौ रुपए की राशि प्रदान की जाती है।

लाडली बेटी योजना

जम्मू-कश्मीर सरकार ने लड़कियों के लिए राज्य प्रायोजित सामाजिक सहयोग योजना 'लाडली बेटी' की शुरुआत की है। योजना का मुख्य उद्देश्य बच्चियों को आर्थिक सुरक्षा प्रदान करना है। कन्या भ्रूण हत्या को रोकने तथा महिला शिशु के गिरते दर को ध्यान में रखते हुए यह योजना लागू की गई है। इसके तहत घर में पैदा होने वाली प्रत्येक बच्ची को प्रति महीने सरकार 1000 रुपये देगी। पहली अप्रैल 2015 से पैदा होने वाली बच्चियों को अगले 14 साल तक यह राशि दी जाएगी। बच्ची जब 21 साल की हो जाएगी तो उसे साढ़े 6 लाख रुपये का भुगतान किया जाएगा। योजना का लाभ केवल उन अभिभावकों को ही मिलेगा, जिनकी वार्षिक आय 75000 रुपये से अधिक नहीं होगी।

बेटी है अनमोल योजना

बेटी है अनमोल योजना हिमाचल प्रदेश की एक महत्त्वाकांक्षी योजना है जिसके तहत सरकार बीपीएल परिवारों की लड़कियों को छात्रवृत्ति प्रदान करती है। बेटी हैं अनमोल योजना के अंतर्गत बीपीएल परिवारों से संबंधित लड़कियों को राज्य सरकार से छात्रवृत्ति के रूप में वित्तीय सहायता दी जाएगी। इसके अलावा राज्य में बालिका के जन्म के समय और फिर वार्षिक छात्रवृत्ति के रूप में भी सहायता प्रदान की जाएगी। यह योजना राज्य की लड़कियों को आवश्यक वित्तीय सहायता प्रदान करके और शिक्षा के साथ आत्मनिर्भर बनाएगी। बेटी हैं अनमोल योजना के तहत ग्रामीण एवं शहरी क्षेत्रों में गरीबी रेखा से नीचे जीवनयापन करने वाले बीपीएल परिवार की अधिकतम दो लड़कियां ही इस योजना का लाभ प्राप्त कर सकती हैं। योजना का मुख्य उद्देश्य लड़की की शिक्षा को प्रोत्साहित करना है। इस कारण से 01 से 12 वीं कक्षा में पढ़ रहे लड़कियों को सरकार 300 से 1200 रुपये की छात्रवृत्ति प्रदान करेगी। इसके अलावा बीपीएल परिवारों की लड़कियों को स्नातक स्तर या समकक्ष कोर्स कर रही बीपीएल परिवार की लड़कियों को सरकार की तरफ से पढ़ाई के लिए 5000 हजार रुपये की छात्रवृत्ति प्रदान की जाएगी।

बालड़ी रक्षक योजना

राज्य में लिंग अनुपात में सुधार लाने के लिए पंजाब सरकार की तरफ से बालड़ी रक्षक योजना चलाई जा रही है। इस योजना के तहत किसी परिवार की दो लड़कियों को 18 साल की आयु तक सरकार द्वारा हर महीने वित्तीय सहायता दी जाती है। बालड़ी रक्षक योजना का लाभ केवल वह जोड़े उठा सकते हैं, जिनका पहला बच्चों लड़की होने के बाद दूसरा बच्चा भी लड़की होने पर परिवार नियोजन का पक्का तरीका अपनाएंगे। इस योजना का लाभ लेने वाले के पहला बच्चा लड़का नहीं होना चाहिए।

❖❖❖

महिलाओं की मदद के लिए 'वन स्टॉप सेंटर' स्कीम

वन स्टॉप सेंटर (ओएससी)उन सभी महिलाओं की मदद के लिए बनाए गए हैं, जो निजी और सार्वजनिक स्थलों, परिवार, समुदाय के भीतर और कार्यस्थल पर किसी भी प्रकार की हिंसा को सहती हैं। जिस किसी भी महिला को अपनी उम्र, वर्ग, जाति, शिक्षा की स्थिति, वैवाहिक स्थिति, जाति और संस्कृति के विपरीत शारीरिक, यौन, भावनात्मक, मानसिक और आर्थिक दुरुपयोग का सामना करना पड़ता है उनकी मदद के लिए यह हेल्पलाइन बनाई गई है। जिस भी महिला की यौन उत्पीड़न, घरेलू हिंसा, तस्करी, सम्मान से संबंधित अपराधों या एसिड हमलों की शिकायत आएगी उनकी मदद इस हेल्पलाइन के जरिये अवश्य की जाएगी। इस योजना के पहले पहलू में हर एक राज्य में एक ओएससी महिलाओं की चिकित्सा, कानूनी और मनोवैज्ञानिक रूप से सहायता करेगा। इसके दूसरे पहलू में 150 ऐसे केंद्र बनाए जायेंगे और पहले पहलू में 36 केंद्र। इन सभी केंद्रों को 181 कोड नंबर और अन्य सभी हेल्पलाइन्स के साथ एकीकृत किया जायेगा। जिस भी महिला को किसी भी प्रकार की सेवा की आवश्यकता हो उसे इन हेल्पलाइन्स के जरिये ओएससी तक पहुंचाया जायेगा।

योजना के निर्देश

इस योजना के सभी निर्देश योजना की एजेंसीज, हितधारकों और साथ ही सभी राज्यों, जिलों के अफसरों के समर्थन करने के लिए बनाई गई है। यह निर्देश राष्ट्रीय और क्षेत्रीय स्तर के अफसरों द्वारा निगरानी रखने के लिए भी एक संदर्भ की तरह काम करेंगे। यह निर्देश इस योजना के तहत मिलने वाली सर्विसेज के बारे में और उन्हें लागू करने के स्टेप्स भी बताता है। इस योजना पर निगरानी रखने और लागू करने के विषय में भी जानकारी दी गई है। यह निर्देश बहुत कठिन नहीं है और समय-समय पर मिलने वाले

फीडबैक को पढ़कर इसमें बदलाव भी किये जायेंगे। मिनिस्ट्री ऑफ होम अफेयर्स द्वारा इमरजेंसी रिस्पांस सिस्टम बनाया जा रहा है, जो अपने आप में एक इमरजेंसी नंबर की तरह काम करेगा, और यहां महिलाएं अपने ऊपर होने वाली किसी भी प्रकार की हिंसा की शिकायत कर सकती हैं।

इस योजना के लक्ष्य

- निजी और सार्वजनिक स्थलों पर होने वाली हिंसा से महिलाओं की सुरक्षा और सहायता करना।
- आपातकालीन स्थिति होने या ना होने पर भी महिलाओं की चिकित्सा, कानूनी, मनोवैज्ञानिक और परामर्श रूप से मदद करना।

वूमन हेल्पलाइन स्कीम

यह स्कीम यूनिवर्सलाइजेशन ऑफ वीमेन एक ऐसी हेल्पलाइन है, जो 24 घंटे महिलाओं की मदद के लिए होगी। जिस पर कोई भी महिला किसी भी हिंसा के लिए मदद मांग सकती है। यह हेल्पलाइन उन्हें पुलिस, वन स्टॉप सेंटर, हॉस्पिटल से जोड़े रखेगी और साथ ही महिलाओं से सम्बन्धित सभी योजनाओं की जानकारी एक ही नंबर पर मिल सकती है। यह वीमेन हेल्पलाइन, वन स्टॉप सेंटर के साथ एकीकृत की जाएगी, जिसके तहत हर राज्य में एक ओएससी बनाया जायेगा जो उन्हें निजी और सार्वजनिक हिंसा से सहारा देगा और मदद करेगा। हिंसा के खिलाफ जिस महिला को भी शेयर की जरूरत होगी उसकी कॉल को डब्ल्यूएचएल से ओएससी के पास भेजा जायेगा। इस योजना के तहत हर राज्य अपनी अलग-अलग हेल्पलाइन को एक सामान्य हेल्पलाइन बना देगा, जो पूरे भारत के लिए एक ही होगी। भारतीय सरकार के टेलीकम्यूनिकेशन डिपार्टमेंट द्वारा एक कोड 181 लागू कर दिया गया है जो दिल्ली, चंडीगढ़, छत्तीसगढ़ राज्यों की महिलाओं द्वारा इस्तेमाल किया जा रहा है। इस योजना के तहत हर राज्य को इस कोड को अपनाना पड़ेगा। ऐसा माना जा रहा है कि यह नंबर सभी टेलीकम्यूनिकेशन चैनल जैसे पोस्ट पेड/प्री पेड, लैंडलाइन, प्राइवेट नेटवर्क जैसे जीएसएम, सीडीएमए, 3जी, 4जी इत्यादि सबके साथ चलेगा। सभी शहरों/जिलों के नेटवर्क्स को इस हेल्पलाइन नंबर से एकीकृत किया जायेगा।

योजना के निर्देश

इस योजना के सभी निर्देश इस योजना की एजेंसीज और हितधारकों का समर्थन करने के लिए बनाए गए हैं। यह निर्देश राष्ट्रीय और क्षेत्रीय स्तर के अफसरों पर निगरानी

रखने के लिए भी एक संदर्भ की तरह काम करेंगे। यह निर्देश इस योजना के तहत मिलने वाली सर्विसेज के बारे में और उन्हें लागू करने के स्टेप्स भी बताता है। यह इस योजना पर निगरानी रखने और लागू करने के विषय में भी जानकारी देगा। यह निर्देश बहुत कठिन नहीं है और समय-समय पर मिलने वाले फीडबैक को पढ़कर इसमें बदलाव भी किये जायेंगे।

इस योजना के लक्ष्य

- हिंसा से पीड़ित महिलाओं की मदद और सहारे के लिए एक 24 घंटे टोल फ्री हेल्पलाइन बनाना।
- ऐसे मामलों में पुलिस, हॉस्पिटल्स, एम्बुलेंस, कानूनी सर्विसेज इत्यादि के हस्तक्षेप को बढ़ाना।
- महिलाओं के लिए उपलब्ध सभी सरकारी योजनाओं, मदद की सर्विसेज इत्यादि की जानकारी देना और हिंसा से पीड़ित महिलाओं की तुरन्त मदद करना।

वर्किंग वुमेन हॉस्टल

आज के समय में अधिकतर महिलाओं को अपना घर छोड़कर दूसरे शहरों में नौकरी करने आना पड़ता है। तो ऐसे में कई तरह की दिक्कतों का सामना उन्हें करना पड़ता है। छोटे शहरों, कस्बों और गांवों से निकलकर आ रही कामकाजी महिलाओं की दिक्कतों और सुरक्षा को ध्यान में रखते हुए भारत सरकार द्वारा कामकाजी महिलाओं के लिए वर्किंग वुमेन हॉस्टल उपलब्ध कराने की योजना भी लागू की गई है। मौजूदा इमारतों के नए निर्माण/विस्तार के लिए ग्रांट-इन-ग्रिड 1972-73 में एक योजना शुरू की गई है, जिसमें छोटे शहरों से व रोजगार के लिए आई महिलाओं को सभी सुविधाएं मिलेंगी। इस योजना के तहत कामकाजी महिलाओं की बढ़ती तादात को देखते हुए पहली दफा देश के प्रत्येक जिले में कम से कम एक वर्किंग वुमेन हॉस्टल बनाने का निर्णय लिया गया है। उन हॉस्टल्स में ऐसी महिलाओं को रहने का मौका मिलेगा, जिनके परिवार के सदस्य उस इलाके में नहीं रहते हैं।

स्वधार गृह

एक ऐसी योजना जहां लड़कियों के पुनर्वासन की पहल की गई है।

महिलाओं के प्रति बढ़ते शोषण को नियंत्रित करने के उद्देश्य से और जरूरतमंद महिलाओं के लिए लंबे समय से इस तरह की योजनाएं सरकार द्वारा चलाई जा रही हैं। इसकी शुरुआत साल 1969 में शॉर्ट स्टे होम से की गई थी। इसके साथ ही कुछ अरसों

बाद महिलाओं को सही सुविधाएं और प्रशिक्षण प्राप्त कराने वाली स्कीम स्वधार की शुरुआत की गई। दोनों ही योजनाओं को मिले अच्छे परिणामों को देखते हुए सरकार ने इन दोनों को जोड़कर नई योजना 'स्वधार ग्रह' की शुरुआत की है। इस योजना के तहत देश के सभी जिलों में एक स्वधार गृह की स्थापना की गई है, जहां जरूरतमंद और परिस्थितियों से परेशान महिलाओं को अस्थायी आवास, प्रशिक्षण, खान-पान व स्वास्थ्य से जुड़ी सेवाएं उपलब्ध कराई जाती हैं।

स्वधार गृह में घरेलू हिंसा से पीड़ित महिलाएं 1 साल तक रह सकती हैं, जबकि किसी तरह के प्राकृतिक आपदा से बेघर हुई महिलाएं या किसी अन्य मुसीबत में पड़ी महिला के लिए ये सुविधाएं 3 साल तक के लिए मौजूद कराई जाती हैं। महिलाओं के साथ 18 साल से कम उम्र के बच्चे भी रह सकते हैं। हालांकि 8 साल के बाद लड़कों को चिल्ड्रन्स होम भेज दिया जाता है। इसी तरह 55 साल से अधिक की उम्र में महिलाओं को ओल्ड एज होम भेज दिया जाता है।

इंदिरा गांधी मातृत्व सहयोग योजना

गर्भवती व स्तनपान कराने वाली महिलाओं के लिए लागू योजना।

सपोर्ट टू ट्रेनिंग एंड एम्प्लॉयमेंट प्रोग्राम फॉर वुमन (स्टेप)

भारत सरकार के महिला एवं बाल विकास मंत्रालय द्वारा चलाए जा रहे स्टेप योजना के अंतर्गत महिलओं को आत्मनिर्भर बनाने के लिए प्रशिक्षित कर प्रमाण पत्र दिया जाता है। इस स्कीम के जरिए महिलाओं को इस तरह से प्रशिक्षित किया जाता है कि वो अपने लिए रोजगार की संभावनाएं ढूंढ सकें। इस स्कीम के तहत महिलाओं को इतना दक्ष बनाया जाता है कि वो अपने पैरों पर खड़ी हो सकें और उनमें उद्यमिता के लिए आत्मविश्वास आता है। इस स्कीम का लाभ 16 वर्ष और उससे अधिक उम्र की कोई भी महिला उठा सकती है।

नारी शक्ति पुरस्कार

हर साल अंतर्राष्ट्रीय महिला दिवस पर महिला और बाल विकास मंत्रालय विभिन्न क्षेत्र की महिलाओं को पुरस्कार से सम्मानित करता आ रहा है। साल 2016 से इन सभी सम्मानों को नारी शक्ति पुरस्कार के नाम से जाना जाने लगा है और मंत्रालय ने यह भी तय किया है कि ये सम्मान हर साल कम से 20 लोगों को दिया जाएगा। इस सम्मान से उन संस्थानों को भी सम्मानित किया जाएगा जो महिलाओं की परिस्थिति को सुधारने के लिए प्रयासरत हैं।

इन सम्मानों की उदघोषणा 20 फरवरी से ही कर दी जाती है।

महिला पुलिस वालंटियर

महिलाओं के खिलाफ बढ़ते अपराध का पुलिस के पास दर्ज न हो सकने के पीछे सबसे बड़ा कारण यह है कि उत्पीड़न या हिंसा की शिकार महिला अपनी व्यथा एक पुरुष अधिकारी से खुलकर बयां करने में झिझकती है। महिलाओं से जुड़े मामलों को पुलिस स्टेशन में संवेदनशीलता से निपटाने के लिए सरकार ने सभी राज्यों व केंद्र शासित प्रदेशों में महिला वालंटियर की सेवा लेना शुरू किया है।

ये महिला वॉलन्टियर्स पुलिस और समुदाय के बीच कड़ी की भूमिका निभाती हैं और उत्पीड़न, शारीरिक शोषण व हिंसा का शिकार हुई महिलाओं की मदद करती हैं। महिला पुलिस वॉलन्टियर बनने के लिए महिला की उम्र 21 साल से कम नहीं होनी चाहिए और वह कम से कम 12वीं पास होनी चाहिए।

महिला शक्ति केंद्र योजना

यह योजना महिलाओं के सरंक्षण और सशक्तिकरण के लिए अम्ब्रेला स्कीम मिशन के तहत महिला एवं बाल विकास द्वारा 2017 में संचालित की गई थी। इस योजना के तहत ग्रामीण महिलाओं को सामुदायिक भागीदारी के माध्यम से सशक्त बनाने और उनकी क्षमता का अनुभव कराने का काम किया जाता है। यह योजना राष्ट्र स्तर, राज्य स्तर और जिला स्तर पर काम करती है।

इसका उद्देश्य है-

- ग्रामीण महिलाओं को सशक्त बनाना।
- शहरी महिलाओं को सशक्त बनाना।
- किशोरियों को सशक्त बनाना।
- प्रसूति महिलाओं को सशक्त बनाना ।

योजना के लक्ष्य

महिला सशक्तीकरण के लिए सरकार ने देश के 115 अति पिछड़े जिलों में नई योजना प्रधानमंत्री महिला शक्ति केंद्र को मंजूरी दी है। इन केंद्रों के जरिए ग्रामीण क्षेत्रों में महिलाओं को केंद्र सरकार से जुड़ी योजनाओं की जानकारी दी जाएगी, ट्रेनिंग और सामुदायिक भागीदारी के जरिए क्षमता विकास पर जोर दिया जाएगा। दूरदराज के इलाकों में जागरूकता फैलाने के लिए लगभग 3 लाख छात्र बनेंगे बदलाव के एजेंट और उन्हे मिलेगा समाज सेवा के लिए प्रमाणपत्र।

कैबिनेट समिति द्वारा बेटी पढ़ाओ-बेटी बचाओ योजना को विस्तार दिया गया है,

161 जिलों में ही चल रही इस योजना की सकारात्मक रिपोर्ट्स के बाद अब ये देश के सभी 640 जिलों में लागू होगी। शुरुआत उन जिलों से होगी जहां शिशु लिंगानुपात दर काफी कम है।

हिंसा से पीड़ित महिलाओं के लिए 150 से ज्यादा जिलों में 'वन स्टॉप सेंटर्स' खोले जाएंगे। जिन्हें महिला हेल्पलाइन के साथ जोड़ा जाएगा। महिला पुलिस वॉलंटियर्स की भागीदारी बढ़ाई जाएगी। इसके अलावा कामकाजी महिलाओं के लिए 190 वर्किंग विमन हॉस्टिल्ज बनाए जाएंगे।

महिला ई हाट

इस योजना का मुख्य फोकस घर पर रहने वाली महिलाओं पर है। उन्हें ही ध्यान में रख कर ये योजना शुरु की गई है। इसके लिए महिला एवं बाल विकास मंत्रालय ने एक मंच तैयार किया है जिसके माध्यम से महिलाएं अपने हुनर के जरिए कमाई भी कर सकती हैं। मंत्रालय ने इस योजना का नाम महिला 'ई-हाट' दिया है।

महिलाओं को जिन्हें अपना सामान बेचने के लिए उपयुक्त बाजार नहीं मिलता, उनको एक बाजार देने के लिए डिजिटल इंडिया की तर्ज पर बाल एवं महिला विकास मंत्रालय ने ई-महिला हाट की शुरूआत की थी। इसमें देश के किसी भी कोने में काम कर रही महिलाएं, सेल्फ हेल्प ग्रुप में अपने को रजिस्टर कर सकती है।

महिला ई-हाट महिला उद्यमियों की अपेक्षाओं एवं जरूरतों को पूरा करने की एक पहल है। राष्ट्रीय महिला कोष की वेबसाइट पर यह पहल महिला उद्यमियों द्वारा बनाए गए/निर्मित/बेचे जाने वाले उत्पादों को प्रदर्शित करने के लिए प्रौद्योगिकी का लाभ उठाएगी। वे सृजनात्मक क्षमताओं को प्रदर्शित करके अपनी सेवाओं को भी प्रदर्शित कर सकती हैं। यह विशिष्ट ई-मंच महिलाओं के समाजिक-आर्थिक सशक्तीकरण को सुदृढ़ बनाएगा।

इस वेबसाइट के शुरू होने मात्र से ही 125000 से अधिक महिलाओं के लाभान्वित होने की आशा है। इससे प्रौद्योगिकी का लाभ उठाकर अपनी आय पर नियंत्रण करने में महिलाओं को सक्षम बनाकर आदर्श बदलाव के परिणाम की अपेक्षा है।

विजन – महिला उद्यमियों की सृजनात्मकता को निरंतर सहारा और सहायता प्रदान करके उनको सशक्त बनाना एवं अर्थव्यवस्था में उनकी वित्तीय भागीदारी को सुदृढ़ करना ।

मिशन – महिला उद्यमियों को अपना सामान सीधे खरीददारों को बेचने के लिए वेब आधारित मंच उपलब्ध करा कर उत्प्रेरक के रूप में कार्य करना ।

लक्ष्य – ऑनलाइन विपणन मंच के माध्यम से मेक इन इण्डिया का समर्थन करना।

❖❖❖

हरियाणा सरकार द्वारा महिलाओं के लिए योजना

घरेलू हिंसा से महिला संरक्षण अधिनियम एवं बाल विवाह प्रतिषेध अधिनियम के अनुसार राज्य सरकार द्वारा प्रत्येक स्तर पर संरक्षण एवं बाल विवाह निषेध अधिकारी नियुक्त किए गए हैं। पीड़ित महिलाओं को आवश्यक सहायता प्रदान करने के लिए हरियाणा समाज कल्याण बोर्ड, जिला रैड क्रॉस समितियों, जिला बाल कल्याण परिषदों आदि 30 सेवा प्रदाताओं को पंजीकृत किया गया है। तथा प्रत्येक जिलों में महिलाओं व बच्चों के लिए विशेष कक्ष भी स्थापित किए गए हैं।

- **तेजाब से पीड़ित महिलाओं के लिए**

राहत व पुनर्वास योजना

हरियाणा सरकार द्वारा तेजाब से पीड़ित महिलाओं के लिए राहत व पुनर्वास योजना चलाई जा रही है। जिसके अनुसार तेजाब पीड़ित को 3 लाख रुपये की राशि का मुआवजा गृह विभाग/हरियाण राज्य कानूनी सेवाएं प्राधिकरण द्वारा दिया जाता है जिसमें शरीर के किसी अंग का खत्म होना या प्लास्टिक सर्जरी का इलाज शामिल है। उपर्युक्त 3 लाख रुपये की राशि में से 1.00 लाख रुपये की राशि दो मास के अंदर दे दी जाती है। यदि पीड़िता के शरीर का कोई अंग खत्म या प्लास्टिक सर्जरी नहीं हुई है उस स्थिति में 50,000 रुपये का मुआवजा दिया जाता है।

पीड़िता की मृत्यु हो जाने पर 5.00 लाख रुपये मृतका के कानूनी उत्तराधिकारी को दिए जाते हैं। तेजाब पीड़िता के इलाज पर होने वाला शत-प्रतिशत खर्च राज्य सरकार द्वारा वहन किया जाएगा। तेजाब पीड़िता का इलाज सरकारी/हरियाणा सरकार द्वारा नामित

हस्पताल में नि:शुल्क किया जाएगा। तेजाब से पीड़ित महिलाओं के राहत व पुनर्वास हेतु राज्य स्तर तथा जिला स्तर पर कमेटी का गठन किया गया है।

राज्य मिशन अथोरिटी की स्थापना

हरियाणा सरकार द्वारा महिलाओं के सामाजिक, आर्थिक एवं शैक्षणिक सशक्तीकरण के उद्देश्य से माननीय मुख्यमंत्री की अध्यक्षता में राज्य मिशन का गठन किया गया है। मिशन द्वारा मंत्रालयों/विभागों की जैण्डर बजटिंग तथा महिलाओं से संबंधित विभिन्न कानूनों को प्रभावी रूप से लागू करने के कार्य का मूल्यांकन व समीक्षा की जाती है। महिलाओं के सशक्तीकरण से संबंधित योजनाओं/कार्यक्रमों को प्रभावी रूप से लागू करने के लिए मुख्यालय पर राज्य संसाधन केंद्र भी कार्यरत है।

शिक्षा ऋण योजना

राज्य सरकार द्वारा लड़कियों/महिलाओं के लिए आसान शिक्षा ऋण योजना हरियाणा महिला विकास निगम के माध्यम से चलाई जा रही है, जिसके अन्तर्गत लड़कियों/महिलाओं को देश/विदेश में उच्च शिक्षा के प्रति प्रोत्साहित करने के लिए शिक्षा ऋण पर ब्याज सब्सिडी 5 प्रतिशत वार्षिक प्रदान की जाती है।

इन्दिरा गांधी मातृत्व सहयोग योजना

यह परियोजना पंचकूला जिले में पयलट परियोजना के रूप में चलाई जा रही है, जिसके अन्तर्गत गर्भवती एवं दूध पिलाने वाली माताओं को लाभ प्रदान किया जाता है।

ग्रामीण महिलाओं के लिए खेल प्रतियोगिता

ग्रामीण महिलाओं को खेल एवं मनोरंजन के अवसर प्रदान करने के लिए खण्ड स्तर, जिला स्तर तथा राज्य स्तर पर ग्रामीण महिला खेल प्रतियोगिता योजना चलाई जा रही है। इसके अन्तर्गत महिलाओं को दो वर्गों में विभाजित किया गया है। प्रत्येक वर्ग में 3-3 खेल प्रतियोगिताओं को सम्मिलित किया गया है।

वर्ग-I तीस वर्ष से ऊपर की महिलाओं के लिए-

1. पोटाटो रेस (चम्म्च में आलू)
2. चाट्टी रेस (मटका दौड़)
3. 100 मीटर दौड़

वर्ग-II तीस वर्ष से कम की महिलाओं के लिए-

4. 300 मीटर दौड़
5. 400 मीटर दौड़
6. 5 किलोमीटर की साइकिल दौड़

उक्त छः प्रतियोगिताओं में प्रत्येक प्रतियोगिता के लिए पुरस्कार राशि प्रत्येक स्तर

पर प्राप्त स्थाननुसार देय होगी। पुरस्कार राशि का आवंटन-

स्थान	खण्ड स्तर	जिला स्तर	राज्य स्तर
प्रथम	2100 रुपये	4100/-	11000/
द्वितीय	1100/-	3100/-	8100/-
तृतीय	750/-	2100/-	4100/-

विधवा एवं बेसहारा गृह (महिला आश्रम)

विधवा एवं बेसहारा महिलाओं के आवास, रख-रखाव तथा प्रतिक्षण हेतु तीन महिला आश्रम करनाल, रोहतक तथा फरीदाबाद में विभाग द्वारा चलाए जा रहे हैं, जिनमें महिला व उसके आश्रितों (प्रत्येक) को सरकार की ओर से 600 रुपये गुजारा भत्ता जमा 150 रुपये का कपड़ा भत्ता कुल 750 रुपये गुजारा भत्ता दिया जाता है तथा अकेली संवासी को 700 रुपये गुजारा भत्ता जमा 150 रुपये कपड़ा भत्ता कुल 850 रुपये प्रतिमाह दिया जाता है। संवासियों के आश्रित लड़कों को 16 वर्ष की उम्र तक रखने का प्रावधान है। पिछले तीन वर्षों में लगभग 720 लाभार्थियों द्वारा लाभ प्राप्त किया गया है।

हरियाण राज्य उत्तर रक्षा गृह कन्या, करनाल (निकेतन)

उक्त नारी निकेतन करनाल में चलाया जा रहा है जिसका उद्देश्य लड़कियों/महिलाओं, जिनकी आय का कोई साधन नहीं, या जिन्हें नैतिक खतरों से बचाया जाना हो, की संस्थागत देखभाल, संरक्षण, सामाजिक सुरक्षा, रख-रखाव, शिक्षा और प्रशिक्षण प्रदान करना है। संवासियों को निःशुल्क कपड़े, भोजन, आवास, शिक्षा और प्रतिक्षण प्रदान किया जाता है।

कामकाजी महिला आवास

जिला रैडक्रास संस्था तथा नगरपालिकाओं द्वारा कामकाजी महिलाओं को सुरक्षित एवं सस्ती आवासीय सुविधा उपलब्ध करवाने के लिए जिला स्तर पर 14 कामकाजी महिला आसास अम्बाला-2, गुड़गांव, पंचकूला, करनाल, कुरुक्षेत्र, जींद, यमुनानगर, सिरसा, फरीदाबाद, रोहतक-2 तथा हिसार-2 में संचालित हैं। केवल वे महिलाएं ही कामकाजी महिला आवास के लिए पात्र हैं जो अकेली हों, विधवा या तलाकशुदा हों, पति से संबंध-विच्छेद हो चुका हो, विवाहित परन्तु उसका पति या परिवार के अन्य सदस्य उसी शहर में न रहते हों तथा वह महिला जो एक वर्ष से अधिक कार्य प्रशिक्षण पर हो।

दहेज प्रतिषेध कार्यक्रम

दहेज की बुराई को समाप्त करने के लिए राज्य में दहेज प्रतिषेध अधिनियम लागू किया गया है। नियम को अधिक प्रभावी रूप से लागू करने के लिए निदेशक, महिला एवं बाल विकास विभाग को मुख्य दहेज प्रतिषेध अधिकारी नामांकित किया गया है। राज्य के सभी उपमण्डल मजिस्ट्रेट्स एवं नगराधीशों को दहेज प्रतिषेध अधिकारी नियुक्त किया गया है। दहेज प्रतिषेध अधिकारियों को परामर्श व सहायता देने के लिए सलाहकार बोर्ड/समितियों का गठन किया गया है।

हरियाणा राज्य महिला आयोग

महिलाओं के संवैधानिक एवं कानूनी अधिकारों की रक्षा करने, उनके विरुद्ध भेदभाव तथा उत्पीड़न के मामलों में छानबीन करने के लिए राज्य में महिला आयोग गठित है। राज्य सरकार द्वारा हरियाणा राज्य महिला आयोग अधिनियम, 2012 को पास करके आयोग को वैधानिक दर्जा भी प्रदान किया गया है।

हरियाणा महिला विकास निगम

कमजोर वर्ग की महिलाओं की सामाजिक आर्थिक स्थिति में सुधार लाने के लिए महिलाओं के विकास की गतिविधियों को विकसित करने, जागृति जागरण, व्यावसायिक प्रशिक्षण व स्वरोजगार स्थापित करने के लिए संस्थागत वित्त का प्रबन्ध करने हेतु हरियाणा महिला विकास निगम कार्यरत है।

• प्रोत्साहन से संबंधित योजनाएं

महिलाओं को राज्य स्तरीय पुरस्कार

राज्य सरकार द्वारा विभिन्न सामाजिक क्षेत्रों में उपलब्धियां प्राप्त करने वाली महिलाओं को प्रति वर्ष 1.00 लाख रुपये की राशि का इन्दिरा गांधी महिला शक्ति अवार्ड, 51000 रुपये की राशि का कल्पना चावला शौर्य अवार्ड, 51000 रुपये की राशि का बहिन शन्नो देवी पंचायती राज अवार्ड तथा 21000 रुपये की राशि का लाईफ टाईम अचीवमैंट अवार्ड प्रदान किया जाता है। अवाड्र्स प्रदान करने हेतु प्रत्येक वर्ष अखबारों में विज्ञापन प्रकाशित कर प्रार्थना पत्र आमंत्रित किए जाते हैं।

ग्रामीण किशोर बालिकाओं को पुरस्कार

बालिकाओं को शिक्षा के प्रति प्रोत्साहित करने के लिए 'ग्रामीण किशोरी बालिकाओं को पुरस्कार' की योजना राज्य सरकार द्वारा चलाई जा रही है, जिसके अन्तर्गत हरियाणा

विद्यालय शिक्षा बोर्ड की मैट्रिक परीक्षा में प्रथम, द्वितीय एवं तृतीय स्थान प्राप्त करने पर प्रत्येक ग्रामीण खण्ड की तीन बालिकाओं को क्रमशः 2000 रुपये, 1500 रुपये व 1000 रुपये तथा 10+2 कक्षा में पहला, दूसरा व तीसरा स्थान प्राप्त करने वाली बालिकाओं को क्रमशः 3000 रुपये, 2500 रुपये व 2000 रुपये के पुरस्कार दिए जाते हैं।

घटते लिंग अनुपात में सुधार हेतु प्रोत्साहन पुरस्कार

लिंग अनुपात में सुधार लाने वाले जिलों को प्रतिवर्ष प्रथम, द्वितीय तथा तृतीय स्थान प्राप्त करने पर प्रोत्साहन पुरस्कार क्रमशः 5.00 लाख रुपये, 3.00 लाख रुपये तथा 2.00 लाख रुपये दिया जाता है।

पोषण स्तर में सुधार के लिए जिला स्तर पर न्यूट्रीशन अवार्ड

हरियाणा में बच्चों में कुपोषण को घटाने के लिए जिला स्तर पर न्यूट्रीशन अवार्ड दिए जाते हैं, जिसके अन्तर्गत प्रथम, द्वितीय व तृतीय स्थान प्राप्त करने वाले जिलों को क्रमशः 2.00 लाख रुपये, 1.00 लाख रुपये तथा 50,000 रुपये की राशि पुरस्कार स्वरूप प्रदान की जाती है।

सर्वोत्तम माता पुरस्कार

बच्चों, बिशेषकर लड़कियों के पोषण एवं स्वास्थ्य स्तर में सुधार लाने हेतु उनके लालन-पालन के प्रति माताओं को प्रोत्साहित करने के लिए सर्वोत्तम माता पुरस्कार (वैस्ट मदर आवार्ड) योजना चलाई जा रही है। इस योजना के अन्तर्गत आई.सी.डी.एस योजना के प्रत्येक सकलल एवं प्रत्येक ब्लॉक में तीन-तीन माताओं को जिनकी कम से कम एक लड़की है, का चुनाव प्रथम, द्वितीय व तृतीय पुरस्कार के लिए किया जाता है। प्रत्येक खण्ड में तीन मताओं को क्रमशः 4000 रुपये, 3000 रुपये और 2000 रुपये के पुरस्कार दिए जाते हैं तथा सकलल स्तर पर क्रमशः 2000 रुपये, 1200 और 800 रुपये के पुरस्कार दिए जाते हैं।

❖❖❖

गर्भवती महिलाओं के लिए योजनाएं

जहां मां बनना हर स्त्री का सपना होता है, वहीं कामकाजी महिलाएं अपने इस सपने को पूरा करने के लिए कभी घर दफ्तर की जिम्मेदारी तो कभी कटते वेतन और घटते स्वास्थ्य के बीच घुटती रहती हैं, परंतु अब सरकार ने 'मेटरनिटी बेनिफिट एक्ट' में संशोधन कर दिया है जिसमें वह अपने बच्चे और अपनी जॉब, दोनों का सुख प्राप्त कर सकती हैं।

भारत दुनिया के उन कई देशों में से एक है जहां 'मातृ मृत्यु दर' अधिक है। 2015 के अनुमान के मुताबिक, मातृ मृत्यु दर हर 1,00,000 जीवित जन्मों में 174 लोगों की मृत्यु हुई है। मातृ मृत्यु दर, कम करने के प्रयासों के रूप में प्रधानमंत्री नरेंद्र मोदी ने 31 दिसंबर 2016 को गरीब, वरिष्ठ नागरिक और गर्भवती महिलाओं के लिए एक 'गर्भावस्था सहायता योजना' की घोषणा की थी जिसके तहत गर्भवती महिलाओं को संस्थागत प्रसव (Institutional Delivery) के लिए अस्पताल में प्रवेश के लिए 6000 रुपये की वित्तीय सहायता प्रदान की जाएगी। पैसे सीधे गर्भवती महिलाओं के बैंक खातों में स्थानांतरित कर दिए जाएंगे।

योजना का मुख्य उद्देश्य देश भर में संस्थागत प्रसव की संख्या में बढ़ती मातृ मृत्यु दर में कमी लाना है तथा संस्थागत प्रसव को प्रोत्साहित कर मातृ मृत्यु दर के जैसे, शिशु मृत्यु दर को कम करना है। इस योजना को देश के सभी 650 जिलों में लागू किया गया है।

6000 रुपये की वित्तीय सहायता राशि के माध्यम से गर्भवती महिलाओं के बचत बैंक खाते में सीधे स्थानांतरित कर दी जाएगी।

दुनिया के सभी मातृ मृत्यु दर के 17% अर्थात 174 प्रति 100,000 जीवित जन्मों पर रहने का अनुमान भारत में लगाया है। जबकि शिशु मृत्यु दर 43 प्रति 1000 जीवित

जन्मों पर रहने का अनुमान है। हालांकि, देखने में ये संख्या बहुत अधिक नहीं लग रही, लेकिन जब तुलना दूसरे देशों के साथ होती है तो यह संख्या बहुत बड़ी हो जाती है। उच्च मातृ एवं शिशु मृत्यु दर का प्राथमिक कारण गर्भावस्था और बच्चे के जन्म के दौरान कमजोर पोषण और अपर्याप्त चिकित्सा देखभाल है। योजना के तहत प्रदान की जा रही 6000 रुपये की राशि गर्भावस्था के दौरान टीकाकरण और पौष्टिक भोजन के लिए उपयोग की जाएगी।

'गर्भावस्था सहायता योजना' को पायलट आधार पर 53 जिलों में लागू किया जा रहा है, जहां वित्तीय सहायता 4000 रुपये होगी। वर्ष 2010 में इंदिरा गांधी मातृत्व सहयोग योजना (IGMSY) के तहत शुरू की गई पहली योजना जिसमें 18 वर्ष की आयु से ऊपर की गर्भवती महिलाओं को 2 जीवित बच्चों के जन्म के लिए सशर्त वित्तीय सहायता प्रदान की गई थी।

नई योजना में नकद लाभ की राशि 6000 रुपये तक बढ़ा दी गई है। जो सीधे लाभार्थी गर्भवती महिलाओं के बैंक खाते में स्थानांतरित कर दिए जाएंगे।
प्रदान की गई राशि महिलाओं के गर्भावस्था से संबंधित विभिन्न खर्चों जैसे पोषक आहार की खरीद, अस्पतालों में प्रवेश का खर्च, टीकाकरण का खर्च आदि की भरपाई करता हैं।

गर्भावस्था सहायता योजना के लिए आवेदन कैसे करें

इस योजना को औपचारिक रूप से अभी तक शुरू नहीं किया गया है। लेकिन इसे 1 फरवरी को अरुण जेटली द्वारा पेश किये जाने वाले 2017-18 के बजट में शुरू किया जा सकता है। इस योजना के तहत आवेदन की सही प्रक्रिया उसके बाद ही उपलब्ध होगी।

कामकाजी महिलाओं के लिए ''मेटरनिटी बेनेफिट कानून

इसमें कोई दो राय नही हैं कि घरेलू महिलाओं की बजाय कामकाजी महिलाओं के ऊपर जिम्मेदारी थोड़ी ज्यादा होती है, खासकर बच्चों के लालन-पालन को लेकर। भावनात्मक संबंधों की प्राथमिकता के चलते भारतीय महिलायें घर और ऑफिस दोनों जगह संभालना चाहती हैं, लेकिन इन दोनों जगहों के साथ सामंजस्य बिठाने में काफी मुश्किलें आती हैं, जिसकी वजह से कई बार नौकरी छोड़नी भी पड़ती है। इसमें भी ज्यादातर महिलायें मां बनने के बाद ऐसे ही नौकरी छोड़ देती हैं। यह संख्या कोई एकाध की संख्या नहीं है, बल्कि ऐसा 40 फीसदी महिलाओं के साथ होता है। यह एक बड़ी संख्या है, जिसका प्रभाव हमारी अर्थव्यवस्था पर भी पड़ता ही है।

कामकाजी महिलाओं को गर्भावस्था में भी कई बार आठवें महीने तक ऑफिस जाना आना पड़ता है, जिसकी वजह से तनाव काफी बढ़ जाता है। ऐसे में उसे अतिरिक्त छुट्टियों

की जरूरत महसूस होती है, ताकि उसकी नौकरी भी बची रहे और वह अपने बच्चे के साथ-साथ खुद को भी समय दे सके। सामान्यत: मां बच्चे को जन्म देने के बाद बहुत ही कमजोर हो जाती है, जिसको दोबारा स्वस्थ होने में कम से कम 6 से 12 महीने का समय लगता है। हालाँकि कामकाजी महिला के लिए भारत में 'मेटरनिटी बेनेफिट कानून' 1961 से ही लागू है, जिसके अनुसार 10 से अधिक कर्मचारियों वाले प्रत्येक संस्थानों में गर्भवती होने के बाद महिलाओं की नौकरी सुरक्षित रखने के साथ-साथ तन्ख्वाह और नौकरी से जुड़ी सारी सुविधा सहित 12 हफ्ते के अवकाश का प्रावधान था। इसमें हुए संशोधन के अनुसार अब उसे 26 हफ्ते कर दिया गया है। जिसमें देश की हर कामकाजी महिला को प्रेग्नेंसी के दौरान बच्चे की देखरेख के लिए छुट्टी प्रावधान है साथ ही इस दौरान उसे पूरी सैलरी देने का नियम है।

इतना ही नहीं, पहले और दूसरे बच्चे के लिए 26 हफ्ते की मैटरनिटी लीव मिल सकेगी, तथा तीसरे या इससे ज्यादा बच्चों के लिए 12 हफ्ते की छुट्टी का ही प्रावधान रहेगा।

तीन महीने से कम उम्र के बच्चों को गोद लेने वाली या सेरोगेट मां को भी 12 हफ्ते की छुट्टी दी जाएगी।

किसी संसथान मे अगर 50 या इससे ज्यादा कर्मचारियों होते है तो संसथान की जिम्मेदारी है की बच्चे के लिए क्रेच की सुविधा दे और दिन में चार बार क्रेच जाने की अनुमति भी दें। ऐसी व्यवस्था न करने वाले संगठनों के लिए दंड का प्रावधान भी किया गया है।अगर संभव हो तो कंपनी महिलाओं को घर से ही काम करने की अनुमति दे सकती है। हर प्रतिष्ठान को उनकी नियुक्ति के समय से महिलाओं को इन लाभों को देना होगा।

❖❖❖

प्रसिद्ध हस्तियों की नजर में महिलाएं

महिलाओं को सदा से ही उच्च व वंदनीय रहा है। इन्हें परिवार व समाज का अहम हिस्सा माना गया है तभी तो समाज के प्रसिद्ध एवं प्रतिष्ठित तथा बुद्धिजीवी वर्ग के लोग भी इनकी प्रशंसा करते हैं। प्रस्तुत है इसी संदर्भ में विख्यात एवं महान लोगों के विचार।

स्त्री-पुरुष समान दर्जे के हैं। एक दूसरे की कमी को पूरी करने वाले हैं और जहां पूरकता है वहां कौन किससे मुक्त होगा।

महिला पुरुष की साथी है जो कि ईश्वर द्वारा समान मानसिक ताकत तथा शक्ति के साथ भेंट की गई है।

एक आदमी को पढ़ाओगे तो एक ही व्यक्ति शिक्षित होगा। एक स्त्री को पढ़ाओगे तो पूरा परिवार शिक्षित होगा।

स्त्री, पुरुष की साथिन है, जिसकी बौद्धिक क्षमतायें पुरुष की बौद्धिक क्षमताओं से किसी तरह कम नहीं हैं। पुरुष की प्रवृत्तियों में, उन प्रवृत्तियों के प्रत्येक अंग और उपांग में भाग लेने का उसे अधिकार है तथा आजादी एवं स्वाधीनता का उसे उतना ही अधिकार है जितना पुरुष को है। जिस तरह पुरुष अपनी प्रवृत्ति के क्षेत्र में सर्वोच्च स्थान का अधिकारी माना गया है, उसी तरह स्त्री भी अपनी प्रवृत्ति के क्षेत्र में मानी जानी चाहिए। स्त्रियां पढ़ना-लिखना सीखें और उसके परिणामस्वरूप यह स्थिति आए, ऐसा नहीं होना चाहिए। यह तो हमारी सामाजिक व्यवस्था की सहज अवस्था ही होना चाहिए।

जिन रूढ़ि और कानून के बनाने में स्त्री का कोई हाथ नहीं था और जिसके लिए सिर्फ पुरुष ही जिम्मेदार है, उस कानून और रूढ़ि के जुल्मों ने स्त्री को लगातार कुचला है। अहिंसा की नींव पर रची गयी जीवन की योजना में जितना और जैसा अधिकार पुरुष

को अपने भविष्य की रचना का है, उतना और वैसा ही अधिकार स्त्री को भी अपना भविष्य तय करने का है।

कानूनों की रचना ज्यादातर पुरुषों के द्वारा हुई है। और इस काम को करने में, जिसे करने का जिम्मा मनुष्य ने, अपने ऊपर खुद ही उठा लिया है, उसने हमेशा न्याय और विवेक का पालन नहीं किया है।

मैंने समय-समय पर यह बताया है कि स्त्री में विद्या का अभाव इस बात का कारण नहीं होना चाहिए कि पुरुष स्त्री से मनुष्य समाज के स्वाभाविक अधिकार छीन ले या उसे वे अधिकार न दे। किन्तु इन स्वाभाविक अधिकारों को काम में लाने के लिए, उनकी शोभा बढ़ाने के लिए और उनका प्रचार करने के लिए स्त्रियों में विद्या की जरूरत आवश्यक है। साथ ही विद्या के बिना लाखों को शुद्ध आत्मज्ञान भी नहीं मिल सकता।

-महात्मा गांधी

अगर किसी देश की प्रगति को जानना हो तो वहां की महिलाओं की दशा का अध्ययन कर लो।

-पं. जवाहर लाल नेहरू

भारतीय नारी श्रम से नहीं घबराती है किन्तु आंसुओं की चिन्ता करते हुए वह रोटी, असमान व्यवहार और शोषण से अवश्य डरती है। मैं किसी समुदाय की प्रगति उस समुदाय में महिलाओं द्वारा की गई प्रगति से मापता हूं।

-डॉ. बी. आर. अम्बेडकर

ऐसा कोई काम नहीं है जिसे महिलाएं पुरुषों के साथ कन्धे से कन्धा मिलकर नहीं कर सकतीं। मेरे दादा कहा करते थे कि दुनियां में दो तरह की स्त्रियां होती हैं। एक वह जो खुद काम करती है, दूसरी वो जो काम नहीं करती लेकिन काम का श्रेय खुद ले जाती हैं। उन्होंने मुझसे कहा था-'तुम्हें हमेशा पहले ग्रुप में रहने की कोशिश करनी चाहिए।'

-श्रीमती इन्दिरा गांधी

मनुष्य अपने जीवन में एक स्थान ऐसा चाहता है जहां तक, विचार और विवेचना न रहे, रहे तो केवल श्रद्धा, सम्भवतः इसीलिए मां का सृजन हुआ होगा।

-सुभाष चन्द्र बोस

कई सौ या कहें कि हजार वर्षों से हिन्दू पुरुष का दिमाग अपने हित को लेकर गैर बराबरी के आधार पर बहुत ज्यादा गठित हो चुका है। उस दिमाग को ठोकर मार-मार कर बदलना होगा तथा नर-नारी के बीच में बराबरी कायम करनी होगा। हिन्दुस्तान में कुछ मर्द इतने पाजी हैं कि वे अपनी बेकसूर औरत को पीटने में ही अपनी मर्दानगी समझते हैं।

-डॉ. राममनोहर लोहिया

स्त्रियां ही हैं जो लोगों की अच्छी सेवा कर सकती हैं दूसरों की भरपूर मदद कर सकती हैं, दूसरों पर न्योछावर हो सकती हैं, जिंदगी को अच्छी तरह से प्यार कर सकती हैं और मृत्यु को भी गरिमा प्रदान कर सकती हैं।

–एनी बेसेन्ट

मैं जो कुछ बन पाया हूं या आगे आशा करता हूं उसका सारा श्रेय और गौरव मेरी माता को है।

–अब्राहम लिंकन

आप एक आदमी को शिक्षित करते हैं, आप एक आदमी को शिक्षित करते हैं। आप एक महिला को शिक्षित करते हैं, आप एक पीढ़ी को शिक्षित करते हैं।

–ब्रिघम यंग

दुनिया को बदलने का सबसे आसान तरीका है कि औरतों को संगठित किया जाये।

–चार्ल्स मलिक

आज हमारी माता बहनों के साथ जो हो रहा है उसे देखते हुए नारी सम्मान, नारी सुरक्षा, डिग्निटी वूमन, आदि हमारा सामाजिक दायित्व होना चाहिए। इसी माहौल को बदलना है। 'बेटी बचाओ, बेटी पढ़ाओ' का मिशन लेकर हम चले हैं और देश की नारी को नेशन बिल्डर के रूप में देखा जाए।

जो सवाल लड़कियों से पूछते हो कि कहां जा रही हो, क्यों जा रही हो, कब तक लौटोगी ? वहीं सवाल लड़कों से भी पूछो तो लड़कों में भी अनुशासन बढ़ेगा।

हमारा मंत्र होना चाहिए, बेटा–बेटी एक समान।

सरकार हो, समाज हो, गांव हो, परिवार हो, मां–बाप हो, हर किसी की एक सामूहिक जिम्मेवारी है और जब तक समाज के रूप में हम इस समस्या के प्रति संवेदनशील नहीं होंगे, जागरुक नहीं होंगे, तो हम अपना ही नुकसान करेंगे सिर्फ ऐसा नहीं है, बल्कि हम आने वाली सदियों तक पीढ़ी दर पीढ़ी एक भयंकर संकट को निमन्त्रण दे रहे हैं।

–नरेन्द्र मोदी

यदि आप कुछ कहना चाहते हैं, तो एक आदमी से पूछो , यदि आप कुछ करना चाहते हैं, तो एक महिला से पूछो।

–मारग्रेट थैचर

महिला दुनिया में प्रतिभा का सबसे बड़ा अप्रयुक्त जलाशय है।

–हिलेरी क्लिंटन

एक महिला एक चाय की थैली की तरह होती है – आप उसे बता नहीं सकते कि

वह कितनी ताकतवर है जब तक आप उसमें गर्म पानी नहीं डालते।

–एलिनोर रूजवेल्ट

औरत की शक्ति कलम और तलवार की शक्ति से बड़ी होती है। कोई भी देश यश के शिखर पर तब तक नहीं पहुंच सकता जब तक कि उसकी महिलाएं कंधे से कंधा मिलाकर न चलें।

–मोहम्मद अली जिन्ना

स्त्री की उन्नति या अवनति पर ही राष्ट्र की उन्नति या अवनति निर्भर करती है।

–अरस्तू

समाज को सुधारना है तो परिवारों को सुधारें और परिवारों को केवल माताएं सुधार सकती हैं।

–कन्फ्यूशियस

पुरुष अपना भाग्य नियंत्रित नहीं करते, उसके जीवन में मौजूद औरत अपने गुणों से उसके लिए भाग्य निर्माण करती है।

–कार्ल मार्क्स

मैं चाहता था कि तुम्हारा जन्म ही नहीं होता और यदि होता भी तो पुत्र के रूप में। लेकिन कोई भाग्य विधान को नहीं बदल सकता क्योंकि मेरे पिता ने एक स्त्री से ही जन्म लिया और मुझे भी एक स्त्री ने ही पैदा किया।

–अमीर खुसरो

नारी अर्थात जिसका कोई शत्रु न हो। यह नारी की बहुत बड़ी उपलब्धि है। नारी सृष्टि की सर्वोत्तम कृति है। सृष्टि में वात्सलय, स्नेह, प्रेम की अमृत धाराएं नारी हृदय से निकल कर इस संसार को अमृतदान कर रही हैं।

–रबीन्द्र नाथ टैगोर

नारी हृदय धरती की भांति है जिसमें मिठास भी मिल सकती है और कड़वाहट भी।

जब पुरुष में नारी के गुण आ जाते हैं तो वह महात्मा बन जाता है और अगर नारी में पुरुष के गुण आ गए तो वह कुल्टा बन जाती है।

–मुंशी प्रेमचंद

मुक्त करो नारी को, मानव चिर बंदिनि नारी को, युग–युग को निर्मल कारा से, जननी, सखि, प्यारी को।

–सुमित्रा नन्दन पंत

एक नहीं दो–दो भाषाएं, नर से बढ़कर नारी है।

–मैथली शरण गुप्त

नारी की करुणा अंतरजगत का उच्चतम विकास है जिसके बल पर समस्त सदाचार ठहरे हुए हैं।

नारी तुम केवल श्रद्धा हो,
विश्वास रजत नग, पग, तल में,
पीयूष स्रोत सी बहा करो
जीवन के सुन्दर समतल में।

–जयशंकर प्रसाद

युगों से पुरुष स्त्री को उसकी शक्ति के लिए नहीं, वरन् सहनशक्ति के लिए दण्ड देता आ रहा है।

नारी केवल एक नारी ही नहीं है अपितु वह काव्य और प्रेम की प्रतिपूर्ति है। पुरुष विजय का भूखा होता है और महिला सम्पूर्ण की।

–महादेवी वर्मा

जो धर्म औरत का सम्मान नहीं करते वह लोकतंत्र, मानव अधिकार और आजादी के खिलाफ होते हैं।

–तसलीमा नसरीन

एक महिला पूर्ण चक्र है उसके भीतर पैदा करने, पोषण और बदलने की शक्ति होती है।

–डायने मैरीचाइल्ड

पुरुषों में दृष्टि होती है। नारियों में अंर्तदृष्टि।

–विक्टर ह्यूगो

सम्पूर्ण महान वस्तुओं के मूल में नारी का वास होता है।

–ला मारटाइन

तेरे माथे पे ये आंचल बहुत ही खूब है लेकिन, तू इस आंचल से एक परचम बना लेती तो अच्छा था।

–मजाज लखनवी

स्त्रियां ही इस दुनिया को बदल सकती हैं इसे नृशंसता और क्रूरता से बचाकर मानवीय संवेदना, प्रेम और रागात्मकता की ओर ले जा सकती हैं।

–फ्योदोर दोस्तोयेव्स्की

हो सकता है पुरुष ने आग की खोज की हो लेकिन स्त्रियां जानती हैं कि उस आग से कैसे खेला जाता है।

–कैडेबुशनेल

पत्नी का विकास स्वयं अपना ही विकास है।

–न्यायमूर्ति महादेव गोविन्द रानाडे

माता का हृदय एक स्नेहपूर्ण निर्झर है जो सृष्टि के आदि से अनवरत झरता हुआ मानवता का सिंचन कर रहा है।

–रश्किन वाइल्ड

अमेरिका ऐसा देश है जहां शासन आदमी करते हैं और निर्णय औरत लेती हैं।

–जॉन मासोन ब्राउन

अगर आदमी आजाद पैदा होते हैं तो औरतें गुलाम कैसे पैदा हो सकती है।

मैरी एस्टेल

घर में महिलाओं का श्रम, निश्चित रूप से पुरुषों को अधिक धन कमाने में सक्षम बनाता है और इस तरह से महिलाएं समाज की आर्थिक कारक हैं।

शार्लट पर्किंस गिल्मैन

जहां नारी की पूजा होगी वहां स्वर्ग बन जाएगा, देवता निवास करेंगे और जहां नारी की पूजा नहीं होगी वहां सारे फल और क्रियाएं समाप्त हो जाएंगी।

स्त्रियां लक्ष्मी हैं, ऐश्वर्य की कामना करने वालों को इनका सत्कार करना चाहिए।

माता के तुल्य कोई छाया नहीं है, माता के तुल्य कोई सहारा नहीं है, माता के समान कोई रक्षक नहीं है तथा माता के समान कोई प्रिय वस्तु भी नहीं है।

वेद व्यास

मनुष्य जीवन की शान्ति मां के चरणों में रखी है मेरा कितना दुर्भाग्य था कि मैं, उसे खोजने के लिए बाहर निकल गया था।

सूफी संत वायजीद

जब भी इतिहास ने करवट बदली है, समाज और राष्ट्र में बड़े परिवर्तन आए हैं उनकी पृष्ठभूमि में महिलाओं का ही हाथ रहा है।

योगीराज अरविन्द

पहले अपनी स्त्रियों को शिक्षित करो तब वे बताएंगी कि उनके लिए कौन से सुधार आवश्यक हैं।

कुछ सच्ची, ईमानदार और ऊर्जावान महिलाएं, जितना कोई भीड़ एक सदी में कर सकती है उसके मुकाबले एक वर्ष में कर सकती हैं।

स्त्रियों की अवस्था में सुधार न होने तक विश्व के कल्याण का कोई मार्ग नहीं है क्योंकि किसी पंछी का मात्र एक पंख के सहारे उड़ना असंभव है।

'कन्या अपि एवं पालनीया शिक्षणीया अति यत्नत:–पुत्रियों का भी इसी तरह खूब

यत्न के साथ पालन और शिक्षण होना चाहिए। जैसे 30 वर्ष तक ब्रह्मचर्य-पालन के साथ पुत्रों की शिक्षा होनी चाहिए, वैसे ही पुत्रियों की भी शिक्षा होनी चाहिए। लेकिन तुम क्या कर रहे हो? तभी तुम्हारे कुशल की आशा की जा सकती है, नहीं तो तुम ऐसे ही पिछड़े पड़े रहोगे। ये रूप में लक्ष्मी और गुणों में सरस्वती हैं-ये साक्षात् जगदम्बा हैं, इनकी पूजा करने से सर्वसिद्धि मिल सकती है।'

स्वामी विवेकानन्द

मातृत्व एक महान सम्मान और विशेषाधिकार है, फिर भी यह नौकरशाही का पर्याय बन गया है। हर दिन महिलाओं को निस्संदेह उनके परिवारों की जरूरतों को पूरा करने के लिए कहा जाता है, चाहे वे रात में एक बच्चे को पालना हों, भोजन तैयार करना हो। माताओं ने लगातार दूसरों को अपने से पहले रखा है।

-चार्ल्स स्टैनले

गंगा के समान कोई तीर्थ नहीं, विष्णु के समान कोई भगवान नहीं, शिव के समान कोई पूज्य नहीं तथा वात्सल्य स्रोतस्विनी मातृ हृदया नारी के समान कोई गुरु नहीं जो इस लोक और परलोक में कल्याण का मार्ग प्रशस्त करती है।

ब्रह्मा इस संसार की रचना करते हैं और विष्णु इसका भरण-पोषण और संवर्धन करते हैं। इस सूक्ष्म आध्यात्मिक रहस्य को यदि स्थूल रूप में कहीं देखना हो तो उसकी झांकी माता को देखकर की जा सकती है क्योंकि ब्रह्मा और विष्णु की दिव्य शक्तियां इस धरा पर नारी के मातृरूप में अपना काम कर रही है।

-उपनिषद

अनुज बधू, भगिनी सुत नारी सुन सठ कन्या सम ये चारी,
इन्हहिं कुदृष्टि बिलोकई जोई तांहिं बधे कछु पाप न होई।

-राम चरित मानस

पत्नी ही घर है।

-ऋग्वेद

पत्नी, पति के घर की सामग्री है।

-अर्थववेद

पत्नी के साथ ही पति को धर्म-कर्म, यज्ञ आदि करने का अधिकार है। नारी के बिना नर का जीवन अधूरा है।

-शतपथ ब्राह्मण

मुझे एक योग्य माता दे दो, मैं तुम्हें एक योग्य राष्ट्र दूंगा।

-नेपोलियन बोनापार्ट

एक आदमी ने पैगम्बर से पूछा, संसार में सबसे अधिक आदरणीय कौन है?
जवाब मिला, 'मां'
और इसके बाद,
पैगम्बर ने फिर कहा, 'मां',
और उसके बाद
जवाब फिर वहीं था 'मां'

-एक लोकोक्ति

एक महिला आधे आसमान को पकड़ कर रख सकती है।

-एक चीनी कहावत

ईश्वर हर जगह मौजूद नहीं रह सकता है इसीलिए तो उसने माताओं को भेजा है।

-एक यहूदी कहावत

जो समाज स्त्रियों के विकास को उचित नहीं ठहराता उस समाज को बदल देना ही बेहतर है।

-एलिजाबेथ ब्लैकवेल

माता शब्द वह अनन्त तट है जिसके बन्दरगाह पर सभी आत्माओं को आश्रय मिलता है।

-भगिनी निवेदिता

स्त्री की आत्मा को कुचलकर पुरुष ने अपनी आत्मा को भी कुचल दिया है।

-बर्नार्ड शा

आज की तारीख में एक बेटी 10 बेटों के बराबर होती है। बेटियां तनाव नहीं देतीं। बेटियां खास हैं, क्योंकि वे अनमोल हैं।

क्योंकि आप महिलाएं हैं, इसलिए लोग आप पर अपनी सोच थोपेंगे। वे आपको बताएंगे कि कैसे कपड़े पहनें, कैसे व्यवहार करें, आप किससे मिल सकते हैं और आप कहां जा सकते हैं। लोगों के फैसले की छाया में न रहें अपने खुद के ज्ञान के प्रकाश में अपनी पसंद और नापसंद तय करें।

-अमिताभ बच्चन

हमारे समाज में वे महिलाएं जो सीमाओं की उपेक्षा करती है। वे ही बाधाओं को तोड़ने में सक्षम होती है।

-अर्नोल्ड श्वार्जनेगर

अगर औरतें दुनिया चलाएंगी तो कभी युद्ध नहीं होंगे। केवल मोलभाव से सब तय हो जायेगा।

-रॉबिन विलियम्स

एक रानी की तरह सोचिए। रानी असफलता से नहीं डरती, क्योंकि वह असफलता की एक सीढ़ी है।

-ओपरा विनफ्रे

आदमी अपनी किस्मत नहीं बल्कि औरत आदमी की किस्मत को तय करती है।

-ग्रोउचो माकल्स

नास्ति मातृसमम् छाया, नास्ति मातृसमम् गतिः,
नास्ति मातृसमम् त्रांण, नास्ति मातृसमम् प्रिया।।

नारी पुरुषों के बराबर के अधिकार पाये उनकी बराबरी के दायित्व निभाए, यहां तक तो ठीक लेकिन उसके अन्दर की मातृत्व दृष्टि नहीं खोनी चाहिए।

-इला भट्टा

महिला सशक्तिकरण के बिना मानवता का विकास अधूरा है। अब मुद्दा महिला विकास का नहीं वरन् महिलाओं के नेतृत्व में विकास का है।

-डॉ. आशा विनोद

पहले हम अधिकारी हैं, महिला पुरुष तो बाद में है। हम सभी एक समान हैं और हमें एक जैसा ही प्रशिक्षण मिला है।

-विंग कमाण्डर पूजा ठाकुर

एक महिला जिसके मुख में कहने या अवाज करने की शक्ति हो वह वास्तव में एक निडर औरत होती है।

-मिलिण्डा गेट्स

ईश्वर के पश्चात हम सर्वाधिक ऋणी नारी के हैं प्रथम तो जीवन के लिए फिर उसको जीने योग्य बनाने के लिए।

-बॉबी फिशर

पुरुष की अपेक्षा नारी अधिक बुद्धिमती होती है क्योंकि यद्यपि वह पुरुष से कम जानती है किन्तु समझती उससे अधिक है।

-जेम्स स्टीफन

जिस दिन हमारे देश की औरत डरना छोड़ देगी उस दिन हमारे मुल्क की तरफ कोई आंख उठाकर देख भी नहीं पाएगा।

-छत्रपति शिवाजी

अपनी मां के आंखों के एक आंसू को मैं सम्पूर्ण साम्राज्य से भी बढ़कर मानता हूं।

-सिकन्दर महान

❖❖❖

भारत की प्रसिद्ध बेटियां

कौन कहता है कि बेटियां बोझ होती हैं, बेटों से कमजोर होती हैं, परिवार पर कलंक और समाज के लिए आफत होती हैं? नहीं, बेटियां घर की शान होती हैं, देश का अभिमान होती हैं। आज बेटियां न केवल बेटों के साथ कंधे से कंधा मिलाकर चलने का दम रखती हैं बल्कि कई क्षेत्रों में तो उनसे आगे निकल कर पूरे विश्व में अपना लोहा मनवा चुकी हैं। प्रस्तुत है विभिन्न क्षेत्रों में विश्व प्रसिद्ध बेटियों का संक्षिप्त विवरण।

- **खेल जगत में भारत का नाम रोशन करने वाली बेटियां**

दीपा कर्मकार (जिम्नास्ट)

त्रिपुरा की दीपा कर्मकार ओलम्पिक में क्वालीफाई करने वाली पहली भारतीय महिला जिमनास्ट हैं। बहुत कम लोगों को जानकारी होगी कि किसी समय उन्हें इस खेल के लिए रिजेक्ट कर दिया गया था। त्रिपुरा की रहने वाली दीपा का जन्म 9 अगस्त 1993 को अगरतला में हुआ था। दीपा ने मात्र 6 वर्ष की आयु से जिम्नास्ट की ट्रेंनिग लेना शुरू कर दिया था।

दीपा मलिक (शॉट पुट)

30 सितंबर 1970 को हरियाणा के सोनीपत में जन्मीं दीपा मलिक पैरालंपिक में पदक हासिल करने वाली पहली भारतीय महिला खिलाड़ी हैं। जिन्होंने 2016 पैरालंपिक में शॉटपुट में रजत पदक जीतकर इतिहास रचा। दीपा, दर्द और हालातों को मात देकर इस मुकाम तक पहुंची हैं। दीपा के 31 ऑपरेशन किए गए हैं। उनकी कमर और पांव के बीच 183 टांके लगे थे। इस सब के बावजूद उन्होंने न केवल शॉटपुट एवं जैवलीन थ्रो में राष्ट्रीय अंतरराष्ट्रीय प्रतियोगिता में पदक जीते हैं, बल्कि तैराकी एवं मोटर रेसिंग की भी कई स्पर्धाओं में हिस्सा लिया है। इसके अलावा दीपा एक मोटिवेशनल और इंस्पिरेशनल स्पीकर भी हैं।

साक्षी मलिक (रेसलिंग)

हरियाणा में जन्मी साक्षी मलिक एक भारतीय महिला पहलवान हैं। साक्षी मलिक ने ब्राजील के 'रियो डि जेनेरियो' में हुए 2016 के ओलम्पिक खेलों में महिला कुश्ती का कांस्य पदक जीता है। साक्षी ने महिलाओं की फ्रीस्टाइल कुश्ती के 58 कि.ग्रा. भार वर्ग में यह पदक जीता था। इससे पहले उन्होंने ग्लासगो में आयोजित 2014 के राष्ट्रमण्डल खेलों में भारत का प्रतिनिधित्व करते हुए रजत पदक जीता था।

पी. वी. सिन्धु (बैडमिंटन)

पी वी सिन्धु एक भारतीय पेशेवर बैडमिंटन खिलाड़ी हैं जिन्होंने 2016 रियो ओलंपिक में रजत पदक जीता। वह ओलंपिक में रजत पदक जीतने वाली पहली और सबसे कम उम्र की भारतीय महिला बनीं। पी.वी. सिंधु का पूरा नाम पुसरला वेंकट सिंधु है। सिंधु का जन्म 5 जुलाई 1995 हैदराबाद में हुआ था। उनके पिता का नाम पी.वी. रमण है और मां का नाम पी. विजया है। इनके माता और पिता दोनों वॉलीबाल के पूर्व खिलाड़ी रह चुके हैं। इनके पिता को वर्ष 2000 में भारत सरकार द्वारा अर्जुन पुरस्कार से सम्मानित भी किया गया था। सिन्धु ने अपने गुरु पुलेला गोपीचन्द से बैडमिंटन के गुर सीखें हैं।

मैरी कॉम (बॉक्सर)

महिला मुक्केबाजी की दुनिया में मैरी कॉम भारत ही नहीं, बल्कि पूरी दुनिया में धूम मचा चुकी हैं। मेंगते चुंगनेइजंग मैरी कॉम जो ज्यादातर एम.सी. मैरी कॉम और साधारणत: मैरी कॉम के नाम से जानी जाती हैं, वे भारत की सर्वश्रेष्ठ बॉक्सर हैं। सन् 2000 में डिंगको सिंह ने उन्हें बॉक्सर बनने के लिए प्रेरित किया। मैरी कॉम पांच बार विश्व मुक्केबाजी प्रतियोगिता की विजेता रह चुकी हैं। 2012 के लंदन ओलम्पिक में उन्होंने कांस्य पदक जीता। 2010 के एशियाई खेलों में कांस्य तथा 2014 के एशियाई खेलों में उन्होंने स्वर्ण पदक हासिल किया। वहीं 2018 के कॉमनवेल्थ गेम्स में भी उन्होंने स्वर्ण पदक जीता।

सानिया मिर्जा (टेनिस प्लेयर)

भारत की लोकप्रिय महिला टेनिस खिलाड़ी सानिया मिर्जा का जन्म 15 नवम्बर, 1986 को मुम्बई में हुआ मात्र 18 वर्ष की आयु में ही अपने प्रदर्शन की वजह से अंतर्राष्ट्रीय स्तर पर अपनी पहचान बनाने में कामयाब हो गयी थी। अपने कॅरियर की शुरुआत उन्होंने 1999 में विश्व जूनियर टेनिस चैम्पियनशिप में हिस्सा लेकर की। वर्ष 2004 में बेहतर प्रदर्शन के लिए उन्हें 2005 में अर्जुन पुरस्कार से सम्मानित किया गया।

2009 में वह भारत की तरफ से ग्रैंड स्लैम जीतने वाली पहली महिला खिलाड़ी बनीं। 19 वर्ष की उम्र में सानिया को 2006 का 'पद्मश्री' सम्मान दिया गया है। वह इस सम्मान से नवाजी जाने वाली सबसे कम उम्र की खिलाड़ी हैं।

मिताली राज (क्रिकेटर)

भारतीय महिला क्रिकेट टीम की कप्तान मिताली राज पिछले 17 सालों से भारतीय टीम का अहम हिस्सा रही हैं। उन्होंने भारत को अपने दम पर कई कामयाबियां दिलाई हैं। उन्होंने क्रिकेट की शुरुआती कोचिंग सेंट जॉन्स हाई स्कूल हैदराबाद से हासिल की। उन्होंने 'भरतनाट्यम' नृत्य में भी ट्रेंनिग प्राप्त की है और अनेक स्टेज कार्यक्रम दिए हैं। मिताली राज ने एक दिवसीय अंतरराष्ट्रीय मैच में 1999 में पहली बार भाग लिया। मिताली राज का इंग्लैंड के खिलाफ बनाया गया 214 रन का स्कोर महिला टेस्ट इतिहास का दूसरा सर्वाधिक स्कोर है। मिताली पहली महिला क्रिकेटर हैं, जिन्हें विजडन इंडिया क्रिकेटर अवॉर्ड मिला है। उन्हें 21 साल की उम्र में भारतीय टीम की कमान सौंप दी गई थी। मिताली साढ़े पांच हजार रन बनाने वाली दूसरी महिला क्रिकेटर हैं। वे 2013 में दुनिया की नंबर वन वनडे क्रिकेटर थीं। मिताली को खेल में अच्छे प्रदर्शन के लिए भारत सरकार द्वारा अर्जुन अवॉर्ड भी मिल चुका है।

सायना नेहवाल (बैडमिंटन)

भारतीय बैडमिंटन खिलाड़ी सायना नेहवाल ओलंपिक खेलों में भारत को बैडमिंटन में मेडल जिताने वाली पहली भारतीय हैं। 4 अगस्त 2012 को लन्दन ओलंपिक में सायना ने ब्रोंज मेडल जीता था। सायना पहली भारतीय महिला है जो नंबर वन बैडमिंटन खिलाड़ी बनी। इसके अलावा वह वर्ल्ड जूनियर बैडमिंटन चैंपियनशिप और सुपर सीरिज टुर्नामेंट जीतने वाली पहली भारतीय है। सायना भारत सरकार द्वारा पद्म श्री और सर्वोच्च खेल पुरस्कार राजीव गांधी खेल रत्न पुरस्कार से सम्मानित हो चुकी हैं।

हीना सिंद्धू (शूटर)

अगस्त 1989 में पंजाब के लुधियाना में जन्मी हीना सिद्धू भारतीय शूटिंग की स्टार खिलाड़ी हैं। हीना ने साल 2012 में शूटिंग कोच रौनक पंडित से शादी की थी। हीना सिद्धू ने बीडीएस तक पढ़ाई की है। वर्ष 2009 में उन्होंने बीजिंग में आयोजित इंटरनेशनल शुटिंग चैंपियनशिप में सिल्वर जीता, वहीं साल 2010 में गुआंगझू (चीन) में एशियन गेम्स में 10 मीटर एयर पिस्टल में गोल्ड मेडल जीता। 2010 कॉमनवेल्थ गेम्स में इसी इवेंट में महिला व्यक्तिगत वर्ग में गोल्ड मेडल जीता। वह 2012 लंदन और 2016 रियो

डी जेनेरियो ओलंपिक में भी भारत का प्रतिनिधित्व कर चुकी हैं। साल 2013 की विश्व शूटिंग प्रतियोगिता में 10 मीटर एयर पिस्टल टूर्नामेंट में वर्ल्ड रिकॉर्ड बनाकर हीना स्वर्ण पदक जीतने वाली पहली भारतीय महिला बनीं। भारतीय निशानेबाज हीना सिद्धू ने 2018 में आयोजित कॉमनवेल्थ गेम्स में रिकॉर्ड बनाकर 25 मीटर एयर पिस्टल स्पर्धा का स्वर्ण पदक भी जीता है।

गीता फोगाट (रेसलर)

गीता फोगाट एक भारतीय महिला फ्रीस्टाइल पहलवान है। गीता फोगाट ने 2010 दिल्ली के राष्ट्रमंडल खेलों में पहली बार महिला कुश्ती के 55 किलो ग्राम वर्ग में गोल्ड मेडल जीता था। गीता ने 2009 में राष्ट्रमंडल चैंपियनशिप में भी स्वर्ण पदक हासिल किया था। साथ ही गीता पहली भारतीय महिला पहलवान है जिन्होंने ओलम्पिक में क्वालीफाई किया था।

बबीता फोगाट (रेसलर)

बबीता फोगाट एक भारतीय महिला फ्रीस्टाइल पहलवान हैं जिन्होंने 2010 के राष्ट्रमंडल खेलों में रजत पदक जीता है। उन्होंने 2012 विश्व कुश्ती चैंपियनशिप में कांस्य पदक जीता और 2014 राष्ट्रमंडल खेलों में स्वर्ण पदक और 2018 राष्ट्रमंडल खेल में सिल्वर पदक जीता है। बबीता को अर्जुन पुरस्कार से भी सम्मानित किया जा चूका है।

कर्णम मल्लेश्वरी (वेटलिफ्टर)

कर्णम मल्लेश्वरी का जन्म 1 जून, 1975 को श्रीकाकुलम, आंध्र प्रदेश में हुआ था। उन्होंने अपने करियर की शुरुआत जूनियर वेटलिफ्टिंग चैंपियनशिप से की, जहां उन्होंने नंबर एक पायदान पर कब्जा किया। 1992 के एशियन चैंपियनशिप में मल्लेश्वरी ने 3 रजत पदक जीते। वैसे तो उन्होंने विश्व चैंपियनशिप में 3 कांस्य पदक पर कब्जा किया है, किन्तु उनकी सबसे बड़ी कामयाबी 2000 के सिडनी ओलंपिक में मिली, जहां उन्होंने कांस्य पर कब्जा किया और इसी पदक के साथ वे ओलंपिक में पदक जीतने वाली पहली भारतीय महिला बनी थी। मल्लेश्वरी को 1995 में 'अर्जुन पुरस्कार' से सम्मानित किया गया। 1996 में उन्हें 'राजीव गांधी खेल रत्न पुरस्कार तथा 1997 में 'पद्मश्री' से सम्मानित किया गया।

दीपिका कुमारी (तीरंदाज)

भारतीय तीरंदाज दीपिका कुमारी का जन्म 13 जून 1994 में झारखंड राज्य की राजधानी रांची के रातू नामक स्थान में हुआ था। दीपिका को तीरंदाजी में पहला मौका

2005 में मिला जब उन्होंने पहली बार अर्जुन आर्चरी अकादमी को ज्वाइन किया। तीरंदाजी में उनके प्रोफेशनल करियर की शुरुआत 2006 में हुई जब उन्होंने टाटातीरंदाजी अकादमी ज्वाइन किया। इस युवा तीरंदाज ने 2006 में मैरीदा मेक्सिको में आयोजित वर्ल्ड चैंपियनशिप में कम्पाउंट एकल प्रतियोगिता में स्वर्ण पदक हासिल किया। ऐसा करने वाली वे दूसरी भारतीय थीं। यहां से शुरू हुए सफर ने उन्हें विश्व की नम्बर वन तीरंदाज का तमगा हासिल कराया। सबसे पहले वर्ष 2009 में महज 15 वर्ष की दीपिका ने अमेरिका में हुई 11वीं यूथ आर्चरी चैम्पियनशिप जीत कर अपनी उपस्थिति जाहिर की थी। फिर 2010 में एशियन गेम्स में कांस्य हासिल किया। इसके बाद इसी वर्ष कॉमनवेल्थ खेलों में महिला एकल और टीम के साथ दो स्वर्ण हासिल किये। राष्ट्रमंडल खेल 2010 में उन्होंने न सिर्फ व्यक्तिगत स्पर्धा के स्वर्ण जीते बल्कि महिला रिकर्व टीम को भी स्वर्ण दिलाया। दीपिका को अर्जुन पुरस्कार से भी सम्मानित किया जा चूका है।

दीपिका पल्लिकल (स्क्वैश)

एक चर्चित भारतीय महिला स्क्वैश खिलाड़ी, जिन्हें स्क्वैश की मारिया शारापोवा के नाम से भी जाना जाता है। दीपिका का जन्म 21 सितंबर 1991 को चेन्नई में हुआ। उनका पूरा नाम दीपिका रेबेका पल्लीकल है। दीपिका जब 6वीं कक्षा में थीं तब उन्होंने अपना पहला अंतराष्ट्रीय मैच लंदन में खेला। बचपन से ही उन्हें इस खेल के प्रति गहरी रुचि थी और महज 11 साल की उम्र में वे नेशनल चैम्पियन बन चुकी थीं। इस खेल के प्रति उनकी गजब की ललक ने उन्हें कई टुर्नामेंट का सरताज बनाया। ग्लासगो में 20वें कॉमनवेल्थ खेलों में दीपिका पल्लीकल एवं जोशना चिनप्पा की जोड़ी ने स्क्वैश में भारत के लिए स्वर्ण पदक जीतकर इतिहास रचा था। इन्हें 2012 में अर्जुन पुरस्कार एवं 2014 में पद्मश्री पुरस्कार से सम्मानित किया गया।

कृष्णा पुनिया (डिसकस थ्रोअर)

कृष्णा हरियाणा के रहने वाली एक भारतीय डिसकस थ्रोअर है। कृष्णा ने अपनी पढ़ाई साइकोलॉजी में कनोडिया गर्ल्स कॉलेज जयपुर से की थी। कृष्णा पुनिया ने दिल्ली में आयोजित राष्ट्रमंडल खेलों में स्वर्ण पदक जीता था। इसके पश्चात 2011 में भारत सरकार ने इन्हें पद्मश्री का पुरस्कार देकर सम्मानित किया था।

ज्वाला गुट्टा (बैडमिंटन)

भारतीय बैडमिंटन खिलाड़ी ज्वाला गुट्टा का जन्म 7 सितंबर 1983 को वर्धा, महाराष्ट्र में हुआ था। उनके पिता एम. क्रांति तेलुगु और मां येलन चीन से हैं। पहली बार 13 साल

की उम्र में उन्होंने मिनी नेशनल बैडमिंटन चैंपियनशिप जीती थी। साल 2000 में ज्वाला गुट्टा ने 17 साल की उम्र में जूनियर नेशनल बैडमिंटन चैंपियनशिप जीती। इसी साल उन्होंने श्रुति कुरियन के साथ डबल्स में जोड़ी बनाते हुए महिलाओं के डबल्स जूनियर नेशनल बैडमिंटन चैंपियनशिप और सीनियर नेशनल बैडमिंटन चैंपियनशिप में जीत हासिल की। 2010 कॉमनवेल्थ गेम्स में भी ज्वाला गुट्टा ने अपने पार्टनर अश्विनी पोनप्पा के साथ भारत के लिए स्वर्ण पदक जीता था। 2014 ग्लासगो में आयोजित कामनवेल्थ गेम्स में भी ज्वाला ने गोल्ड मैडल जीता था। ज्वाला गुट्टा को साल 2011 में अर्जुन पुरस्कार से सम्मानित किया गया।

पी. टी उषा (एथलेटिक्स)

पिलावुल्लकंडी थेक्केपराम्बफल उषा या पी टी उषा एक भारतीय ट्रेक और फील्ड एथलिट हैं। उन्हें 'क्वीन ऑफ इंडियन ट्रेक एंड फील्ड' कहा जाता है। उन्हें पय्योली एक्सप्रेस भी कहा जाता है। पी टी उषा ऐसी पहली भारतीय महिला थीं जो किसी ओलंपिक के फाइनल तक पहुंचीं। 1984 में लॉस एंजिल्स ओलंपिक में पी टी उषा 400 मीटर के सेमीफाइनल तक पहुंची और बिल्कुल करीब से मैडल हासिल करने से रह गईं। 1984 में पी. टी. उषा को अर्जुन अवॉर्ड से सम्मानित किया गया। 1984 में उन्हें पद्मश्री अवार्ड दिया गया। 1985 में वह ग्रेटेस्ट वूमन एथलिट जकार्ता एशियन एथलिट मीट में चुनी गई। बेस्ट एशियन एथलिट अवार्ड पी टी उषा ने 1984, 1985, 1986, 1987 और 1989 में जीते। बेस्ट एथलिट की वर्ल्ड ट्रॉफी, पी टी उषा ने 1985 और 1986 में जीती। एडीदास गोल्डन शू अवार्ड फॉर द बेस्ट एथलिट का अवार्ड, 1986 सीओल एशियन गेम्स केरला स्पोर्ट्स जर्नलिस्ट अवार्ड भी पी टी उषा ने जीते हैं।

अंजू बॉबी जॉर्ज (एथलेटिक्स)

अंजू का जन्म 19 अप्रैल, 1977 दक्षिण मध्य केरल के कोट्टायम जिले के छोटे से कस्बे चीरनचीरा में हुआ। इन्होंने पांच वर्ष की उम्र में एथलेटिक्स स्पर्धाओं में भाग लेना शुरू कर दिया था। इनकी मां ग्रेसी तथा पिता के. टी. मार्कोस ने अपनी बेटी के एथलेटिक्स की दिशा में बढ़ते कदमों में रुचि लेकर उसे आगे बढ़ाने के लिये प्रोत्साहित किया। अंजू ने सितम्बर 2003, पेरिस में हुए वर्ल्ड एथलेटिक्स चैंपियनशिप लंबी कूद में कांस्य पदक जीत कर भारत को पहली बार विश्वस्तर की प्रतियोगिता में पुरस्कार दिलाया था। अंजू बॉबी जॉर्ज वर्ष 2003 में 25 वर्ष की उम्र में विश्व एथलेटिक्स में भारत की प्रथम पदक विजेता बनी। एक नजरिये से देखा जाए तो अंजू का प्रदर्शन भारतीय एथलेटिक्स को नई दिशा देने की पहल है। 2004 में अंजू बॉबी जॉर्ज को 'राजीव गांधी खेल रत्न' सम्मान प्रदान किया गया।

अदिति अशोक (गोल्फर)

अदिति अशोक एक भारतीय प्रोफेशनल गोल्फर हैं। अदिति के शानदार सफर की शुरुआत उस समय हुई जब वह केवल पांच वर्ष की थीं। अपने परिवार के साथ कर्नाटक गोल्फ एसोसिएशन के रेस्तरा में नाश्ता करते वक्त अदिति का ध्यान गोल्फ पर गया। यहीं से अदिति के सफर की शुरुआत हो गयी। अदिति ने अपना पहला टूर्नामेंट नौ वर्ष की आयु में जीता था। बारह वर्ष की आयु में वे राष्ट्रीय टीम का हिस्सा बनी। एशियन यूथ गेम्स में भाग लेने वाली वह एकमात्र भारतीय गोल्फर हैं। उन्होंने 2016 ग्रीष्मकालीन ओलम्पिक खेलों में भारत का प्रतिनिधित्व किया। भले ही अदिति ने ओलंपिक में कोई पदक हासिल न किया हो परन्तु फाइनल में पहुंचने वाली अदिति पहली महिला गोल्फर हैं। इस स्पर्धा में भाग लेने वाले खिलाड़ियों में वे सबसे कम उम्र की खिलाड़ी थी। अदिति लेडीज का यूरोपीय टूर प्रतियोगिता अवॉर्ड जीतने वाली पहली भारतीय महिला गोल्फर हैं।

आरती साहा (तैराकी)

आरती साहा का जन्म 24 सितंबर साल 1940 को हुआ था। कलकत्ता, पश्चिम बंगाल की मूल निवासी आरती ने चार साल की उम्र से ही तैराकी शुरू कर दी थी। उनका पूरा नाम आरती साहा गुप्ता है। सचिन नाग ने उनकी इस प्रतिभा को पहचाना और उसे तराशने का काम शुरू किया।

साल 1949 में आरती ने अखिल भारतीय रिकॉर्ड सहित राज्यस्तरीय तैराकी प्रतियोगिताओं को जीता। उन्होंने साल 1952 में हेलसिंकी ओलंपिक में भी भाग लिया। 1945 से 1951 के बीच स्टेट लेवल के 22 इनाम जीते। भारतीय पुरुष तैराक मीहिर सेन से प्रेरित होकर उन्होंने इंग्लिश चैनल पार करने की कोशिश की और 29 सितम्बर साल 1959 को वे एशिया से ऐसा करने वाली प्रथम महिला तैराक बन गईं। उन्होंने 42 मील की यह दूरी 16 घंटे 20 मिनट में तय कर ली थी।

साल 1960 में उन्हें पद्मश्री से सम्मानित किया गया। आरती साहा पद्मश्री प्राप्त करने वाली पहली भारतीय महिला खिलाड़ी थी। भारतीय डाक ने उनके जीवन से महिलाओं को प्रेरित करने के लिए साल 1998 में एक डाक टिकट भी जारी किया था।

मीराबाई चानू (वेटलिफ्टर)

साइखोम मीराबाई चानू एक भारतीय भारोत्तोलन खिलाड़ी हैं। वह 2014 से नियमित रूप से 48 किग्रा श्रेणी की अन्तरराष्ट्रीय प्रतियोगिताओं में भाग ले रहीं हैं। चानू ने विश्व चैम्पियनशिप तथा राष्ट्रमंडल खेलों में पदक जीते हैं। उन्हें खेल के क्षेत्र में योगदान के लिये भारत सरकार से पद्म श्री पुरस्कार मिल चुका है। 23 वर्षीया चानू इम्फाल ईस्ट जिले

की हैं। 2007 में चानू ने इस खेल में कदम रखा था और फिर पीछे मुड़कर नहीं देखा। दक्षिण एशियाई जूनियर खेलों में चानू ने स्वर्ण पदक जीतने के साथ ही अपनी क्षमता का सबूत दिया। चानू ने 2014 राष्ट्रमंडल खेलों में 48 किग्रा श्रेणी में रजत पदक जीता तथा गोल्ड कोस्ट में हुए 2018 संस्करण में विश्व कीर्तिमान के साथ स्वर्ण पदक जीता।

- **बिजनेस जगत में भारत का नाम रोशन करने वाली बेटियां**

इंदिरा नूई

भारत में जन्मी इंदिरा कृष्णमूर्ति नूई एक वरिष्ठ बिजनेस एग्जीक्यूटिव और वर्तमान में पेप्सिको कंपनी की अध्यक्ष और मुख्य कार्यकारी अधिकारी हैं। दुनिया की प्रभावशाली महिलाओं में उनका नाम शुमार है। प्रसिद्ध पत्रिका फोर्ब्स की 'दुनिया की प्रभावशाली महिलाओं' की सूचि में उनका नाम लगातार कई साल तक आता रहा। इंदिरा नूई को अंतरराष्ट्रीय क्रिकेट परिषद (ICC) की पहली फीमेल इंडिपेंडेंट डायरेक्टर नियुक्त किया गया। वह आईसीसी की पहली स्वतंत्र महिला निदेशक होंगी। वर्ष 2007 में उन्हें भारत का प्रतिष्ठित पद्म भूषण सम्मान भी दिया गया था।

रितु बेरी

रितु ने 80 के दशक के अंत में निफ्ट से स्नातक की उपाधि ली। आज वे इंडियन फैशन की 'डीवा' कहलाती हैं। रितु ने अपने स्टूडियों 'लावण्या' के साथ उद्योग में कदम रखा। उनका संग्रह इतना प्रसिद्ध होने लगा कि दुनिया के अंतर्राष्ट्रीय बाजार में भी उनकी पहचान बन गई। वे भारत की पहली डिजाइनर हैं जिन्होंने पेरिस में अपना शो किया।

शहनाज हुसैन

कार्पोरेट जगत की जानी-मानी हस्तियों में से एक हैं 'शहनाज हुसैन'। उन्होंने हर्बल उत्पादों की दुनिया में एक नए युग का आरंभ किया। उनके सौंदर्य उत्पाद त्वचा को कोई नुकसान नहीं पहुंचाते। वे न केवल भारत बल्कि अंतर्राष्ट्रीय बाजार में भी अपनी पहचान बना चुकी हैं। पिछले कुछ वर्षों में उनकी कंपनी 'शहनाज हुसैन हर्बल्स' ने उल्लेखनीय प्रगति की है।

किरण मजूमदार-शॉ

किरण मजूमदार-शॉ एक भारतीय उद्यमी और बायोटेक्नोलॉजी कंपनी बायोकॉन लिमिटेड की चेयरमैन और प्रबंध निदेशक हैं। वह फाइनेंशियल टाइम्स की शीर्ष 50 महिलाओं की व्यवसाय सूची में हैं। 2015 तक, उन्हें फोर्ब्स द्वारा दुनिया की 85 वीं

सबसे शक्तिशाली महिला के रूप में सूचीबद्ध किया गया था। 2016 में, वह 'फोर्ब्स' में एक और बार सूचीबद्ध हो चुकी है दुनिया की सबसे शक्तिशाली महिला के रूप में 77 वें स्थान पर थी।

- **मॉडलिंग जगत में भारत का नाम रोशन करने वाली बेटियां**

रीता फारिया

रीता फारिया पहली भारतीय महिला थीं, जिन्होंने अंतर्राष्ट्रीय सौंदर्य प्रतियोगिता जीती व अन्य भारतीय सुदरियों के लिए मार्ग प्रशस्त किया। उन्होंने सन् 1966 में मिस वर्ल्ड का ताज पहना था। मुंबई के ग्रांट कॉलिज में मेडीकल की पढ़ाई के दौरान ही उन्हें 'मिस मुंबई' व 'मिस इंडिया' की उपाधि मिली।

सुष्मिता सेन

1994, मनीला फिलीपींस में मिस यूनीवर्स का खिताब पाने वाली सुष्मिता सेन का जन्म 19 नवंबर, 1975 में आंध्रप्रदेश के हैदराबाद में हुआ। बारहवीं की पढ़ाई के बाद उन्होंने फेमिना मिस इंडिया प्रतियोगिता में हिस्सा लिया और फिर उसके बाद कभी मुड़ कर नहीं देखा। वे 1994 में फेमिना मिस इंडिया बनीं। अपने फिगर, बुद्धि व भाषा कौशल के कारण वे मिस यूनीवर्स चुनी गईं। 76 प्रतियोगियों में सबसे छोटी 18 वर्षीय सुष्मिता ने अपने बुद्धिमत्तापूर्ण उत्तरों से दर्शकों के साथ-साथ जजों का भी दिल जीत लिया।

प्रियंका चोपड़ा

प्रियंका चोपड़ा, भारतीय फिल्म अभिनेत्री, गायक और 2000 की मिस वर्ल्ड प्रतियोगिता की विजेता हैं। चोपड़ा बॉलीवुड की सबसे अधिक वेतन पाने वाली अभिनेत्रियों में से एक है। उन्होंने सर्वश्रेष्ठ अभिनेत्री का राष्ट्रीय फिल्म पुरस्कार और चार श्रेणियों में फिल्मफेयर पुरस्कार के सहित कई पुरस्कार और नामांकन प्राप्त किये है। इसके अलावा हॉलीवुड में भी उन्होंने अच्छी पहचान कायम की है धारावाहिक क्वांटिको में उनकी अदाकारी को पूरे विश्व में पसंद किया गया और इसके लिए उन्हें गोल्डन ग्लोब अवार्ड में दर्शकों की सबसे पहली पसंद होने के लिए अवॉर्ड दिया गया था।

मानुषी छिल्लर

भारत की मानुषी छिल्लर मिस वर्ल्ड 2017 की विजेता हैं। 18 नवंबर 2017 को चीन के सनाया में आयोजित प्रतियोगिता में मानुषी ने यह खिताब जीता। प्रतियोगिता में कुल 118 देशों की सुंदरियों ने हिस्सा लिया था। मानुषी ने भारत के लिए छठी बार मिस वर्ल्ड

का खिताब जीता है। उनके पहले यहां की पांच सुंदरियां इस प्रतिष्ठित ताज को अपने सिर सजा चुकी हैं। अंतिम बार 17 वर्ष पूर्व भारत के नाम यह खिताब हुआ था। उनकी प्रारम्भिक शिक्षा सेंट थॉमस स्कूल दिल्ली से हुई है वर्तमान में मानुषी मेडिकल की छात्रा हैं, मानुषी के माता - पिता दोनों ही डॉक्टर है। साथ ही मानुषी एक ट्रेंड कुचिपुड़ी डांसर भी हैं उन्होंने राजा और राधा रेड्डी जैसे नामचीन गुरुओं से नृत्य का प्रशिक्षण लिया है।

• राजनीति जगत में भारत का नाम रोशन करने वाली बेटियां

सोनिया गांधी

जन्म के समय सोनिया गांधी का नाम सोनिया एनटोनिया माइनो था। उनका जन्म इटली में हुआ। वे एक भारतीय राजनीतिज्ञ, भारतीय नेशनल कांग्रेस की अध्यक्ष तथा भूतपूर्व स्वर्गीय प्रधानमंत्री राजीव गांधी की पत्नी हैं। 1998 में उन्होंने अधिकारिक रूप से कांग्रेस पार्टी का कार्यभार संभाला। इस तरह वे कांग्रेस अध्यक्ष बनने वाले-नेहरू-परिवार को पांचवी सदस्या तथा तीसरी विदेश में जन्म लेने वाली महिला अध्यक्ष बनीं। उनके नेतृत्व में कांग्रेस यूपीए गठबंधन में 2009 के आम चुनावों में भारी जीत दर्ज की और मनमोहन सिंह प्रधानमंत्री बने।

प्रतिभा देवीसिंह पाटिल

श्रीमती प्रतिभा देवी सिंह पाटिल का जन्म 19 दिसंबर 1934 को महाराष्ट्र के जलगांव जिले के नदगांव ग्राम में हुआ। 25 जुलाई 2007 को उन्होंने भारत का राष्ट्रपति पद संभाला। वे इस पद के लिए चुनी जाने वाली पहली महिला थीं। उन्होंने जलगांव जिला अदालत से वकालत शुरू करके व्यावसायिक कॅरियर आरंभ किया इसके साथ ही वे निर्धन महिलाओं के उत्थान के लिए प्रयत्नशील रहीं। 27 वर्ष की आयु में उन्होंने जलगांव से पहला चुनाव जीता था। वे आरंभ से ही समाज के शोषितवर्ग, महिलाओं व बच्चों के लिए सक्रिय रूप से काम करती आई हैं।

स्मृति ईरानी

स्मृति जुबिन ईरानी एक भारतीय टेलीविजन अभिनेत्री, राजनीतिज्ञ और वर्तमान में भारत सरकार के अंतर्गत केन्द्रीय मंत्री हैं। वे सौंदर्य प्रसाधनों के प्रचार से लेकर मिस इंडिया प्रतियोगिता की प्रतिभागी भी बनीं। मॉडलिंग में प्रवेश करने से पहले, वह मैकडॉनल्ड्स में वेट्रेस और क्लीनर के पद पर कार्य कर चुकी हैं। बाद में वह मुंबई चली आयीं, जहां उन्होंने टेलीविजन धारावाहिक 'क्योंकि सास भी कभी बहू थी' में 'तुलसी' का केन्द्रीय किरदार निभाया और चर्चित हुईं।

मायावती

भारत के सर्वाधिक जनसंख्या वाले राज्य उत्तर प्रदेश की जानी-मानी राजनेता व भारतीय राजनीति की प्रमुख पात्रा मायावती जी बहुजन समाज पार्टी की नेता हैं। मायावती दलित समुदाय से संबंध रखती हैं। मायावती ने स्नातक की उपाधि के अतिरिक्त शिक्षा व कानून की भी डिग्री ली हैं। वे कई वर्षों तक दिल्ली में अध्यापिका के पद पर भी रहीं। वे चार बार उत्तर प्रदेश की मुख्यमंत्री बनीं।

इरोम चानू शर्मिला

इरोम भारत के पूर्वोतर में बसे मणिपुर राज्य की मानवाधिकार कार्यकर्ता हैं। 2 नवम्बर, वर्ष 2000 को इम्फाल में कालोम गांव में असम राइफल्स के जवानों ने 10 बेगुनाहों की हत्या कर दी थी। इसी के विरोध में पूर्वोत्तर राज्यों में लागू 'सशस्त्र बल विशेष शक्तियां अधिनियम-1958' को हटाने के लिए 4 नवम्बर, 2000 से इरोम ने मालोम गांव में ही अनशन शुरू कर दिया था। बाद में उन्हें अस्पताल ले जाया गया। उनका यह अनशन लगातार 16 वर्षों तक चलता रहा इस अवधि में उन्होंने न ब्रश किया, न कंघी और न कुछ खाया-पीया। उनका यह अनशन, 9 अगस्त, 2016 तक चलता रहा। उन्हें मणिपुर की आयरन लेडी कहा जाता है।

अरुणा आसिफ अली

अरुणा असिफ अली ने 'भारत छोड़ो' आंदोलन में महत्त्वपूर्ण भूमिका अदा की। वे दिल्ली की पहली मेयर नियुक्त हुईं। 1975 में लेलिन शांति पुरस्कार तथा 1991 में अंतर्राष्ट्रीय सूझ-बूझ के लिए जवाहर लाल नेहरू पुरस्कार व 1998 में भारत-रत्न पुरस्कार से सम्मानित की गईं। उन्होंने मनाही के बावजूद गवालिया टैंक मैदान में तिरंगा फहरा कर, देश के युवाओं के सामने वीरता की मिसाल पेश की।

• संगीत जगत में भारत का नाम रोशन करने वाली बेटियां

लता मंगेशकर

स्वर साम्राज्ञी लता मंगेशकर का जन्म 28 सितंबर 1929 को इंदौर में हुआ। उन्होंने फिल्मी गीतों, गजल, भजन व पॉप संगीत आदि सभी विधाओं को अपनी सुरीली आवाज दी है। वे लोकप्रिय भारतीय संगीत की सुर साम्राज्ञी हैं। उन्होंने नरगिस से लेकर काजोल तक सभी अभिनेत्रियों के लिए गाया है। लता मंगेशकर नि:संदेह सुरों की साम्राज्ञी है, जिन्होंने अपने लिए स्वयं मार्ग प्रशस्त किया। उन्हें 'दादा साहिब फाल्के' व 'भारत रत्न' पुरस्कार से भी सम्मानित किया गया है।

आशा भोंसले

लोकप्रिय पार्श्व संगीत गायिका आशा भोंसले ने लगभग हर भारतीय भाषा व अंग्रेजी में 20,000 से अधिक गीत गाए हैं। उनकी गाने की अपनी ही एक शैली है।

उनकी कैसेटों व रीमिक्स गीतों की गिनती नहीं की जा सकती। आशा को अनेक पुरस्कार व सम्मान मिल चुके हैं। वे 1997 तथा 2001 में ग्रेमी अवार्ड के लिए मनोनित पहली भारतीय गायिका थीं। वे 'दादा साहेब फाल्के' तथा 'दयावती मोदी पुरस्कार' भी पा चुकी हैं।

गिरिजा देवी

बनारस घराने की प्रख्यात भारतीय शास्त्रीय संगीत गायिका हैं। उन्हें 'ठुमरी की रानी' के नाम से भी जाना जाता है। वे हिंदुस्तानी संगीत की विभिन्न शैलियों ख्याल, दादरा, शैली, ठुमरी, पूरब व कजरी में सिद्धहस्त हैं।

गिरिजा देवी अद्भुत प्रतिभा की धनी हैं। उनके पास आए पुरस्कार व सम्मानों को देख इसका सहज ही अनुमान हो जाता है। उन्हें वर्ष 1972 में 'पद्मश्री' व वर्ष 1989 में 'पद्म विभूषण' से सम्मानित किया गया। गिरिजा देवी जी को तानसेन पुरस्कार से भी सम्मानित किया है।

अनुराधा पौडवाल

अनुराधा पौडवाल हिन्दी सिनेमा की एक प्रमुख पार्श्वगायिका हैं। बचपन से ही इनको संगीत में काफी रुचि थी,जब यह 4 बरस की थीं तब इन्होंने पहला स्टेज प्रोग्राम दिया था फिल्मों में अपनी सफल गायकी के बाद उन्होंने सिर्फ टी-सीरीज कंपनी के लिए ही गाने का फैसला लिया और टी-सीरीज के साथ कॉन्ट्रैक्ट का नतीजा यह हुआ कि टी-सीरीज कंपनी के उस समय के सभी भक्ति गानों और ऑडियो कैसेट्स में अनुराधा की ही आवाज होने लगी। भजन के करीब 1000 अल्बम के ऊपर उन्होंने अपनी आवाज दी है। अनुराधा जी को पद्म श्री सम्मान भी मिल चुका है।

श्रेया घोषाल

श्रेया घोषाल एक भारतीय पार्श्व गायिका हैं। उन्होंने बॉलीवुड एवं क्षेत्रीय फिल्मों में बहुत सारे गाने गाए हैं। हिंदी के अलावा,उन्होंने असमिया, बंगाली, कन्नड़, मलयालम, मराठी, पंजाबी, तमिल और तेलुगु में भी गाने गाए हैं।

श्रेया अपने बॉलीवुड कॅरियर में कई फिल्मों में अपनी गायकी का जलवा दिखा चुकी हैं। इसके लिए उन्हें कई अवार्ड से सम्मानित भी किया गया। श्रेया बॉलीवुड की

ऐसी सिंगर हैं जो हर गाने को बहुत बेहतरीन तरीके से गाती हैं चाहे वो रोमांटिक हो या सैड सांग। इसके अलावा श्रेया छोटे पर्दे पर भी कई सिंगिंग बेस्ड रियलिटी शोज को जज कर चुकी हैं, जिनमें इंडियन आइडल, अमूल वॉइस स्टार ऑफ इंडिया छोटे उस्ताद शामिल हैं।

● नृत्य जगत में भारत का नाम रोशन करने वाली बेटियां

शोभना नारायण

भारत की शास्त्रीय नृत्यांगनाओं में कत्थक नृत्यांगना शोभना नारायण एक जाना-पहचाना नाम हैं। उनका प्रदर्शन देख लोग चकित रह जाते हैं। 'कत्थक क्वीन' के नाम से प्रसिद्ध शोभना, नृत्य के बिना अपने जीवन की कल्पना तक नहीं कर सकतीं। उन्होंने नृत्य को बिल्कुल नए आयाम दिए हैं।

उनका भावप्रवण अभिनय व मुखमुद्राएं प्रदर्शन को जानदार बना देते हैं। उनके द्वारा की गई कोरियोग्राफी न केवल भारत बल्कि विदेशों में भी सराही गई है। उन्हें पद्म श्री, संगीत नाटक अकादमी, दिल्ली परिषद् सम्मान, राजीव गांधी पुरस्कार, बिहार गौरव पुरस्कार, इंदिरा प्रियदर्शिनी सम्मान व ओइस्का पुरस्कार से सम्मानित किया गया है।

मल्लिका साराभाई

नृत्यांगना मृणालिनी साराभाई तथा वैज्ञानिक विक्रम साराभाई की पुत्री मल्लिका साराभाई भारतनाट्यम व कुच्चीपुड़ी के क्षेत्र में एक जाना-पहचाना नाम हैं। बहुमुखी प्रतिभा की धनी मल्लिका एक नृत्यांगना होने के साथ-साथ फिल्म निर्माता, संपादक, प्रकाशक, अभिनेत्री, नृत्य निर्देशिका व टी.वी. एंकर भी हैं।

उन्होंने नृत्य की सैद्धांतिक व व्यावहारिक शिक्षा पाने के बाद द्रोपदी, शक्ति-द पॉवर ऑफ वूमन, सीता की पुत्रियां, इतनी कहानी, लालसा, गंगा व सूर्य जैसे सफल प्रयोग भी किए हैं। क्षेत्र चाहे कोई भी हो, ऊर्जा से ओत-प्रोत मल्लिका प्रत्येक क्षेत्र में अपनी गहरी छाप छोड़ती हैं।

सोनल मानसिंह

सोनल मानसिंह, उड़ीसा के शास्त्री नृत्य 'ओड़िसी' की जानी-मानी नृत्यांगना हैं। वे नृत्यंगनाओं के बीच अपने विचारों व विश्लेषक के लिए दार्शनिक कहलाती हैं। एक कुशल नृत्यांगना होने के साथ-साथ वे समाज सेविका, विचारक, शोधकर्ता, लेखिका, कोरियोग्राफर व अध्यापिका भी हैं।

सोनल जी ने भरतनाट्यम, छाऊ नृत्य व भारतीय संगीत की शिक्षा ली है। उनकी प्रसिद्ध कोरियोग्राफी भारतीय पौराणिक गाथाओं के अलावा समकालीन मद्दों से भी जुड़ी हैं, जैसे–'इंद्रधनुष', 'मानवन्त', 'सबरस', 'देवी दुर्गा', आत्मायन', 'मेरा भारत', द्रौपदी' आदि।

• प्रशासनिक क्षेत्र में नाम रोशन करने वाली बेटियां

किरण बेदी

डॉ. किरण बेदी भारतीय पुलिस सेवा की सेवानिवृत्त अधिकारी, सामाजिक कार्यकर्ता, एवं राजनेता हैं। किरण बेदी 1972 के बैच की पहली महिला आईपीएस अधिकारी थीं। उन्होंने अपनी जिंदगी में आईपीएस से लेकर राजनेता तक का सफर तय किया। वो बीजेपी की ओर से दिल्ली की सीएम उम्मीदवार भी रहीं। यहीं नहीं वो एक बेहतरीन टेनिस प्लेयर भी हैं। अपनी पढ़ाई के दौरान किरण बेदी एक मेधावी छात्रा तो थीं ही, लेकिन टेनिस उनका जुनून था । वर्ष 1972 में उन्होंने एशिया की महिलाओं की लॉन टेनिस चैंपियनशिप जीती थी और इसी वर्ष उनका इण्डियन पुलिस अकादमी में प्रवेश हुआ था, जहां से 1974 में वह पुलिस अधिकारी के रूप में बाहर आई थीं । पुलिस सेवा में आने के पहले 1970 से 1972 तक किरण बेदी ने अध्यापन में बतौर लेक्चरर अपना काम शुरू किया था और इस बीच प्रशासनिक सेवाओं की तैयारी करती रही थीं । 35 सालों तक सेवा देने के बाद 2007 में उन्होंने स्वैच्छिक सेवानिवृति ले ली थी। वर्तमान में वह पुदुचेरी की उपराज्यपाल हैं।

टीना डाबी

टीना डाबी 2015 की आईएएस टॉपर हैं। अपने पहले ही प्रयास में उन्होंने न केवल आईएएस एग्जाम पास किया बल्कि वह टॉपर भी बनी। टीना बचपन से ही पढ़ने में होशियार थीं। टीना ने अपनी ग्रेजुएशन दिल्ली के लेडी श्री राम कॉलेज से पॉलिटिकल साइंस ओनर्स में पूरी की हैं। अपने कार्य स्थल के रूप में उन्होंने हरियाणा को चुना। हरियाणा में व्याप्त लिंग भेद को खत्म करना उनकी प्राथमिकता हैं।

अन्ना राजम मल्होत्रा

अन्ना राजम मल्होत्रा भारतीय प्रशासनिक सेवा में शामिल होने वाली पहली भारतीय महिला हैं। अन्ना राजम मल्होत्रा का जन्म 17 जुलाई 1927 को केरल के एक गांव में हुआ था। उन्होंने कालीकट के प्रोविडेंस महिला कॉलेज और मालाबार ईसाई कॉलेज से पढ़ाई पूरी की इसके बाद अन्ना ने मद्रास विश्वविद्यालय से अंग्रेजी साहित्य में मास्टर्स

की डिग्री प्राप्त की। वे 1951 बैच की आई.ए.एस. अधिकारी हैं। उन्हें 1989 में भारत सरकार द्वारा प्रशासकीय सेवा के क्षेत्र में उल्लेखनीय कार्य हेतु पद्म भूषण से सम्मानित किया गया था।

पूजा ठाकुर

पूजा ठाकुर भारतीय वायुसेना की विंग कमाण्डर हैं। उन्होंने अमरीकी राष्ट्रपति बराक ओबामा के भारत दौरे के समय राष्ट्रपति भवन में स्वागत समारोह के दौरान 'गार्ड आफ ऑनर' की अगुवाई करके ऐसा करने वाली भारत की पहली सेना अधिकारी बनीं। पूजा ठाकुर वर्ष 2000 में सेना में शामिल हुई थीं। उन्होंने सेना में भेदभाव के खिलाफ आवाज उठाई और सेना में महिलाओं के लिए परमानेंट कमीशन की मांग की। वे इस मांग को मनवाने में सफल रहीं।

इरा सिंघल

संघ लोक सेवा आयोग द्वारा वर्ष 2014 में आयोजित सिविल सेवा परीक्षा में प्रथम स्थान प्राप्त कर चुकी हैं। इरा सहगल शारीरिक रूप से विकलांग होने के बावजूद जनरल कैटगरी में टॉप करने वाली देश की पहली प्रतिभागी हैं। इरा ने 2010 में सिविल सर्विस एग्जाम दिया था और तब उन्हें 815वीं रैंक मिली थी। शारीरिक रूप से विकलांग होने की वजह से उन्हें पोस्टिंग नहीं दी गई। हालांकि उन्होंने हार नहीं मानी और सेंट्रल एडमिनिस्ट्रेटिव ट्रिब्यूनल में केस दायर किया। 2014 में केस जीतने के बाद उन्हें हैदराबाद में पोस्टिंग मिली। इस बीच उन्होंने अपनी रैंक सुधारने के लिए कोशिशें जारी रखीं। आखिरकार अपने चौथे प्रयास में उन्होंने सिविल सर्विस एग्जाम की जनरल कैटेगरी में टॉप किया।

• एवरेस्ट फतह करने वाली बेटियां

बछेंद्री पाल

बछेंद्री पाल पहली भारतीय महिला थीं, जो 1984 में माउंट एवरेस्ट पर चढ़ीं। उन्होंने पहली बार बारह साल की उम्र में अपने सहपाठियों के साथ पर्वतारोहण का स्वाद चखा। वे पिकनिक के दौरान 4000 मी. की ऊंचाई तक चढ़ीं।

अरुणिमा सिन्हा

अरुणिमा सिन्हा राष्ट्रीय स्तर की पूर्व वालीबाल खिलाड़ी तथा माउंट एवरेस्ट फतह करने वाली पहली भारतीय विकलांग हैं। कुछ अपराधियों ने बरेली के निकट पद्मावती

एक्सप्रेस से अरुणिमा को बाहर फेंक दिया था, जिसके कारण वह अपना एक पैर गंवा बैठी थीं। इस हादसे के बाद भी अरुणिमा ने हार नहीं मानी और एम्स से बाहर आते ही अरुणिमा सीधे अपने घर न आकर एवरेस्ट पर चढ़ने वाली पहली भारतीय महिला पर्वतारोही बछेंद्री पॉल से मिलने जमशेदपुर जा पहुंचीं। प्रशिक्षण पूरा करने के बाद 31 मार्च को उनका मिशन एवरेस्ट शुरू हुआ। 52 दिनों की इस चढ़ाई में 21 मई को माउंट एवरेस्ट पर तिरंगा फहराकर वे विश्व की पहली विकलांग पर्वतारोही बन गईं। अरुणिमा सिन्हा को पद्मश्री से भी सम्मानित किया जा चूका है।

मलावत पूर्णा

मलावत पूर्णा भारत की पर्वतारोहिणी है जिसने मात्र 13 वर्ष की आयु में 25 मई 2014 को विश्व की सबसे ऊंची चोटी माउण्ट एवरेस्ट पर चढने में सफलता प्राप्त की। वह यह कारनामा करने वाली सबसे युवा महिला है। मालावत पूर्ण का जन्म तेलंगाना के निजामाबाद जिले के 'पकल' गांव में हुआ था।

शिवांगी पाठक

हरियाणा की 16 साल की शिवांगी पाठक ने विश्व की सबसे ऊंची चोटी माउंट एवरेस्ट फतह कर इतिहास रचा। प्रधानमंत्री नरेंद्र मोदी ने भी शिवांगी को इस शानदार उपलब्धि के लिए ट्वीट कर बधाई दी। हिसार की रहने वाली शिवांगी ने यह सफलता 'सेवन समिट ट्रेक' में हिस्सा लेने के दौरान हासिल की। अपनी कामयाबी पर बात करते हुए उन्होंने कहा, 'अगर लड़कियां ठान लें तो वो कुछ भी कर सकती हैं।' दुनिया की किसी भी चीजों को हासिल कर सकती हैं।

• आध्यात्मिक क्षेत्र में नाम रोशन करने वाली बेटियां

मीराबाई

मीराबाई (1498-1547) एक रहस्यवादी कवियत्री, संत व गायिका थीं। उनके पद पूरे भारत में गाए जाते हैं। वे गुरु रविदास की शिष्या थीं। उन्होंने अनेक मनोहर भक्तिरस से परिपूर्ण पदों की रचना की। उनके पद भगवान कृष्ण को समर्पित हैं। मीराबाई की कविताएं 'पद' कहलाती हैं। ये पद लयात्मक होते हैं। पदों का संग्रह 'पदावली' के नाम से जाना जाता हैं। उन्होंने वृंदावन के आसपास बोली जाने वाली ब्रज भाषा में अपने 'पद' लिखें।

बी. के. शिवानी (आध्यात्मिक गुरु)

शिवानी वर्मा जिन्हें ब्रह्मा कुमारी शिवानी के नाम से जाना जाता है, एक भारतीय आध्यात्मिक प्रशिक्षक और प्रेरक वक्ता हैं लगभग 1995 से ब्रह्मा कुमारी विश्व आध्यात्मिक विश्वविद्यालय की सदस्य हैं। वह सार्वजनिक सेमिनारों और टेलीविजन कार्यक्रमों के माध्यम से प्रेरक पाठ्यक्रम संचालित करती हैं। सन् 2008 के बाद से, वह भारत में और भारतीय दर्शकों के बीच टेलीविजन श्रृंखला "Awakening with Brahma Kumaris" में अग्रणी भूमिका निभाई है।

माता अमृतानंदमयी देवी (आध्यात्मिक गुरु)

माता अमृतानंदमयी, एक आध्यात्मिक गुरु हैं, जिन्हें 'अम्मा', के नाम से भी जाना जाता है। उनकी मानवतावादी गतिविधियों के लिए उन्हें व्यापक स्तर पर सम्मान प्राप्त है। 1981 में, जब अनेकों जिज्ञासु पर्यकडवु में आकर अम्मा के शिष्य बनने के लिए उनके माता-पिता की संपत्ति में रहने लगे तो, एक विश्वस्तरीय संगठन, माता अमृतानंदमयी मठ की स्थापना की गयी। अम्मा इस मठ की अध्यक्ष थीं। आज माता अमृतानंदमयी मठ अनेकों आध्यात्मिक और धर्मार्थ गतिविधियों में संलग्न है।

मदर टेरेसा

मानवता की सेवा करने वालों में मदर टेरेसा का नाम विशेष रूप से उल्लेखनीय है। वे अल्बीनिया की एक कैथेलिक नन थीं, जिन्होंने भारत आकर, 'कलकत्ता मिशनरी ऑफ चैरिटी' की स्थापना की। कलकत्ता में उनके द्वारा किया गया प्रेरणादायी कार्य, पूरे विश्व में सराहा गया व उन्हें नोबेल पुरस्कार से भी सम्मानित किया गया।

- ## विज्ञान जगत में नाम रोशन करने वाली बेटियां

कल्पना चावला

कल्पना चावला भारत की प्रथम महिला अंतरिक्ष यात्री थीं। 1988 में उन्होंने नासा के लिए काम करना शुरू किया। 1995 में नासा ने अंतरिक्ष यात्रा के लिए कल्पना चावला का चयन किया। उन्होंने अंतरिक्ष की प्रथम उड़ान एसटीएस 87 कोंबिया शटल से संपन्न की। अंतरिक्ष की पहली यात्रा के दौरान उन्होंने अंतरिक्ष में 372 घंटे बिताए और पृथ्वी की 252 परिक्रमाएं पूरी कीं कल्पना की दूसरी और आखिरी उड़ान 16 जनवरी, 2003 को स्पेस शटल कोलम्बिया से शुरू हुई। 1 फरवरी 2003 को धरती पर वापस आने के क्रम में यह यान पृथ्वी की कक्षा में प्रवेश करते ही टूटकर बिखर गया 2003 में इस घटना में कल्पना के साथ 6 अन्य अंतरिक्ष यात्रियों की भी मौत हो गई थी।

सुनीता विलियमस

सुनीता का जन्म 19 सितंबर, 1965 को अमेरीका के ओटियो में यूक्लिड नामक स्थान पर हुआ। वे 10 दिसंबर, 2006 को डिस्कवरी यान से अंतरिक्ष केंद्र पहुंची। उन्होंने अंतरिक्ष में कई बार स्पेसवॉक किया। अंतरिक्ष से ही उन्होंने बोस्टन मैराथन में हिस्सा लिया और करीब साढ़े चार घंटे में 41 कि. मी. का सफर तय किया। उन्होंने करीब 6 माह का समय अंतरिक्ष में बिता कर कई कीर्तिमान स्थापित किए। जब सुनीता अंतरिक्ष में 194 दिन, 18 घंटे व 58 मिनट बिता कर लंबे समय तक अंतरिक्ष प्रवास करने वाली महिला का विश्व रिकॉर्ड बना कर लौटीं तो भारतीय मूल की सुनीता की उपलब्धि पर पूरा देश गर्वित हो उठा। सुनीता विलियम्स को सन् 2008 में 'पद्म भूषण' से सम्मानित किया गया।

रानी लक्ष्मीबाई

रानी लक्ष्मीबाई भारत के प्रथम स्वतंत्रता संग्राम की सेनानी थीं। वे वीरता देशभक्ति व गौरव का प्रतीक हैं। रानी ने अल्पायु में ही अपनी मां को खो दिया था। पिता ने उन्हें अलग तरीके से पाला। लक्ष्मीबाई को हाथी व घोड़े की सवारी के साथ-साथ अस्त्र-शस्त्र संचालन भी सिखाया गया। वे नाना साहिब और तांत्या टोपे के साथ बड़ी हुई, उन दोनों ने भी भारत के प्रथम स्वतंत्रता संग्राम में महत्त्वपूर्ण भूमिका निभाई।

मार्च 1858 में जब अंग्रेजों ने झांसी पर हमला किया तो उनका युद्ध दो सप्ताह तक चला। लड़ते-लड़ते जब जीतने की कोई आशा नहीं बची तो समर्पण करने की बजाए रानी ने प्राण त्यागना बेहतर समझा। हम उनका यह बलिदान भुला नहीं सकते।

❖❖❖

बेटियों के हक में नारे

कभी-कभी जो काम बड़े-बड़े निबंध और उपन्यास नहीं कर पाते, वह काम छोटे-छोटे मुहावरे और नारे कर जाते हैं। यह नारे न केवल हमें प्रेरित करने में सहयोगी होते हैं बल्कि हमें चुनौतियों का सामना करने कि ऊर्जा भी देते हैं। प्रस्तुत है ऐसे ही कुछ नारे, जो हमारे इरादों को बुलंद बनाते हैं और राष्ट्र को जगाते हैं।

- हर गुत्थी का हल हैं बेटियां,
  कुल का बेहतर कल हैं बेटियां।

- हर जंग में हार जाओगे,
  अगर बेटी को नहीं बचाओगे।

- जिस घर में होता बेटी का सम्मान,
  वह घर होता स्वर्ग समान।

- जीवन का है ये आधार,
  बेटी को न समझो भार।

- बेटी नहीं है किसी से कम,
  मिटा दो अपने सारे भ्रम।

- बेटी नहीं है किसी से कम,
  बेटी से मिलेगा देश को दम।

- अब न बनाओ कोई नया किस्सा,
  बेटियों को दो अब समाज में हिस्सा।

- स्वर्ग में चाहते हो स्थान,
  नारी का करो सम्मान।

- ऐसा कोई काम नहीं जिसे बेटियां नहीं कर पायीं हैं,
  बेटियां तो आसमान से तारे तोड़ के लायी हैं।

- बेटी है स्वर्ग की सीढ़ी,
  वह पढ़ेगी, तो बढ़ेगी अगली पीढ़ी।

- हर बेटी की यही पुकार,
  हमारे जीवन में अब करो सुधार।

- नारी है नारायणी,
  नारी ही परिवार की कल्याणी।

- समाज तभी आगे बढ़ेगा,
  जब बेटियों को सम्मान मिलेगा।

- लड़का पढ़े तो अकेला बढ़े,
  लड़की पढ़े तो दो परिवार बढ़े।

- अपनी बेटी को अब सपोर्ट करो,
  उस पर अब न चोट करो।

- बेटी होती है देश की शान,
  इससे मिलती है आपको पहचान।

- जीवन का हैं ये आधार,
  बेटी को न समझो भार।

- खुशहाली आएगी–खुशहाली आएगी,
  जब आपकी बेटी आपके लिए कमा के लाएगी।

- हर लड़की है आपकी इज्जत,
  इसे दहेज से न करो बेइज्जत।

- बेटी कुदरत का है उपहार,
  इसको जीने का दो अधिकार।

- अगर बेटी को मरवाओगे,
  तो दुल्हन कहां से लाओगे।

- बेटा–बेटी एक समान,
  यह तो है आपकी शान।

- कोख में बचेगी,
  तभी तो जन्मेगी।

- बेटा वाईफ आने तक,
  बेटी लाइफ रहने तक।

- बेटा कुल का दीपक है,
  तो बेटियां कुल की रौशनी।

- जब–जब खड़ी उठी है नारी,
  हर किसी पर पड़ी है भारी।

- इंद्रधनुष में सजेंगे रंग,
  जब संग होगी बेटी की तरंग।

- बेटी बचाओ बेटी पढ़ाओ,
  समाज को प्रगति के रास्ते ले जाओ।

- जब घर में संकट आते हैं,
  तब बेटियां ही उससे बचाती हैं।

- बेटियों को बराबरी का दर्जा दीजिये,
  समाज में जागरुकता फैलाइये।

- हर घर में अब आवाज उठेगी,
  बेटियां भी अब आगे बढ़ेंगी।

- जैसे करते हो खुद की रक्षा,
  ऐसे ही करो बेटी की सुरक्षा।

- विकसित राष्ट्र की हो कल्पना,
  तो बेटियों को होगा पढ़ना।

- अश्लीलता को दूर भगाओ,
  बेटियों को अपनी बचाओ।

- बेटी बचाने का करो इरादा,
  अभी से दो हमें यह वादा।

- जहां होता नारी का प्रतिनिधित्व,
  वहां बनता विकास का प्रतिबिंब।

- बेटी तो है जग की जननी,
  हमें रक्षा अब इसकी करनी।

- नारी को बराबरी का प्रतिनिधित्व दीजिये,
  देश को विकास के पथ पर दौड़ाइए।

- क्रिकेट में पड़ेगे छक्के-चौके,
  अब बेटियों को भी देंगे मौके।

- असंभव को संभव बनाओ,
  अपनी बेटी को आगे बढ़ाओ।

- बेटी को बचाना है,
  अपने देश को बढ़ाना है।

- बेटी तो वरदान है,
  जो दुनिया में महान है।

- हमारी बेटी है दुर्गा की शक्ति,
  यही देश को बनाएगी महाशक्ति।

- बेटी को शिक्षा दिलाओ,
  देश को साक्षर बनाओ।

- शिक्षा बेटी का हैं हथियार,
  बढ़ाओ कदम इस पर करो विचार।

- मां नहीं होगी तो बेटी नहीं,
  बेटी नहीं होगी तो बेटा भी नहीं।

- पुत्री है सबसे सुन्दर उपहार,
  इसके साथ न करो दुर्व्यवहार।

- बेटी नहीं, मां नहीं, तो जीवन भी नहीं।

- बेटी बचाओ अपना देश बढ़ाओ।

- बेटी बढ़ेगी तो देश बढ़ेगा।

- बेटी है तो कल है।

❖❖❖

॥ लेखक परिचय ॥

विलक्षण एवं विभिन्न प्रतिभाओं के धनी शशिकांत 'सदैव' अपने व्यक्तित्व एवं विभिन्न कार्यों के लिए पहचाने जाते हैं। किसी के लिए आप एक संपादक-पत्रकार हैं तो किसी के लिए लेखक, कवि-शायर। कोई आपको आपकी प्रकाशित पुस्तकों के माध्यम से जानता है तो कोई टी.वी. पर मेहमान विशेषज्ञ के रूप में पहचानता है। आप न केवल कुशल वक्ता हैं, बल्कि एक अच्छे आध्यात्मिक एवं मनोवैज्ञानिक सलाहकार व मार्गदर्शक भी हैं। फिर वह वर्कशॉप के रूप में हो या प्रवचन के रूप में, यदा-कदा आपके वक्तव्य स्कूल, कॉलेज, कॉर्पोरेट सेक्टर, मंदिर-आश्रम एवं धार्मिक तथा गैर सरकारी संस्थाओं आदि में होते ही रहते हैं। पिछले सोलह वर्षों से आप 'डायमंड पॉकेट बुक्स' द्वारा प्रकाशित मासिक पत्रिका 'साधना पथ' में कार्यरत हैं। साथ ही आप एक सामाजिक एवं आध्यात्मिक उत्थान में जुटी संस्था 'उत्थान फाउंडेशन' के संस्थापक व संचालक भी हैं। आपके जीवन का उद्देश्य मानवोत्थान से विश्वोत्थान है इसलिए आपके द्वारा रची गईं सभी कृतियां मनुष्य के व्यक्तित्त्व विकास व आत्मरूपांतरण को ध्यान में रखकर लिखी गईं हैं। जो इस प्रकार हैं।

प्रकाशित पुस्तकें

सब संभव है, अच्छा इंसान सफल विजेता कैसे बने?, मैनेजमेंट के मूल मंत्र, व्यक्तित्व निखारें भविष्य सुधारें, मनचाही सफलता पाएं अपनी एकाग्र क्षमता बढ़ाएं, स्वयं को और दूसरों को पहचानने की कला, सीखें जीवन जीने की कला, कुल का कल हैं बेटियां, गाय, गंगा, गौरी है हमारी जिम्मेदारी, कौन है ओशो?, मैं क्यों आया था-ओशो?, ओशो पर लगे आरोपों का सच, प्रसिद्ध हस्तियों और बुद्धिजीवियों की नज़र में ओशो, कौन है गुरु?, क्यों जरूरी है गुरु?, ध्यान क्या है, इसे क्यों और कैसे करें?,आधुनिक संतों की आध्यात्मिक यात्रा, इश्क की खुशबू है सूफ़ी, व्रत-उपवास का आध्यात्मिक एवं मनोविज्ञानिक महत्त्व, युगपुरुष महर्षि दयानंद सरस्वती, संपादित पुस्तकें-धन और सुख-समृद्धि की देवी लक्ष्मी, दुर्गा एवं नवरात्र की महिमा एवं महत्त्व। तेरे साथ की आदत, दर्द की कतरन, स्त्री की कुछ अनकही, दर्द के इर्द-गिर्द, रिसता हुआ दर्द। काव्य संकलन - इंद्रधनुष रचते हस्ताक्षर, दस्तक नई पीढ़ी की।

पत्र-पत्रिकाओं में प्रकाशित लेख व स्तंभ

नवभारत टाइम्स, हैलो दिल्ली, दैनिक हिन्दुस्तान, पंजाब केसरी, दैनिक जागरण, दैनिक भास्कर, अमर उजाला, जागरण सिटी प्लस, आज समाज, तथाअस्तु, वेल बीइंग, साधना पथ, गृहलक्ष्मी, ओशो वर्ल्ड, हिन्दी जगत, कादंबिनी, वूमेन ऑन टॉप, मेरी तुलसी, प्रवासी टुडे, ज्ञानोदय, शुक्रवार, इंडिया न्यूज, यथावत, मेरी तुलसी, संपादक, गृहनंदनी, फ्यूचर समाचार, सुख-समृद्धि, कुमुदम भक्ति, समय सारांश, गुरुजी, कलियों को खिलने दो तथा इंडिया टाइम्स एवं फैब वुमैन डॉट कॉम आदि कई अन्य क्षेत्रीय पत्र-पत्रिकाओं में प्रकाशन।

टी.वी. चैनलों एवं रेडियो पर उपस्थिति

दूरदर्शन, इंडिया न्यूज, सहारा समय, साधना, प्रज्ञा, सुदर्शन, ए टू जेड, वी.आई.पी. एवं जैन टी.वी. तथा एफ.एम. रेनबो एवं मानव रचना रेडियो।

सम्मान

गौरव भाषा वाणी सम्मान 2011 (इंद्रप्रस्थ साहित्य भारती-दिल्ली), साहित्यकार सम्मान 2010 (ब्रज कला केंद्र-मथुरा), साहित्यकार सम्मान 2009, (स्वामी नेकश्याम स्मृति-वृंदावन)।

संपर्क सूत्र

9/60, गली नं. 12,तुगलकाबाद एक्सटेंशन, कालकाजी,नई दिल्ली-19, दूरभाष-9810388549
E-mail- shashikantsadaiv@gmail.com, visit:http//shashikantsadaiv.blogspot.com

व्यक्तित्व विकास

गाय गंगा गौरी है हमारी जिम्मेदारी
डेल कारनेगी
लोक व्यवहार
प्रभावशाली व्यक्तित्व की कला
टॉपर्स के टॉप टिप्स
टॉपर बनना ना तो मुश्किल है, ना ही नामुमकिन
जे.पी.एस. जौली
डेल कारनेगी
चिंता छोड़ो सुख से जियो
कहानियाँ जो जीना सिखाएं
जेपीएस जौली
कहानियाँ जो राह दिखाएं
सुख, समृद्धि और सफलता की पारसमणि
जे.पी.एस. जौली
मैनेजमेंट एवं कॉरपोरेट गुरु चाणक्य
चाणक्य द्वारा सिखाए गए वह सूत्र जो आज भी उतने ही प्रासंगिक हैं!
डॉ. उज्जवल पाटनी
सफल वक्ता सफल व्यक्ति
आपके भीतर छिपी सफलता पाने की 8 शक्तियाँ
सफलता की नई तकनीक
• सफलता एक निरन्तर प्रक्रिया है
• असंभव से संभव की ओर
• असफलता से ना घबराएँ
• परिश्रम का कोई विकल्प नहीं
टाइम मैनेजमेंट
आप और आपका व्यवहार
सूर्या सिन्हा
सोच बदलो सफलता पाओ
जोगिन्दर सिंह
क्या है नेटवर्क मार्केटिंग जानिए
No.1 Bestseller
सूर्या सिन्हा
जीत लो ख्वाबों को
जोगिन्दर सिंह
हार के बाद ही जीत है
जोगिन्दर सिंह